The Virgin Suicides
by Jeffrey Eugenides

少女死亡日記

傑佛瑞·尤金尼德斯◎著　鄭淑芬◎譯

目　次

〈推薦文〉

〈推薦文〉少女之死

李維菁（作家）

美國作家尤金尼德斯（Jeffrey Kent Eugenides）的處女作《少女死亡日記》（*The Virgin Suicides*）觸及了一個永恆的神話命題，一個希臘悲劇般的象徵，少女（其實就是原文書名中的「處女」）比喻的純真與理想，在工業與金錢建構起的都市文明中，感受到絕望的禁錮感，對於傳統加諸的壓力以及伴隨而來的疏離進行沉默的反抗。這不是一個簡單的青少年自殺故事，也不是什麼的青春成長追憶。這是關於人類靈魂最珍貴的一點點美麗的、單純的小東西，眼見人類自己拚命爲自己構築的荒原，決定以死亡抗拒呈現在她們眼前的這個世界。

這是一個無聲的、脆弱而驕傲的，對於這世界的抵抗。

尤金尼德斯的這個故事背景設定在美國底特律，一個最能代表美國的工業之城，這裡不是國際大都會的紐約或洛杉磯，而是一個由汽車工業帶起的美國之城，主要的自然指涉是美國現代性的荒蕪；而這部小說更成功的，在於它同時也直指人類的純眞脆弱的無望與緘默的暴烈。這便是西洋文學藝術史上的永恆命題了。

《少女死亡日記》從一開始就沒有冷場。一個里斯本家女孩自殺了，她從里斯本家的樓上往下跳，一樓的圍籬刺穿了少女的身體。少女之死，讓這個家庭變成社區裡頭充滿神祕魅力的謎團。那一年之內，其他四個姊妹跟著自殺了。她們有人將頭放進烤爐，有人上吊，還有一個在汽車裡引廢氣窒息，另一個吞下安眠藥。這些少女彷彿支援著彼此似地，讓對方順利離開。

尤金尼德斯以驚人的手法說這個故事，他讓這個社區的男孩一個個從長大之後中年的回憶，回想那一年里斯本家以及高中時期那個社區究竟發生了什麼事情。他的敘事方式極有魅力，宛如電影鏡頭緩緩環視全場，有趣的是，身爲希臘裔美國人的尤金尼德斯，由這群男孩回溯過往，試圖找尋爲何少女自殺的解釋的過程，也彷彿如同古希臘戲劇中常見的合唱形式，舞臺上一群男孩環繞著戲劇主題，反覆誦唱著對主題與主角的描述。

特別迷人的，更有尤金尼德斯在寫作上對細節的觀察描寫，他展現了驚人美麗、犀利到令人心碎的意象。

這部小說在一九九九年由導演蘇菲亞．柯波拉改編成電影。

尤金尼德斯近來在文壇相當受到重視，他目前唯一引入臺灣的著作是獲得普立茲獎的《中性》（*Middlesex*），藉由性別認同的困惑混亂，帶出一個希臘裔家庭在美國發展的問題。《少女死亡日記》與他的 *Marriage Plot* 都將引進臺灣。

尤金尼德斯就是個成長在底特律的人，他曾說過自己對這個城市有一份特異的愛，也常提到他的高中時期經驗如何影響了他的寫作。他成長後移居到紐約、柏林，他在紐約爲了寫作掙扎的時候，認識了不少同樣爲了寫作拚命的作家，其中包括了近年因《自由》一書受到矚目的法蘭岑。

不管是東方或西方，數千年以來的文學藝術史觀發展，多以男性思維爲主流視角，不過西方自希臘神話以降，始終有一個脈絡的演進是關於處女代表的純眞象徵，經歷千年來呈現反覆的不同變形與改革演進，成爲某種藝術文學的發展原型。不過，這點在東方特別是華人的作品中，始終是個缺席的命題。

女孩的禁錮感，奔流的生命與慾望，永遠的疏離，還有那份比死亡還強大的孤獨。尤金尼德斯寫的不僅是現代美國的荒蕪，他寫的更是一個充滿象徵的永恆悲劇。彷彿這世上沒有配得上少女的存活方式，找不到理想的愛情、森林與未來，於是少女選擇了拒絕，拒絕那個呈現在她們眼前的世界。

城市即將衰敗，世界就要頹圮，從某個角度來看，少女之死猶如先知預言一樣神聖。

〈推薦文〉

紅顏薄命總是文學中的誘人命題

紀大偉（政大台文所助理教授）

《中性》作者的處女作《少女死亡日記》以五名親姊妹的自殺作爲全書龍骨，死亡的技藝宛如拜占庭（啊這個詞太希臘了，希臘裔的作者最愛自嘲自己太希臘）風格藝品一般瑰麗。五少女之死也呼應了美國舊理想之死：她們的死映照了美國汽車魔都底特律的滅亡。大家受到好萊塢電影洗腦，以爲美國大城紐約洛杉磯最具廢墟感，然而底特律才是最廢的大城，而《少女死亡日記》和《中性》都致力哀悼底特律的垂死過程。底特律其實才是美國全國各大都市的隱喻。不過紅顏薄命總是文學中的誘人命題，此書少女的求死與求生、求愛、求偶是交纏分不開的線。正是末日當頭，少女才特別欲仙欲死。老實說看了小說後，我就不敢去找同名改編電影來看了：文字帶來的想像如此甜美，不想被好萊塢的影像碾過去。

〈推薦文〉
告別純眞年代的最後一個夏天

陳德政（作家）

我和多數臺灣讀者一般，初接觸這本小說，是由蘇菲亞．柯波拉翻拍的同名電影，與法國電音樂團Air量身裁縫的原聲帶。距離看完影片已隔十年，如今重讀原著，當時那股揮之不去的黯然又像烏雲飄了回來，散發幽閉的氣息，帶著死亡的陰影。

全書的第一句話其實已交代出結局——里斯本家的女兒全都死了。透過男孩的視角與回述口吻，我們時而冷眼旁觀，時而將雙腳踏在七〇年代美國郊區的草坪上，蒐集女孩的遺物，從她們留下的日記、照片與個人物件中試著拼湊出線索。

《少女死亡日記》是關於那群花樣年華的女孩，如何一步一步走向她們不可逆轉的宿命。然而，同樣關於那群爲她們深深著迷的男孩，如何圍困在糾結的謎團內，陷溺於扭曲的記憶中，並在長大以前，告別純眞年代的最後一個夏天。

最早自殺的西西莉雅對醫師說：「你從來沒有當過十三歲的少女。」是的，但我當過十三歲的男孩。我知道那種感覺。

臺灣高中少女讀後迴響

那些對美麗女孩充滿幻想的男孩，以一種平淡卻又溫暖的行動和口吻，去碰觸這些脆弱的靈魂，稚拙而單純反而成了複雜環境中最美麗的風景。

——Money（錢怡廷），二年級

這並非只是她們的故事，在每個青春期的少女讀來，都會有種令人毛骨悚然的感同身受。

——橘橘（高偉庭），二年級

本書帶給我極大的震撼與胸口的壓迫，好像在閱讀自己的內心深處，一個奔放色彩繽紛的自己。

——曾立婷，二年級

青少年對如同身陷囹圄的命運無情控訴，是對偏頗價值觀與體制的撻伐，是對外界、乃至對這整個社會發出病危的宣告。

——昕空（李明珊），二年級

也許每個青春期的孩子都曾有想將自己拋出這個世界的衝動，成人與青少年間永遠都有一條暗不見底的鴻溝，試圖跨越而成功者卻寥寥可數。即便如此，我們仍然得繼續共存，以這樣的方式活下去。

在這桎梏的枷鎖之下。

——林鳳儀，二年級

流轉而逝的青春是里斯本姊妹與「我們」的少年的——可不僅僅於此，我所看見的更多，那是關乎你與我，我與妳自身的倒影。

——十荇（周儒婷），二年級

作者帶著青少年特有的嘲諷看世界，隱約感覺平淡之下有什麼在洶湧。沉思許久，才明白，這不過是作者爲本書打的結，眞正的寓意，應是「生命時常沒有眞相」。

——綿離（林語芊），二年級

年少的我們試圖以自己獨一無二的方式感知、質疑，抑或是逃離這個世界，這本令人驚豔的處女作以纖細的筆觸，帶我們淺嚐如許青春的美麗與哀愁。

——Trista（張瀞月），二年級

作者以旁觀者的角度全程見證了里斯本姊妹的死亡。死亡成爲她們奔向自由的唯一途徑。

——蔡金樺，二年級

國際書評讚譽

尤金尼德斯擁有說書人最神奇的天賦，能夠將平凡無奇的事轉化爲超凡脫俗。

——《紐約時報書評》

引人注目……以不尋常的方式喚起青少年苦澀的聲音。一種混合了好奇、情慾、溫柔、病態、嘲諷及純眞的氣氛，包圍著這些詭異的事件。

——《華爾街日報》

有如史詩……筆法靈巧，處處幽默……時而令人沉醉，時而令人憂傷，讓小說保持了高度的懸疑性，絕對是令人驚艷的處女作。

——《時人》

非常傑出……一本既黑暗又閃亮的小說……儘管全書散發令人不寒而慄的氣氛，讓人覺得讀起來應該不會太享受，但尤金尼德斯引人入勝的筆法，卻又讓人忍不住一直讀下去。

——《圖書館學刊》

獻給Gus和Wanda

一

輪到最後一個里斯本家的女兒自殺的那天早上——這次是瑪麗，用的是安眠藥，跟特芮絲一樣——兩位救護人員來到里斯本家，已經很清楚放刀具的抽屜在哪裡，還有煤氣爐，以及地下室那根可以繫繩索的橫樑。他們從救護車上下來，一如往常以在我們看來實在太慢的速度前進，胖的那個還壓低了聲音說：「這不是電視節目，各位，我們就是這麼快。」他扛著沉重的呼吸及心肺復甦器，經過已長成龐然大物的灌木叢，穿過恣意亂生的草坪。一年一個月前，麻煩開始之前，這草坪一直是規規矩矩、毫無瑕疵的。

最小的西西莉雅，只有十三歲，是第一個走的。她在洗澡時割腕，像個嚴厲的斯多葛學派信徒。他們看到她時，她正浮在粉紅色的浴池裡，一雙眼睛像著魔般冷靜，嬌小的身軀散發出成熟女人的氣味。救護人員被她的平靜嚇到了，像被催眠似地站定不動。不過這時里斯本太太衝進來，大聲尖叫，現實才又重新掌握那個空間：腳踏墊上有鮮血；里斯本先生的刮鬍刀沉在馬桶裡，讓水呈現了直條波紋。因為溫水會加快血流的速度，於是救護人員把西西莉雅從溫水中抱出來，在她的手臂上綁上止血帶。她的濕頭髮垂在身後，四肢末梢已呈青紫。她一句話也沒說，可是他們把她的雙手分開時，發現她把一張聖母馬利亞的照片壓在剛發育的胸部前。

正逢六月，蜉蝣的季節。每年到這個時候，我們鎮上就被這種朝生暮死的昆蟲殘骸淹沒。牠們從受污染湖水的水藻裡成群結隊飛起，掩蔽了窗戶，覆蓋了車輛與街燈，貼滿市立碼頭，並在帆船的索具上形成花彩裝飾，永遠是同樣的棕色飛行垃圾，無所不在。住在街尾的席爾太太告訴我們，在西西莉雅企圖自殺的前一天，她看到西西莉雅站在路旁，穿著她常穿的那件剪短了裙襬的復古結婚禮服，盯著一輛被蜉蝣包圍的福特雷鳥。席爾太太建議她：「妹妹，妳最好去拿掃把來。」可是西西莉雅以女巫般的眼神直直看著席爾太太。「牠們死了。」她說：「牠們只活二十四小時。孵化、繁殖，然後死翹翹。連吃東西都不必。」說完，她把手伸進如泡沫般的蟲堆裡，劃出她的姓名縮寫：C．L。

雖然過了那麼多年，做起來並不容易，但我們還是試著用時間順序來整理那些照片。好幾張照片的時間點很模糊，不過仍然透露了很多事。陳列品#1呈現的是里斯本家的房子在西西莉雅自殺前不久的樣子。那是房屋仲介卡米娜．狄安吉羅小姐拍的。里斯本先生委託她把這棟早已不敷使用的房子賣掉。從照片上可以看出，石瓦片尚未從屋頂上滑落，灌木叢的上方仍看得到前廊，窗戶也還沒有用一條條膠帶貼住。是棟舒適的郊區房屋。二樓右手邊的窗戶上有個模糊的人影，里斯本太太確認那是瑪麗．里斯本。「她總是把頭髮刮得很蓬鬆。她認爲那樣很慵懶。」多年以後，回想起女兒在人世間短暫停留時的模樣，她這樣說。照片中的瑪麗正在吹頭髮。她的頭看起來好像著火了，不過那只是光線的把戲而已。那天是六月十三日，外面是華氏八十三度，一片晴空。

救護人員將出血減少到只剩一小道細流，滿意了這樣的成果，就把西西莉雅放上擔架，推著她離開屋子，來到停在車道上的救護車旁。她看起來就像躺在皇室昇床上的迷你埃及豔后。我們看到高瘦的那個救護人員先出來——他留著跟西部傳奇警長懷特．厄普一樣的翹八字鬍，所以等我們經由這幾場家庭悲劇更加熟悉他之後，就叫他「警長」——接著胖子出現，抬著擔架的尾端，優雅而謹愼地踩過草坪，一直盯著他的警用鞋，彷彿在看是否踩到了狗屎，不過後來，等我們對這些機器更熟悉了之後，就知道他是在查看血壓器。兩人冒著汗，危危顫顫向閃著燈、仍在震動的救護車前進。胖子絆到了一個單獨槌球柱門，氣得回踢一下，柱門彈鬆了，揚起一陣塵土，「砰」地一聲落在車道上。在此同時，里斯本太太衝到前廊，西西莉雅的法蘭絨睡袍拖曳在地。她發出一聲長長的哀嚎，讓時間瞬間靜止。那一刻，脫皮的樹木下，曝曬過度、看似燃燒的草地上，那四個人宛如靜止畫一般暫停了：兩名奴隸將祭品獻上祭壇（舉起擔架進入救護車），女祭司揮舞著火炬（揮動法蘭絨睡袍），麻醉的處女以手肘撐著抬起身來，蒼白的唇上露出事不關己的微笑。

里斯本太太坐在救護車的後車廂，里斯本先生則是自己開著旅行車跟在後面，一路注意著速限。兩個里斯本家的女兒剛好不在家，特芮絲去匹茲堡參加科學研討會，邦妮去了音樂營，繼放棄鋼琴（她的手太小）、小提琴（她的下巴發痛）、吉他（她的手指頭流血了），以及喇叭（她的上唇腫了）之後，嘗試學習笛子。瑪麗和拉克絲本來在對街跟著傑賽普先生學聲樂，聽到警笛聲立刻趕回家，衝進擁擠的浴室，看到西西莉雅被血染髒的前臂以及驚世駭俗的裸體，露出跟父母一樣驚駭的表情。到了屋外，兩人站在一塊沒刈到的草地上相擁。布奇，一個肌肉結實的男孩子，每週六會過來刈草，不小心漏刈了那一塊。馬路對面，好幾個公園處派來的男人正在處理幾棵垂死的榆樹。救護車的警笛尖鳴，逐漸遠離，植物專家和手下停止殺蟲劑唧筒的動作，目送救護車遠去。等救護車走了，又繼續噴灑藥劑。那些威武的榆樹，在陳列品#1的前景就看得到，之前被荷蘭榆樹蠹蟲傳染了霉菌，枝幹都被砍掉了。

救護人員把西西莉雅送往克切弗路與毛彌路口的邦瑟克醫院。在急診室裡，西西莉雅用冷漠到近乎詭異的神情，看著醫護人員搶救她的生命，黃色的眼睛眨也不眨一下。連醫護人員將針扎進她的手臂時，她也毫不畏縮。阿蒙森醫師幫她縫合手腕上的傷口。輸血五分鐘後，他就宣布她脫離危險了。他輕輕拍了拍她的下頷，說：「親愛的，妳來這裡做什麼？妳這年紀，根本還不曉得人生有多辛苦。」

就是這時候，西西莉雅以口頭留下了她唯一的自殺遺言，不過這次沒派上用場，因爲她會活下去。「顯然，醫師，」她說：「你從來沒當過十三歲的少女。」

里斯本家的女兒分別是十三歲（西西莉雅）、十四歲（拉克絲）、十五歲（邦妮）、十六歲（瑪麗）、十七歲（特芮絲）。她們個頭嬌小，牛仔褲底下是渾圓的臀部，圓潤的雙頰讓人聯想到背後的柔軟。我們每次看到她們，總覺得她們的臉暴露到近乎失當的地步，彷彿我們習慣看到女人戴著面紗。沒有人能理解，里斯本夫婦怎麼會生出這麼漂亮的女兒來。里斯本先生在高中教數學，瘦瘦的，娃娃臉，還會被自己的灰頭髮嚇到。他的聲音高亢，後來拉克絲自殺被送到醫院去，他還嚇哭了。當喬．拉爾森告訴我們這件事時，我們很容易就能想像里斯本先生哭得像女孩子般的聲音。

我們每次看到里斯本太太，就想在她身上尋找一絲絲曾經美麗的痕跡，但總是徒勞。她肥胖的手臂、硬生生被剪得像鋼絲般的頭髮，以及圖書館館員般的眼鏡，每次都讓我們無功而返。我們很少看到她，唯一的機會就是清晨，太陽尚未升起，她就已經穿戴整齊走到屋外，抓起沾了露水的牛奶盒就進去。還有就是每週日，他們全家會開著加了木紋飾板的旅行車到聖克雷湖邊的聖保羅天主教堂去。在那些早晨，里斯本太太總是擺出皇后般的冷淡，握緊她的好皮包，一一檢查女兒，確認沒有化妝的痕跡才准她們上車。經常可以見到她要拉克絲進屋裡去換件沒那麼暴露的上衣。我們幾個都不上教堂，所以有很多時間可以觀察他們。在我們眼裡，那對父母像攝影負片一樣，顏色都被過濾掉了，只剩下那五個閃閃發亮的女兒，穿著自製洋裝，一大堆的蕾絲和皺褶，遮不住她們欲蓋彌彰的豐滿肉體。

只有一個男生曾經獲准進入里斯本家。彼德．席森協助里斯本先生在教室裡安裝了一個太陽系的運作模型，里斯本先生爲了表示謝意，就邀請彼德．席森到他家吃飯。他告訴我們，那幾個女孩子一直在桌子底下踢他，四面八方都有，所以他無法分辨到底是誰踢的。她們用炙熱的藍眼睛盯著他，對他微笑，露出了擁擠的牙齒，這是我們在里斯本家的女孩子身上唯一能挑剔的缺點。只有邦妮沒有偷偷看他或踢他，只開口說了飯前禱詞，就安安靜靜吃她的飯，沉溺在十五歲少女的虔誠裡。飯後，彼德．席森說要借用洗手間，因爲特芮絲和瑪麗躲在樓下浴室說悄悄話，發出咯咯笑聲，他只得到樓上去用姊妹們共用的那間。後來他對我們回報了好多精彩的畫面，譬如臥室裡都是皺巴巴的內褲；幾個絨毛動物宛如被姊妹們熱情擁抱至死；一個十字架上掛了一件胸罩；加了天篷垂了紗帳的閨房；還有這麼多個少女一起擠在狹小的空間轉成女人所散發出來的腥味。彼德．席森關在洗手間裡，開著水龍頭掩飾他四處窺看的聲音，發現瑪麗．里斯本在水槽底下的一隻襪子裡，偷偷藏了化妝品：數管紅色唇膏、有如第二層肌膚的腮紅和粉底，還有一罐脫毛蠟，讓我們知道她長了我們從來沒見過的鬍子。其實我們本來不知道彼德．席森找到的化妝品是誰的，直到兩個星期後，我們看到瑪麗．里斯本塗著紅唇出現在碼頭上，顏色就跟彼德．席森形容的一樣。

他一一檢視芳香劑、香水以及去除死皮的刷布。我們很意外知道，他並沒有看到陰道沖洗器，因爲我們本來以爲女生每天晚上都要沖洗私處，就跟刷牙一樣。不過席森接著又告訴我們一個驚人大發現，超越我們最狂野的想像，讓我們立刻忘了失望。垃圾桶裡有一塊用過的衛生棉，剛剛才從某個里斯本姊妹的內褲裡換下來。席森說他本來想要拿來給我們看，他說那東西一點也不噁心，反而挺美的，就像一幅現代畫之類的藝術品，我們一定得看看。然後他又說他在櫃子裡看到一大堆衛生棉，他數了數，一共是十二盒。這時拉克絲剛好來敲門，問他是不是死在裡面了，他立刻衝去開門。吃飯時她的頭髮用髮夾夾了起來，現在都披散在肩上。她沒有走進浴室，而是直視他的眼睛。接著，她發出像土狼一樣的笑聲，把他推開，進入浴室，說：「你霸占完浴室了吧？我要拿個東西。」她走向櫃子，然後又停下來，雙手交握放在身後。她說：「這是私事，你……」彼德．席森紅著臉衝下樓，向里斯本夫婦道謝後，就急忙趕來告訴我們，拉克絲．里斯本的雙腿間流了血，同一時間蜉蝣正把天空染髒，街燈一一亮起。

聽了彼德．席森的經歷，保羅．波迪諾誓言也要進到里斯本家，而且他會見到比席森見到的更難以想像的事。「我要去看那幾個女生洗澡。」他信誓旦旦地說。保羅．波迪諾只有十四歲，就已經具有流氓的膽量和宛如職業殺手般的臉孔，一如他父親，「鯊魚」山米．波迪諾，以及所有進出波迪諾大宅的男人。那棟房子的正門階梯兩旁，還立了兩隻石雕獅子。保羅．波迪諾走起路來，就像都市裡會擦古龍水、修指甲的凶神惡煞，有一種慵懶又威風的氣勢。我們都怕他，還有他那兩個噸位驚人、像一坨麵團的表兄弟，瑞可．曼諾羅及文斯．菲斯利。並不只是因為他們家那棟房子經常上報，或者那輛會沿著環形車道緩緩往上開的防彈黑色禮車，車道兩旁還種滿了從義大利進口的月桂樹，而是因為他雙眼下方的黑眼圈，還有他碩大的屁股和擦得發亮的黑皮鞋。他連打棒球都穿那雙鞋子。他以前也偷溜進其他不能去的地方，雖然他帶回來的消息不盡然可靠，我們還是很佩服他勇敢的勘查行動。六年級時，女生去大禮堂看一部很特別的影片，就是保羅．波迪諾偷溜進去，躲在舊投票間裡，好告訴大家她們到底在看什麼。我們在操場上踢著石子等他，他終於出現時，咬著一根牙籤，把玩著手指上的金戒指，我們屏息期待他即將說出的話。

「我看到影片了。」他說：「我知道是怎麼回事了。聽好了，女生到了十二歲左右，」——他往我們靠過來——「她們的咪咪會流血。」

儘管我們已經比以前更懂了，保羅．波迪諾仍然掌握我們的恐懼與敬意。他那大如犀牛的屁股甚至比以前更大，他的黑眼圈顏色加深，變成雪茄菸灰混和黃土的顏色，讓他看起來好像見識過死亡。關於逃生地道的謠言，就是這時候傳出來的。波迪諾家的尖頂圍籬，一向由兩隻長得一模一樣的白色德國牧羊犬巡邏。幾年前的某個早晨，圍籬內出現一群工人。他們在梯子上掛防水布，讓人看不清楚他們在裡面做什麼。三天後，他們把防水布撤走，草坪的中央，立了一棵直挺挺的樹幹。那是用水泥做的，漆上了樹皮的顏色，甚至還有以假亂眞的節孔和兩根被砍斷的枝幹，帶著殘枝的熱情指向天空。樹的中間有一個像是鋸出來的三角缺口，裡面有一個金屬格架。

保羅．波迪諾說那是烤肉架，我們相信他。可是，日子一天天過去，我們注意到沒有人用過那個烤肉架。報上說安裝烤肉架花了五萬美元，可是上頭沒有烤過一片肉或一條熱狗。很快就有流言傳出來，說那個樹幹其實是個逃生通道，通往河邊一個隱密的地點，鯊魚山米在那裡放了一架快艇。工人掛上防水布，是爲了掩飾挖掘的工作。然後，謠言傳了幾個月之後，保羅．波迪諾開始經由下水道系統，出現在別人家的地下室裡。他從卻斯．畢爾的家冒上來，身上覆蓋了一層灰，聞起來像不至於太難聞的大便；他擠著擠著，擠上丹尼．辛恩家的地下室，這次帶了手電筒、球棒，還有一個袋子裡裝了兩隻死老鼠；最後他來到湯姆．法希姆家的鍋爐的另一頭，對著鍋爐敲三下，發出鏘鏘的聲音。

他總是向我們解釋，他一直在探索他們家下面的下水道，結果迷路了，可是我們開始懷疑他是在他父親的逃生地道裡玩。他誇口說他要去看里斯本家的女孩子洗澡時，我們都相信他會如法炮製，以進入別人家的方式溜進里斯本家。雖然警方偵訊了保羅．波迪諾一個多鐘頭，我們還是一直不知道實際的狀況。他對警方說的，就跟他告訴我們的一樣。他說他爬進他家地下室下面的下水道裡，然後開始用走的。一次走幾呎。他形容那些水管的驚人尺寸、工人留下來的咖啡杯及菸蒂，還有宛如壁畫的炭筆裸女圖。他說到他如何隨意選擇通道，如何從各戶人家底下經過，就知道他們在煮什麼。最後他穿過下水道的鐵格柵，來到里斯本家的地下室。他拍掉身上的髒污，走上一樓去看看有沒有人在家。他穿過廳室，喊了又喊。他爬樓梯上了二樓，聽到走道盡頭有水流聲。他走到浴室門口，一直說他敲了門。接著保羅．波迪諾敘述他如何踏進浴室，發現西西莉雅在裡面，光著身體，手腕上淌著血，他又如何克服驚嚇，第一時間衝到樓下去報警，因爲他父親一向是這麼教他的。

當然，是救護人員先發現那張護貝照片的，胖子在慌亂中把照片放進了口袋。到了醫院，他才想到要把照片交給里斯本夫婦。那時西西莉雅已經脫離險境，她爸媽坐在等待室裡，鬆了一口氣，但也很困惑。里斯本先生謝謝救護人員救了他女兒一命。然後他把照片翻過來，看到背後印的訊息：

聖母馬利亞一直在這個城市裡顯靈，為這個逐漸滅亡的世界帶來和平的訊息。一如在盧爾德與法蒂瑪，聖母也願意在你這樣的平凡人面前現身。詳細資訊請洽：555-MARY。

里斯本先生看了那段話三遍，然後用挫敗的聲音說：「我們給她行洗禮，行堅信禮，結果她卻相信這些胡說八道。」

這整場折磨從頭到尾，那是他唯一褻瀆的話。里斯本太太的反應，是把照片抓在掌心揉碎（照片沒全毀；我們這裡有一張複本）。

地方報紙沒有爲自殺未遂事件寫一篇報導，因爲編輯鮑比先生覺得，在頭版的少年聯盟花展以及封底那些笑開懷的新娘之間，找不到合適的位置安插這則感傷的消息。當天報紙唯一有新聞價值的一篇報導，是關於墓園工人罷工的事（屍體不斷累積、勞資雙方毫無共識），不過是排在第四版，小聯盟比賽結果的下方。

回家後，里斯本夫婦把自己和女兒都關在家裡，絕口不提此事。只有被席爾太太逼急了，里斯本太太才提到「西西莉雅的意外」，好像當作她是不小心跌倒割傷了。然而，已經對血沒感覺的保羅．波迪諾，精確而客觀地向我們敘述他看到的畫面，讓我們毫不懷疑，西西莉雅是眞的自殘了。

巴克太太認爲刮鬍刀掉在馬桶裡很奇怪。「如果你在浴缸裡割腕，」她說：「不會直接把刮鬍刀放在旁邊嗎？」這一點也引發以下問題：西西莉雅是泡在浴缸裡割的腕，還是站在踏墊上割的腕？踏墊上沾滿了血跡。保羅．波迪諾沒有絲毫疑慮：「她是坐在馬桶上割的啦。」他說：「割完了才進入浴缸。她把血濺得到處都是，有夠誇張。」

西西莉雅被留院觀察一週。醫院紀錄顯示她右手腕的動脈完全斷了，因為她是左撇子，不過左手腕的傷口就沒有那麼深，動脈的下側還連在一起。她的兩隻手腕都縫了二十四針。

她回家時，仍然穿著那件結婚禮服。帕茲太太的妹妹在邦瑟克醫院當護士，她說西西莉雅不肯換上醫院的病服，要求家人把結婚禮服拿來給她，精神科的主治大夫霍爾尼克醫師認為順著她比較好。她在一次雷陣雨中返家，我們那時都在喬．拉爾森家，剛好就在她家對面。第一道雷擊的轟隆聲響起時，喬的母親在樓下大喊把所有窗戶關上，我們就衝到最近的窗戶前。外頭，一種凝重的真空狀態讓空氣都靜止了。一陣強風吹動一個紙袋，紙袋飛起，翻滾，飛進較低矮的樹枝中。接著大雨打破真空狀態，天空轉黑，里斯本家的旅行車想趁著黝黑的天色悄悄經過。

我們叫喬他媽來看。不出幾秒鐘，我們就聽到她匆促的腳步踏在鋪著地毯的樓梯上，然後她就跟我們一起站在窗邊。那天是星期二，她身上有家具清潔劑的味道。我們一起看著里斯本太太用一隻腳把車門推開，然後下車，把皮包遮在頭上，避免淋濕。她低著頭，皺著眉，打開後車廂門。大雨持續落下。里斯本太太的頭髮黏在臉上。最後我們看到了西西莉雅小小的頭，在雨中顯得朦朧。她以奇特的推進動作游進雨中，因為她的兩條手臂上都懸著吊腕帶。她花了好一會兒才凝聚足夠的力氣自己站起來。等她好不容易跌跌撞撞下了車，她抬起手臂，那兩條吊腕帶彷彿一雙帆布翅膀，里斯本太太抓住她的左手肘，帶她進屋裡去。這時雨已經下得肆無忌憚，我們也看不清楚對面的狀況了。

接下來那幾天，我們常常看到西西莉雅。她會坐在她家門口的臺階上，從灌木叢上摘紅莓來吃，或者用莓汁把手掌染紅。她總是穿著那件結婚禮服，光著一雙髒兮兮的腳。下午時分，陽光照耀著前院，她會看著螞蟻聚集在人行道上的裂縫裡，或者躺在施過肥的草地上，盯著天上的雲。每次都會有一個姊姊陪著她。特芮絲拿著科學課本坐在前門臺階上，研究外太空的照片，只要西西莉雅晃到院子的邊緣，她就會抬起頭注意看。拉克絲攤開海灘毛巾，躺著曬太陽，西西莉雅則用樹枝在自己的腿上隨意畫出幾何圖樣。有時西西莉雅會靠近她的看守人，抱著姊姊的脖子，在她耳邊說悄悄話。

對於她為何想要輕生，每個人都有一套理論。畢爾太太說都要怪她的父母。「那個女孩子根本不想死，」她告訴我們：「她只想離開那個家。」席爾太太補充說：「她想要離開那個任人擺布的人生。」西西莉雅出院回家那天，這兩個女人帶了一個環形蛋糕到她家去，表達慰問之意，可是里斯本太太不肯承認他們家發生了任何悲慘的事。我們再見到畢爾太太時，發現她老很多，也胖很多，仍然跟她那個基督科學派教徒的丈夫分房睡。她撐坐在床上，白天仍戴著珍珠色的貓眼太陽眼鏡，也仍然在她聲稱只有水的高玻璃杯裡搖晃著冰塊；不過現在的她，身上有一種午後慵懶的新氣味，肥皀劇的味道。「莉莉和我一把蛋糕交給那個女人，她就要女兒們統統上樓去。我們跟她說：『蛋糕還是熱的，大家一起吃吧。』可是她接過蛋糕，就把蛋糕放進冰箱裡，就當著我們的面。」席爾太太記得的版本不一樣。「我實在不想這麼說，可是嬌安的腦筋已經糊塗好幾年了。事實是，里斯本太太很有風度地謝謝我們，沒有一絲一毫不對勁。我甚至開始懷疑，也許那個女孩子眞的只是跌倒不小心割傷自己而已。里斯本太太請我們到外面的陽光房去坐，我們都吃了一塊蛋糕。嬌安中途就不見了。如果她是回家換條皮帶，我一點也不覺得意外。」

我們發現畢爾先生就跟他太太住在同一條走道上，一間運動主題的房間。架子上立著一張他第一任妻子的照片，自從跟她離婚後，他就一直愛著她。他從書桌前站起來跟我們打招呼時，我們發現他仍然駝著背，因爲他的肩傷由於信仰的關係從未完全治癒。「就跟這個悲哀社會的所有狀況一樣。」他告訴我們：「他們沒有建立跟上帝的關係。」我們提醒他那張聖母馬利亞的護貝照片，他說：「她應該拿耶穌的照片才對。」越過那些皺紋與亂長的灰眉毛，我們還是看得到這個多年前教過我們傳足球的人原本那張俊俏的臉。二次大戰時，畢爾是飛行員，飛機在緬甸上空被擊落，他帶領手下穿過叢林，徒步走了上百英里去到安全的地方。之後他就再也沒有接受過任何一種醫療，連阿斯匹靈都不吃。有一年冬天，他滑雪時摔斷肩膀，旁人好說歹說，也只能說服他去照X光，其餘免談。從此，每次我們在球場上要阻截他，他都會痛得退縮一下，也只用單手耙枯葉，星期日早上不再表演翻鬆餅特技。除此之外，他算是個很有毅力的人，每次我們拿上帝的名諱說了不敬的話，他就會溫和地糾正我們。在這間宿舍裡，他的肩膀融成了不算難看的駝背。「想到那幾個女孩子就叫人難過。」他說：「眞是浪費生命。」

當時最普遍的說法，認爲都要怪多明尼克．帕拉索洛。多明尼克是移民家庭的孩子，借住在親戚家，等父母在新墨西哥安頓好再過去團圓。他是我們這個社區第一個戴太陽眼鏡的男孩子。他才來不到一個星期，就談戀愛了。他愛慕的對象並不是西西莉雅，而是黛安娜．波特，一個長著馬臉、但還是很漂亮的女孩子，栗子色的頭髮，住在湖邊一棟爬滿長春藤的房子裡。遺憾的是，她在紅土球場上激烈地打著網球，或者躺在泳池邊的休閒椅上流著香汗時，並沒有注意到多明尼克正隔著籬笆縫在看她。在我們這個角落，我們這群人在聊棒球或種族融合的通勤就學制度時，多明尼克並不會加入談話，因爲他的英文說得很不好，不過三不五時他就會將頭往後傾斜，好讓太陽眼鏡反射陽光，還會說：「我愛她。」他每次說這句話，就彷彿傳達出一種連他自己也驚訝的深度，彷彿他咳出了一顆珍珠。六月初，黛安娜．波特出發去瑞士度假，多明尼克大受打擊。「去他媽的聖母，」他懊惱地說：「去他媽的上帝。」然後，爲了表示他的絕望，也證明他的愛情，他爬上了親戚家的屋頂，從屋頂上往下跳。

我們看著他，也看著西西莉雅．里斯本在她家前院看著他。多明尼克．帕拉索洛，穿著緊身褲、丁戈靴，頂著一頭龐巴度髮型，走進屋子裡。我們看到他從樓下平板玻璃觀景窗前走過，接著出現在樓上一扇窗戶前，脖子上圍著一條絲質手帕。他爬上窗臺，一個旋轉來到平面的屋頂處。站在上面的他，看起來弱不禁風且病懨懨，十分性格，一如我們心目中歐洲人該有的樣子。他踮著腳尖走在屋頂邊緣，像一名高空跳水選手。他低聲自言自語：「我愛她。」同時往下掉，經過窗戶，落在精心挑選的灌木叢裡。

他沒有受傷。跳完了，他站起來，證明了他的愛情。有些人堅稱，在此同時，隔著一個路口，西西莉雅．里斯本的愛情也萌芽了。艾咪．施拉夫在學校裡就認識西西莉雅，她說在結業式之前那最後一個星期，西西莉雅開口閉口都是多明尼克。自習時間她不念書準備考試，反而跑到圖書館去，在百科全書裡查「義大利」這個條目。她開始說「喬」[1]，也會溜進湖邊的聖保羅天主教堂，在額頭上灑聖水。在學校餐廳裡，即使是大熱天，整個餐廳充滿了團膳食物濃重的氣味，西西莉雅還是選擇義大利麵和肉丸，彷彿跟多明尼克．帕拉索洛吃一樣的食物，她就能更靠近他。在她的迷戀達到高點時，她買了彼德．席森看到的那個掛了胸罩的十字架。

1 ciao，義文招呼語。

認同這個說法的人，總是指出一個關鍵事實：西西莉雅自殺未遂前一個星期，多明尼克．帕拉索洛的父母來了消息，要他到新墨西哥去。這次他又滿嘴去他媽的上帝，因爲新墨西哥離瑞士更遠。而在瑞士，就在那一刻，黛安娜．波特在夏日的樹林底下漫步，勢不可擋地遠離他即將繼承爲地毯清潔公司老闆的世界。西西莉雅在浴室裡放血，艾咪．施拉夫說，是因爲古羅馬人在生命變得無法承受時，就這麼做，她還認爲，多明尼克在高速公路上，置身仙人掌中，聽到這件事時，應該會明白愛他的人是她。

醫院的檔案裡多半是心理醫師的報告。霍爾尼克醫師跟西西莉雅談過後，做出了診斷，他認爲她之所以自殺，是由於青春期的慾望衝動遭到壓抑而起的激進行爲。對三種截然不同的墨跡圖案，她都回答：「香蕉。」她還看到「監獄欄杆」、「沼澤」、「爆炸頭」，以及「原子彈爆炸後的土地」。醫師問她爲何自殺時，她只說：「那是個錯誤。」霍爾尼克醫師進一步追問，她就閉口不答了。「儘管傷勢嚴重，」他寫著：「我不認爲病人是眞的想要結束生命。她的行爲是在呼喊求救。」他跟里斯本夫婦見了面，建議他們放寬家規。他認爲「若西西莉雅在學校的制度規範之外，有些社交上的抒壓管道，讓她能跟同齡的男孩子互動」，會對她有益。「也應該容許十三歲的西西莉雅追求流行，跟同齡女孩一樣化妝，才能跟同儕建立感情。模仿共同的習慣，是個性養成不可或缺的一步。」

從那天起，里斯本家開始有了改變。拉克絲幾乎每天躺在大毛巾上曬太陽，連不需要留意西西莉雅時也不例外。她穿著泳衣，讓磨刀師免費爲她展示了十五分鐘。她們家的大門總是開著，因爲總是有某個女孩子要進門或出門。有一次，我們在傑夫·馬德朗家外面玩傳接球，看到一群女孩子在他家客廳隨著搖滾樂起舞。她們很認眞地學習正確的舞步，我們那時才很訝異地知道原來女生可以爲了好玩而一起跳舞。結果傑夫·馬德朗在外面敲玻璃，發出親吻的聲音，她們才把遮光簾放下來。在她們的身影消失之前，我們看到瑪麗·里斯本在後面書架附近，穿著喇叭牛仔褲，臀部的位置還繡了一顆心。

還有其他驚人的改變。布奇，幫里斯本家刈草的那個男生，現在獲准進屋裡去喝杯水，不再只能就著外面的水龍頭喝水。他流著汗、赤裸著刺青的上身，直接走進里斯本家的女孩在其中生活與呼吸的廚房，可是我們從來沒有問過他在裡面看到了什麼，因爲我們都很怕他的肌肉和他的貧窮。

對於放寬規定，我們以爲里斯本先生和太太是說好的，可是我們多年後跟里斯本先生見面時，他告訴我們，他妻子從來不認同心理醫師的看法。「她只是勉強屈服一陣子。」他說。那時他已經離婚了，一個人住在一間小套房裡，地上到處是他做木雕時留下的刨花，精心雕琢的鳥類和青蛙擺滿層架。根據里斯本先生的說法，他早就對他太太的嚴格管教存有疑慮，他心裡知道不准跳舞的女孩子，只會引來個性乖戾、心胸狹隘的丈夫。而且，幾個女孩子關在一起，那種氣味已經開始讓他感到困擾了。他有時會覺得自己好像住在動物園的鳥籠裡。不管他走到哪裡，都看得到髮夾和毛梳子，又因爲屋子裡有那麼多女人走來走去，她們會忘了他是男人，就在他面前大剌剌討論月經。西西莉雅剛來初經，每個月來潮的時間，就跟其他幾個姊姊一樣，她們連月事節奏都是同步的。每個月的那五天，是里斯本先生最慘的日子，他得像餵鴨子一樣分發阿斯匹靈，還要安慰突然嚎啕大哭的女兒，因爲電視上有狗遇害。他說，到了「每個月那幾天」，幾個姊妹還會展現神奇的女人味。神態更慵懶，以女演員的方式就坐，還老是眨一下眼睛，說：「大姨媽來了。」有些夜晚，她們還會派他出去買衛生棉，不是一包，而是一次買四、五包，沒長幾根鬍子的年輕店員會露出嘲諷的笑容。他愛女兒，女兒是他的寶貝，可是他渴望能有幾個男生陪他。

也因此，西西莉雅出院兩個星期後，里斯本先生說服妻子同意讓女兒們辦了短暫人生中的第一場也是唯一一場派對。我們都接到了邀請函，是用手工以書面紙做成的，繫上氣球，氣球上用簽字筆寫上我們的名字。正式受邀到一間只有在浴室裡幻想時才進去過的房子，我們實在太驚訝了，必須把彼此收到的邀請卡拿出來仔細比對，才敢相信。知道里斯本姊妹知道我們的名字，她們纖細的聲帶曾發出那些名字的音節，那些名字在她們的生命中具有某種意義，眞是太讓人興奮了。她們得努力寫出正確的拼字，得在電話本裡翻查或者從釘在樹上的鐵牌上確認我們的地址。

隨著派對的日子一天天接近，我們觀察里斯本家，尋找布置或準備的跡象，可是什麼也沒看到。黃色磚牆維持一貫有如教堂經營的孤兒院般的外貌，靜悄悄的草坪顯得肅靜。窗簾沒有騷動，也沒有小貨車載來六呎長的潛水艇三明治或好幾桶洋芋片。

然後那天晚上到了。我們穿著藍色休閒西裝外套，卡其色長褲，打上活動領帶，走在里斯本家外面的人行道上，就像我們之前走過許多次的那樣。可是這一次，我們轉進了他們家的步道，踏上兩排天竺葵盆栽中間的階梯，按了電鈴。彼德．席森表現得好像我們的領隊，甚至看起來有點無聊的樣子，一直重複地說：「你們等著看就知道了。」門開了，在我們上方，里斯本太太的臉在微光中逐漸成形。她要我們進去，我們彼此碰撞，穿過大門。一踩在門廳的鉤織地毯上，我們就發現彼德．席森對那棟房子的形容，全都說錯了。我們發現裡面沒有住了一屋子女人的混亂畫面，反而非常整齊，甚至有點單調乏味，微微飄散著隔夜爆米花的味道。拱門上掛著一幅裱框的繡畫，上頭寫著：「天佑吾家」。右手邊，暖氣散熱片上方的一個架子上，放了五雙童稚的嬰兒鞋，將里斯本家五個女兒平靜無波的嬰兒時期永遠留存下來。餐廳裡擺滿了死板的殖民時期家具，一面牆上掛了一幅清教徒拔火雞毛的畫。客廳裡鋪著橘色地毯，還有一組棕色的乙烯基沙發。里斯本先生的單人沙發椅旁有一張小桌子，上頭擺了一艘尚未完工的帆船模型，還缺索具，上了漆的船頭上臥著一條豐滿的美人魚。

里斯本太太引導我們下樓到娛樂間去。階梯很陡，前端都貼了金屬條。我們越往下走，底下的燈光就越明亮，彷彿我們正走向充滿熔岩的地心。等我們走到最後一個階梯，一時之間幾乎盲了。上方有嗡嗡作響的螢光燈；每一個平面上都亮著一盞桌燈。紅綠色格狀相間的油布地板，在我們帶扣的鞋子底下閃閃發亮。一張打牌的小桌子上，裝著潘趣酒的大碗流出了熔漿。鑲著壁板的牆發著微光，剛開始那幾秒鐘，里斯本姊妹就只是一團耀眼的光芒，像一群天使。不過慢慢地，我們的眼睛習慣了亮光，也讓我們發現了一件從來沒有注意過的事：里斯本家的女孩每個都長得不一樣。我們看到，她們不再是五個一模一樣的複製品、同樣的金髮和豐潤的臉頰，而是五個明顯不同的人。她們的個性開始顯現在臉上，也改變了她們的表情。我們立刻看出，此時自稱是天主教聖人文德的邦妮，氣色跟修女一樣蒼白，也有同樣的尖鼻子。她有雙水汪汪的眼睛，比其他姊妹還要高一呎，主要是因爲脖子的長度，而那脖子，有一天會掛在一條繩子的尾端。特芮絲・里斯本有一張比較沉鬱的臉，母牛般的臉頰和眼睛，腳步笨拙地向前與我們打招呼。瑪麗・里斯本的髮色較深，有個美人尖，上唇的上方有細毛，讓人想到很可能她母親已經發現了她的脫毛蠟。只有拉克絲・里斯本符合我們印象中的里斯本家女孩。她散發著健康與調皮的氣息，穿著非常合身的洋裝，前來跟我們握手時，還偷偷用一根手指搔我們的掌心，同時發出奇怪的粗啞笑聲。西西莉雅跟平常一樣，穿著那件剪短了裙襬的結婚禮服。那是件一九二〇年代的復古樣式，她沒能撐起來的胸前，裝飾著亮片。有人，也許是西西莉雅，也許是舊衣店的老闆，把禮服的下襬剪成了鋸齒狀，所以現在長度只到西西莉雅擦破皮的膝蓋上方。她坐在一張高腳椅上，盯著手中的玻璃杯，像布袋一樣的衣服罩在身上。她用紅色的蠟筆在唇上加了顏色，讓她的臉看起來像個發狂的妓女，可是她的舉動，好像那裡根本沒有半個人。

我們知道要離她遠一點。她手上的繃帶已經拆了，此刻戴了好幾條手環，掩飾疤痕。其他幾個姊妹都沒有戴手環，我們猜想她們是把自己的手環都給了西西莉雅。手環的底面用透明膠帶黏在西西莉雅的皮膚上，才不會滑掉。結婚禮服上有醫院食物的髒污，是燉胡蘿蔔和甜菜。我們各自拿了潘趣酒，站在娛樂間的一邊，里斯本家的女孩則站在另一邊。

我們從來沒有參加過有伴護的派對。我們習慣參加的派對，是兄長們在某人的父母出遠門時辦的那種。黑暗的房間因爲擠滿了人而震動，如音樂般此起彼落的嘔吐聲，啤酒桶泡在浴缸的冰塊裡，客廳的雕像毀了，走廊上宛如暴動。這個派對完全不一樣。里斯本太太把潘趣酒舀進玻璃杯裡，我們看著特芮絲和瑪麗玩骨牌，房間另一頭，里斯本先生打開工具箱，給我們看他的棘輪。他用手甩動棘輪，讓棘輪呼呼作響。有一隻又長又尖的管子，他說那是他的剉刨器，另一個布滿了油灰的東西，是他的刮刀，還有一隻尾端分叉的，他說是他的鑿子。他說起這些工具時，壓低了聲音，可是從頭到尾都沒有看我們，只看著那些工具，用手指劃過工具身，或是用拇指測試工具的尖銳度。他額頭上一條垂直的縐紋變得更深了，他那張乾燥的臉中間的兩片嘴唇，也越來越濕潤。

從頭到尾，西西莉雅都坐在那張高腳椅上。

智障喬出現時，我們都很高興。他被媽媽摟著，穿著寬大的五分褲，戴著藍色棒球帽。他那張跟其他的蒙古症患者幾乎一模一樣的臉，一如往常笑得露出了牙齒。他用一條紅色緞帶把邀請卡綁在手腕上，這表示里斯本家的女孩也寫出了他的名字，就跟寫我們的名字一樣。他一直喃喃說話，移動他那過大的下巴和鬆弛的嘴唇，張著一雙宛如日本人的小眼睛，光滑的臉頰是兄弟們幫他刮出來的。沒有人知道智障喬到底幾歲，可是打從我們有記憶以來，他就一直有鬍子。他的兄弟會拿著一個桶子，帶他到前廊上坐著，幫他刮鬍子。他們會吼他，要他不要亂動，還說要是割破他的喉嚨，可不關他們的事，這時喬就會慘白著一張臉，像隻蜥蜴一樣一動也不動。我們知道智障不會活太久，也比其他人老得快，這也說明了從喬的棒球帽底下冒出來的白頭髮。我們小時候就預期，等我們到了青春期，喬應該已經死了，可是現在我們已經是青少年了，喬還是個小孩子。

他來了，我們就可以讓里斯本姊妹見識一下我們知道多少喬的事。譬如你去搔他的下巴，他的耳朵會怎樣動，還有每次要他猜銅板，他只會猜「正面」，從來不會猜「反面」，因爲那太複雜了。就算我們跟他說：「喬，你猜反面看看。」他還是會說：「正面！」還以爲自己每次都贏，因爲我們會讓他。我們要他唱他經常唱的那首歌，是尤金先生教他的。他唱了：「唷，山波旺戈的猴子沒尾巴，唷，那裡的猴子沒尾巴，牠們的尾巴被鯨魚咬掉了。」唱完了，我們鼓掌，里斯本姊妹也鼓掌。拉克絲不只鼓掌，還靠在智障喬身上，可是他太遲鈍了，不懂得領情。

派對才剛開始好玩起來，西西莉雅就滑下高腳椅，走到母親身邊。她把玩著左手腕上的手環，問她能不能離開。那是我們唯一一次聽到她開口，她成熟的聲音讓我們很意外。最明顯的是，她聽起來蒼老又疲倦。她一直拉扯著手環，直到里斯本太太說：「如果妳眞的想那樣，就去吧，西西莉雅。可是我們這麼辛苦辦這個派對，都是爲了妳。」

西西莉雅拉著手環，把膠帶都扯開了。然後她定住不動。里斯本太太說：「好吧，那妳就上去吧。沒有妳，我們就自己玩。」西西莉雅一得到許可，就往樓梯走。她從頭到尾低著頭走路，渾然忘我，向日葵般的眼睛固定在她人生的困境裡，那是我們永遠無法理解的困境。她踏上階梯，走進廚房，把門關上，繼續穿過樓上的走廊。我們可以聽到她的腳在我們頭上方移動的聲音。往二樓的樓梯走到一半，就沒有聽到她的腳步聲，可是僅僅三十秒後，我們聽到了她的身體落在屋緣籬笆上的悶濕聲。先是一陣風的聲音，一股氣流湧來，後來我們判斷那一定是她的結婚禮服充滿了空氣而鼓動的氣流。這是一瞬間的事。人體落下的速度很快。重點只是：一個人變得完全只有物理特性，以岩石的速度下墜。她的大腦在下墜時是否閃過各種念頭，她是否後悔這麼做，或者她有沒有時間看清楚朝她刺過來的籬笆尖鐵，這些都不重要。她的心智不管存不存在，都沒有任何意義了。風聲咻咻，就這麼一聲，接著悶濕的碰撞聲把我們嚇了一大跳，是西瓜破開的聲音。那一刻大家都停止動作，十分冷靜，彷彿正在聽管弦樂團演奏，側著頭，讓耳朵發揮功用，還沒有任何想法湧上來。然後，里斯本太太，彷彿當下只有她一個人，喊了一聲：「啊，天啊。」

里斯本先生衝上樓。里斯本太太跑到樓梯頂，扶著欄杆站在那裡。我們站在樓梯井，可以看到她的輪廓。粗壯的大腿，巨大而傾斜的背部，驚慌得一動也不動的頭，眼鏡突出來，承接了燈光。她擋住了大半的樓梯，我們起先不敢繞過她，後來里斯本家的女孩擠過去，我們也跟著擠出去。我們進入廚房，從一扇側邊的窗戶，可以看到里斯本先生站在灌木叢裡。等我們出了大門，就看到他正抱著西西莉雅，一手放在她的脖子下，另一手放在她的膝蓋下。他想把她從尖鐵上抬起來。那尖鐵，刺進她的左胸，通過她令人難以理解的心臟，將兩根脊椎分離但沒有刺斷，從她的背穿出來，劃破結婚禮服，再度暴露在空氣中。尖鐵穿透的速度太快了，上頭竟沒有半點血，乾乾淨淨。西西莉雅看起來就像體操選手一樣，只是在欄杆上做平衡動作。飄揚的結婚禮服更增添了這種馬戲般的效果。里斯本先生繼續試圖把她抬起來，動作很輕，可是即使我們懂得不多，也知道那是不可能的。我們還知道，儘管西西莉雅仍張著眼睛，嘴巴也持續收縮，就像一條掛在串魚繩上的魚，那純粹只是神經作用而已。第二次行動，她終於成功將自己拋出了這個世界。

二

西西莉雅第一次自殺時，我們不懂，她第二次自殺時，我們更不懂了。警方依調查慣例，檢查了她的日記，日記內容並未證實她單戀的假設。在那本小小的宣紙日記本裡，只提到了多明尼克．帕拉索洛一次。那本日記用彩色的奇異筆畫滿了圖案，看起來就像一本定時祈禱書或中世紀的聖經。書頁裡充斥著迷你的圖樣。青嫩的天使從頂端的頁緣俯衝而下，或者把翅膀塞進擁擠的段落間。金髮少女把海藍色的眼淚滴進書背裡。葡萄色的鯨魚在一張剪報（貼上去的）四週噴出了血，剪報內容列出了新近瀕臨絕種的物種。一則復活節寫的日記旁，六隻剛孵化的雛鳥在破裂的殼裡嗷嗷呼喚。西西莉雅在日記裡塡滿了豐富的色彩和花體字、糖果園遊戲的格子和線條酢漿草，可是關於多明尼克的那則日記只寫著：「帕拉索洛今天爲了那個討人厭的千金大小姐波特，從屋頂上跳下來。怎麼會有人笨到這種程度？」

救護人員又來了，同樣那兩個，只是我們過了好一會兒才認出他們。出於害怕和禮貌，我們都移到對面，坐在拉爾森先生那輛奧斯摩比的引擎蓋上。離開時，我們沒有人說半句話，除了瓦倫斯坦・史塔馬羅斯基。他隔著草坪喊：「里斯本先生、里斯本太太，謝謝你們辦的派對。」里斯本先生還困在高及腰部的灌木叢裡，他的背一陣抽動，彷彿試圖把西西莉雅抬起來又放下，又彷彿在啜泣。里斯本太太則站在前廊，要其他幾個女孩子轉過去面對房子。設定在晚上八點十五分啓動的灑水系統，剛好就在救護車出現在巷口時噴出水來。救護車以時速大約十五英里的速度駛來，沒有閃燈也沒有發出警笛，彷彿救護人員已經知道沒救了。蓄鬍的瘦子先爬出來，胖子跟在後面。他們立刻抬了擔架下車，而不是先去檢查當事人，我們是後來跟醫護人員聊過，才知道這是一項違反程序的失誤。我們不知道是誰叫的救護車，也不清楚他們怎麼知道那天只能來運送屍體。湯姆・法希姆說特芮絲進屋去打了電話，可是我們其他人都記得，另外四個里斯本家的女孩，都呆若木雞地待在前廊上，一直到救護車來了以後還是沒動。除了我們，這條巷子沒有其他人注意到這裡出了事。整條路上一模一樣的草坪空蕩蕩的。某處有人在烤肉，我們可以聽到喬・拉爾森家後面有一顆羽毛球被打來打去，從未落地，顯然對打的是天底下羽毛球打得最好的兩個人。

救護人員把里斯本先生請到一旁，好檢查西西莉雅的狀況。他們發現她已經沒有脈搏，但還是開始試圖救她。胖子用鋼鋸把籬笆樁鋸斷，瘦子則準備好接住她，因爲把西西莉雅從鐵樁上抬起來，比讓鐵樁繼續刺著她還危險。鐵樁啪一聲斷掉時，西西莉雅突然釋放的重量讓瘦子往後跌。他重新站穩腳步，腳掌轉動方向，將西西莉雅放在擔架上。他們推著她離開時，被鋸斷的鐵樁就像帳篷柱一樣，把床單撐了起來。

這時已經將近九點了。我們回家換掉正式服裝，在卻斯・畢爾家的屋頂上集合，等著看接下來情況會如何發展。越過一大片往天空伸展的樹群，我們可以看到一個清清楚楚的分界，樹林在那裡結束，開始了城市的範圍。太陽落在遠方朦朧的工廠區中，相鄰的貧民區裡，散落的玻璃反映了雲煙渺渺的夕陽赤裸裸的餘暉。在這麼高的地方，平常聽不到的聲音都傳過來了。我們趴在塗了瀝青的屋頂板上，用手撐著下巴，隱隱約約看到了宛如倒帶播放般難以解讀的城市生活、呼喊叫囂、一隻被鍊住的狗在吠叫、汽車喇叭聲、幾個女孩子玩著不知名的遊戲喊著數字——那是我們從未涉足的貧困城市的聲音，全都混在一起，又變成了靜音，聽不出意義，隨著來自那裡的一陣風吹過來。然後，黑暗降臨。車燈在遠處移動。近一點的地方，黃色的住宅燈光陸續亮起，揭露了一戶戶圍著電視而坐的人家。我們也相繼回家去了。

我們鎮上之前從來沒有舉行過葬禮，至少我們從小到大都沒遇到。大多數的死亡，都發生在第二次大戰期間，當時我們還不存在，而我們的父親則是黑白照片裡瘦得離譜的年輕人——站在臨時跑道上的父親；長了面皰、刻著刺青的父親；寫情書給女孩子的父親，而那些女孩子以後會成爲我們的母親；在充滿瘴氣的空氣裡，從軍用K號乾糧包、寂寞，和荷爾蒙騷動得到靈感而變得詩情畫意的父親，等他們一回到家鄉，那些詩情畫意就消失殆盡了。現在，我們的父親已經中年，挺著大肚子，小腿因爲多年穿長褲摩擦，都沒毛了，可是他們離死亡還很遠。他們的父母，說著外國話，像鷲一樣住在改造過的閣樓裡，接受有史以來最好的醫療照護，誓言要活到下一個世紀。沒有人的祖父死了，沒有人的祖母、父母死了，只有幾隻狗：湯姆．柏克的小獵犬，鬆餅，被火箭砲喬的口香糖噎死了，然後那年夏天，走了一個以狗的年紀來說還只是小小狗的生命——西西莉雅．里斯本。

她死的那一天，墓地工人的罷工剛好進入第六週。沒有人在意罷工，也沒有人在意墓地工人的不滿，因爲我們大多數人從來也沒有去過墓地。偶爾我們會聽到貧民區傳來槍響，可是父親們都堅稱那只是汽車引擎逆火。也因此，當報紙上說底特律完全停止下葬時，我們都不認爲會影響到我們。同樣的，才四十多歲的里斯本夫婦，養了一群年輕的女兒，原本也不太在意罷工的事，直到那幾個女兒開始自殺。

葬禮照樣進行，但是沒有完成下葬的儀式。棺木被運到未挖掘的墓地，神職人員念了悼詞，該流的眼淚都流了，然後棺木又運回太平間的冷凍庫，等待安葬。越來越多人選擇火化。可是里斯本太太反對這個主意，她怕這樣太褻瀆了，甚至在聖經裡找到一個段落，寫著耶穌復臨時，死者的肉體都會復生，骨灰就不可能復原了。

我們這個郊區只剩下一個墓園，一塊死氣沉沉的土地，多年來幾度易主，由不同的教派所擁有，從路德會到聖公會再到天主教會。墓園裡有三個法裔加拿大籍的毛皮獵人，一個姓克洛普的烘焙世家，還有J．B．米爾班克，他發明了一種類似沙士的飲料，只在當地販售。墓園裡有傾斜的墓碑、馬蹄鐵形狀的紅礫石車道，以及眾多受到營養豐富的動物屍體滋養的樹木，早在上一波的死亡潮裡就已經沒有空位了。也因此，殯儀館的館長，艾頓先生，不得不帶里斯本先生到處去尋找替代的地點。

他清楚記得那次的奔走。墓地工人罷工的那段時期，當然很難輕易遺忘，可是艾頓先生也承認：「那是我遇到的第一樁自殺。而且還是個小孩子。不能用同樣一套悼詞。老實說，我很緊張。」他們在底特律西區的巴基斯坦區看了一處安靜的墓園，可是里斯本先生不喜歡宣禮員提醒大家祈禱時間到的那種外國聲音，也聽說這一帶的人還遵照傳統儀式，在浴缸裡宰羊。「不要這裡。」他說：「不要這裡。」接下來他們又到了一個小型的天主教墓園，看起來一切都很完美，直到他們繞到後面，里斯本先生看到整整兩哩長被剷平的土地，讓他想到廣島的照片。「那是波蘭城。」艾頓先生告訴我們：「通用汽車找來大概兩萬五千名波蘭人，蓋了這個巨大的汽車廠。他們敲掉二十四個街區，然後就沒錢了，所以這裡就成了瓦礫堆和雜草叢生的地方。沒錯，是很荒涼，可是不要從後面籬笆往外看就沒事了嘛。」最後他們來到一處無教無派的公共墓園，座落在兩條高速公路之間，西西莉雅就在那裡進行了天主教會的所有葬禮儀式，除了最後的安葬。在教會的正式紀錄上，西西莉雅的死亡原因是「意外」，一年後另外幾個女孩子也一樣。我們問穆迪神父這件事，神父說：「我們不想引起爭議。你怎麼知道她不是意外掉下去的？」我們提出安眠藥、繩圈等其他手段時，他說：「自殺這種不赦之罪，最重要的是意圖。很難知道那幾個女孩子心裡在想什麼，她們眞正想要做的是什麼。」

我們的父母多半都參加了葬禮，把我們留在家裡，不讓我們受到悲劇的污染。他們一致認爲，他們從來沒有見過那麼單調的墓園。沒有墓碑或紀念碑，只有沉入地面的花崗岩平臺。海外退伍軍人的墳上，塑膠製的美國國旗被雨水打壞了，鐵花環上插著枯萎的花。靈車被擋在大門口，因爲罷工的工人在門口設了警戒哨，可是他們聽到死者的年紀就讓開了，甚至放低了抗議的標語牌。墓園裡，看得出來因爲罷工而疏於照料。有些墓旁堆了土。一臺挖土機停在那裡，挖斗刺進草地裡，彷彿幫某人挖墳挖到一半，工會剛好發動罷工。家人充當雜工，努力妝點親愛的人最後安息的地方，心意感人。一塊墳地施肥過度，整片枯成了焦黃色。另一塊又澆了太多水，成了濕地。因爲必須用人工把水帶進來（澆水系統被破壞了），墳與墳之間留下深深的腳印，看起來就像亡者在半夜裡走來走去。

墓園裡的草已經有將近七個星期沒有剪了。抬棺人把棺木扛過來時，致哀的親友得站在長及腳踝的草叢裡。由於青少年的死亡率很低，殯葬業者並沒有做太多中型的棺材。他們做了少量的嬰兒棺木，只比麵包箱大一點點。接下來就是一般成人的尺寸，比西西莉雅需要的空間大很多。他們在殯儀館打開棺木時，大家都只看到緞面的枕頭和棺木的皺摺飾墊。特納太太說：「我一時之間還以爲裡面是空的。」不過這時候，西西莉雅就像視覺上的錯覺一樣，從背景中浮現，八十六磅的身軀只在棺木裡壓出一個淺淺的凹痕，蒼白的皮膚和頭髮融入了白色的綢緞。她沒有穿那件結婚禮服，里斯本太太把它丟了，而是穿著一件有蕾絲領的米黃色洋裝，是她奶奶送的耶誕禮物，她生前怎麼樣都不肯穿。棺蓋可以開啓的部分不只露出了她的臉和肩膀，還露出了她的手和咬得參差不齊的指甲、粗糙的手肘、兩條大腿，甚至還有膝蓋。

只有她的家人排成一排走過棺木。姊妹們走在前面，每個看起來都茫然而面無表情，後來，有人說看她們的臉就應該知道了。「她們好像在對她眨眼睛。」卡若瑟斯太太說：「她們應該放聲大哭的，結果她們做了什麼？走到棺木前，往裡面瞄一眼，然後就走開了。我們怎麼會沒發現呢？」唯一去了殯儀館的孩子，科特・凡・歐斯鐸，說要是我們去了，他就會當著神父和眾人的面前，偷摸一下，讓我們見識他的大膽。幾個姊妹走過之後，里斯本太太靠在丈夫的手臂中，以紊亂的腳步踏了十步，把虛弱的頭垂在西西莉雅的臉龐上方。那張臉上，塗了第一次也是最後一次的口紅。「你看她的指甲，」波頓先生認爲自己聽到她這樣說：「他們就不能處理一下她的指甲嗎？」

這時里斯本先生回答了：「會長出來的。指甲會繼續生長。她現在不能咬了，親愛的。」

我們對西西莉雅的認識，也像指甲一樣，以奇怪的堅持，在她死後繼續成長。雖然她很少說話，也沒有眞正的朋友，可是每個人都有一些關於西西莉雅的鮮明記憶。有些人在她還是個小嬰兒時，抱過她五分鐘，讓里斯本太太跑回屋裡去拿皮包。有些人跟她一起在沙坑裡玩過，搶一把鏟子，或者躲在貼著鐵絲網生長、像變形的肉體一樣的桑樹後面，跑出來嚇她。我們曾經跟她一起排隊接種天花疫苗，跟她一起把小兒痲痺疫苗的方糖含在舌頭下，教她跳繩、教她玩光蛇、好幾次阻止她把傷口的痂皮剝掉、提醒她嘴巴不要碰到三哩公園的水龍頭。還有好幾個人愛上她，只是都沒有說出來，因爲知道她是五個姊妹中最奇怪的一個。

西西莉雅的房間——我們終於從露西．布洛克那裡，聽到了房間的描述——證實了大家對她個性的評估。除了一組十二星座的活動雕塑之外，露西還看到好幾個能量紫水晶。西西莉雅的枕頭上仍有她的味道和頭髮，枕頭下還放了一副塔羅牌。露西還特別檢查了一下——是我們要她這麼做的——看床單有沒有洗過，結果她說沒有。房間完全沒有動過，就像個展覽一樣。西西莉雅一躍而下的窗戶還開著。露西在五斗櫃的最上層抽屜裡，找到七條內褲，每一條都用萊特染料染成黑色。她還在衣櫃裡找到兩雙乾乾淨淨的高筒鞋。這幾樣東西都在我們的意料之中。我們早就知道西西莉雅穿黑色內褲，因爲她每次站在腳踏車的踏板上加速前進時，我們就會仔細看她的洋裝裡面穿了什麼。我們也常看見她在後面階梯上，拿著牙刷和一杯象牙牌洗碗精，刷她的高筒運動鞋。

西西莉雅的日記，始於她自殺的一年半前。很多人都覺得那些圖案鮮明的書頁，構成了一種難以理解的絕望，儘管那些圖片多半都是很愉快的畫面。日記本有個鎖，不過從水管工的助理史基浦．奧特加那裡拿到日記的大衛．巴爾克告訴我們，史基浦在主臥房浴室裡的馬桶旁邊找到日記時，鎖就已經被撬開了，彷彿里斯本先生和里斯本太太一直在讀這本日記。腦袋靈活的提姆．溫納堅持要檢查一下，於是我們把日記拿到他父母幫他蓋的書房去。書房裡有綠色的桌燈、立體地球儀和鍍金邊的百科全書。「情緒不穩定。」提姆．溫納分析了筆跡後，說：「你們看這些『i』上面的點，點得亂七八糟。」接著，他傾身向前，露出羸弱皮膚下的藍色靜脈，又補了一句：「基本上，這個女孩子很不切實際，跟現實脫節了。她往下跳時，大概以為自己在飛吧。」

到現在，我們已經牢牢記住了日記裡的片段。後來我們把日記拿到卻斯．畢爾家的閣樓，把內容大聲念出來。我們輪流傳閱日記，焦急地一頁頁翻找，尋找自己的名字。不過，我們逐漸瞭解，雖然西西莉雅一天到晚盯著人看，她心中想的，其實並不是我們，也不是她自己。這本日記，不太像是一個普通青少年的日記，因為它很少出現不成熟的自我。青春少年免不了的不安全感、無病呻吟、迷戀和胡思亂想，在日記裡都看不到。相反地，西西莉雅把自己和姊姊視為一體來寫，我們常常很難分辨她在說哪個姊姊，很多奇怪的字句會讓讀者在腦海裡浮現一個神祕生物的形象，十條腿、五顆頭，躺在床上吃垃圾食物，或者忍受熱情的阿姨姑媽來訪。大部分的日記內容，讓我們瞭解到這幾個女孩子的成長過程，而不是她們自殺的原因。我們已經不想知道她們吃什麼（二月十三日，星期一，今天我們吃冷凍披薩……）、穿什麼，或者最喜歡哪一個顏色。她們都很討厭奶油玉米。瑪麗撞到單槓，撞斷了一顆牙齒，所以做了牙冠。（凱文．海德讀到這一段，立刻說：「我就說吧。」）於是，我們就這樣瞭解了她們的人生，跟她們擁有許多我們不曾經歷過的共同記憶，我們偷偷在心裡想像拉克絲靠在船邊，第一次撫摸鯨魚，還說：「我沒有想過鯨魚會這麼臭。」然後特芮絲回她：「是因爲卡在鯨鬚上的海藻發爛了啦。」我們熟悉了幾年前她們去露營時凝視的燦爛星空，也熟悉了從後院晃到前院再晃回後院的無聊暑假，甚至還熟悉了馬桶在雨夜裡傳出來的莫名味道，那幾個女孩子說這是「臭水溝味」。我們知道看到男生赤裸著上身是什麼感覺，也知道爲什麼這樣會讓拉克絲用紫色的奇異筆在活頁本裡，甚至是胸罩和內褲上，寫滿了凱文的名字。我們還瞭解，她有一天回家來，發現里斯本太太把她的內衣褲都泡在漂白水裡，想把那一堆「凱文」漂乾淨，當時她有多生氣。我們知道冬天的寒風吹進裙子裡，有多難受，也知道要在教室裡忍住雙膝不打顫，有多痛，還有，看著男生打棒球，自己卻只能跳繩，又有多無聊、多可惡。我們永遠不懂，爲什麼女生這麼在意自己成不成熟，或者爲什麼她們覺得一定得互相讚美，可是有時候，在我們其中一個人大聲念完一段長長的日記內容後，我們都有一股衝動，想要互相擁抱，或者互相讚美對方有多漂亮。我們感覺到身爲女子的禁錮感，這種處境會讓人心思活躍，胡思亂想，最後還知道哪些顏色搭在一起比較好看。我們知道這幾個女孩子就像我們的雙胞胎一樣，我們就是外皮一模一樣的動物，存在於同一個空間裡，她們知道我們的一切，我們卻摸不透她們。最後，我們知道女孩子其實是僞裝的女人，她們瞭解愛情，甚至也瞭解死亡，我們的任務只是發出一些好像會吸引她們的噪音。

日記寫到後面，西西莉雅開始退出姊妹群，事實上，是從所有個人敘述裡退開。第一人稱單數幾乎完全消失了，那種效果，類似在電影的結尾，攝影機往後拉開，遠離劇中角色，以一連串的重疊畫面，呈現出他們的房子、街道、城市、國家，最後是地球，這個動作不是只讓劇中人變小，而是讓他們完全不留痕跡。她早熟的文字開始書寫一些跟個人無關的主題，一則哭泣的印度人在受污染的河裡划著獨木舟的廣告，或者傍晚的戰役又死了多少人。有兩種情緒在日記的後面三分之一輪流出現。在浪漫的段落裡，西西莉雅悲嘆榆樹的死亡。在諷刺的段落裡，她認爲榆樹根本沒有生病，把樹砍掉是個「把一切都變得單調」的陰謀。她偶爾會冒出一、兩句話，提到這個或那個陰謀理論——光明會、軍事工業複合體——可是她並沒有深入撻伐，彷彿那些名稱是許許多多不明確的化學污染物，然後又瞬間從謾罵轉成詩情畫意的幻想。日記裡面有一首未完成的詩，主題是夏天，我們認爲其中有兩句寫得很不錯：

樹像充滿空氣的肺
姊姊，比較壞的那一個，拉我的頭髮

這首未完成的詩，上面標註的日期是六月二十六日，她出院返家三天後，也就是我們常常看見她躺在前院草地上的那時候。

在她人生的最後一天，西西莉雅是什麼心境，沒有人知道。里斯本先生說，她對這個爲她舉辦的派對，似乎很高興。他下樓去察看準備的情況時，發現西西莉雅站在椅子上，想用紅色和藍色的緞帶把氣球綁在天花板上。「我要她下來。因爲傷口縫了線，醫師說她不可以把手舉高過頭。」她照辦了，那天剩下的時間，就躺在房間地毯上，一邊盯著十二星座活動雕塑，一邊聽奇異的居爾特音樂唱片，是她從某家郵購公司買來的。「從頭到尾都是女高音在唱什麼沼澤和枯萎的玫瑰。」跟他自己年輕時候聽的那些輕快的曲調相比，這種憂鬱的音樂讓里斯本先生有點驚慌，可是他沿著走廊繼續往前走，發現它也不會比拉克絲的咆哮搖滾樂或特芮絲的無線電刺耳的機器聲糟到哪裡去。

從下午兩點開始，西西莉雅就泡在浴缸裡。她洗澡洗很久，這是常有的事，不過因爲上次發生的事，里斯本先生和里斯本太太就不敢冒險。「我們要她把門打開一個小縫。」里斯本太太說：「她當然不喜歡這樣。而且現在她有新的理由了。心理醫師說西西這個年紀的孩子，需要很多隱私。」一整個下午，里斯本先生就已經找各種藉口經過。「我會等著，聽到水聲才走。當然，我們把浴室裡尖銳的東西都拿出來了。」

四點半，里斯本太太要拉克絲去看一下西西莉雅。拉克絲下樓時，看起來一點也不擔心，她的行爲舉止，沒有一絲一毫顯示她知道或感覺到妹妹那天稍後會做什麼事。「她好得很。」拉克絲說：「她用那些浴鹽把浴室弄得臭死了。」

五點半，西西莉雅出了浴缸，換衣服準備參加派對。里斯本太太聽到她在兩間姊姊共用的房間（邦妮和瑪麗一間，特芮絲和拉克絲一間）來來去去，手環的碰撞聲讓父母覺得很安心，因爲這讓他們可以知道她的行蹤，像一隻脖子上繫著鈴鐺的動物。在我們抵達前的那幾個鐘頭，里斯本先生三不五時就聽到西西莉雅的手環叮噹響，隨著她上下樓梯，試穿不同的鞋子。

後來我們在不同的場合、不同的狀態見過里斯本先生和里斯本太太，根據他們的說法，他們並不認爲那天晚上西西莉雅在派對上有什麼奇怪的地方。里斯本太太說：「有別人在的時候，她總是很安靜。」或許是因爲他們不常社交，里斯本先生和里斯本太太都記得那次派對辦得很成功。事實上，西西莉雅要求離開時，里斯本太太還很意外。「我以爲她玩得很開心。」即使是這個時候，其他幾個女孩子的行爲，也不像知道接下來會發生的事。湯姆・法希姆記得瑪麗跟他說她在潘尼斯百貨看到一件背心裙，她很想買。特芮絲和提姆・溫納聊到要進入長春藤名校的焦慮。

從後來找到的線索看來，西西莉雅並沒有我們印象中那麼快回到房間。譬如，在離開派對和走到樓上之前，她還花了一點時間喝了梨子汁（她把罐子放在流理臺上，不管里斯本太太規定的方法，只打了一個洞）。在喝果汁之前或之後，她去了後門。「我以爲他們要讓她去旅行。」皮森伯格太太說：「她拿了一個小旅行箱。」

後來並沒有找到旅行箱。對皮森伯格太太的證詞，我們只能解釋是因爲她戴了遠近兩用的眼鏡，產生了錯覺，或者是一種預言，因爲在後來那幾樁自殺中，行李扮演了一個重要的主題。不論事實如何，皮森伯格太太看到西西莉雅關上後門，幾秒後她就爬上樓梯，我們也在下面隱約聽到她的腳步聲。她進房間時，雖然外面天色還亮，她還是開了燈。馬路對面，畢爾先生看見她打開房間窗戶。「我朝她揮手，可是她沒有看到我。」他告訴我們。就在這時候，隔壁房間的妻子傳來呻吟聲。接下來他就沒有聽到西西莉雅的聲音，直到救護車來了又去。他說：「眞的很遺憾，我們也有自己的問題。」他去看病妻的狀況時，西西莉雅正把頭伸出窗外，跳進粉色黃昏潮濕如枕頭般的空氣中。

三

送花致意這件事，比慣例上的時間更晚出現在里斯本家。由於西西莉雅亡故的方式，大多數人都決定不要送花到殯儀館去，也幾乎每個人都遲遲沒有向花店下訂單，不確定是要讓這樁悲劇靜悄悄過去，還是要裝做它就跟其他死亡一樣自然。不過最後大家都還是送了花，白玫瑰花圈、蘭花束、垂枝的牡丹。爲「鮮花快遞」公司送花的彼得．盧米斯說，花塞滿了里斯本家的客廳。花束滿出椅子，散落在地板上。他說：「他們甚至沒有拿花瓶把花插起來。」大多數的人都選擇上頭印著「節哀順變」或「無限哀悼」這種一般的卡片，不過有些白人菁英分子，習慣各種場合都要寫幾句話，就特別費心寫了個人的感觸。畢爾斯太太引用了惠特曼的詩句：「一切都是向前與向外邁進，沒有崩塌／死亡不像眾人以爲的那樣，還更幸運。」我們後來還習慣互相低聲念這句話給對方聽。卻斯．畢爾幫他媽媽把卡片塞進里斯本家的門縫之前，還偷看了內容。上頭寫著：「我不知道你們有什麼感覺，也不會假裝我知道你們的感覺。」

少數幾個人勇敢打了電話。亨奇先生和彼特司先生還在不同的時間去了一趟里斯本家，不過他們的回報大同小異。里斯本先生請他們進去，可是他們還來不及提起這個傷心的話題，他就請他們坐下來看棒球。「他一直談牛棚，」亨奇先生說：「拜託，我在大學的時候是投手，有好幾個基本概念我還得糾正他呢。首先，他想要交易米勒，都沒想到他是我們唯一稱職的終結者。害我都忘了我原本去他家的目的。」彼特司先生則說：「那傢伙人在心不在。他一直把色調往上調，調到內野根本就變成藍色了。然後他坐回椅子上，接著又站起來。其中一個女孩子進來了——你們分得出誰是誰嗎？——拿了兩罐啤酒給我們。他拿起手上的啤酒喝了一大口，居然又遞給我。」

兩人都沒有提到自殺的事。「我想提，真的，」亨奇先生說：「只是一直找不到適當的機會。」

穆迪神父就堅持多了。里斯本先生請神父進門，情況一如他請另外那兩個人進門一樣，也帶他坐到電視機前看棒球比賽。過了幾分鐘，好像事先說好似地，瑪麗送上啤酒。不過穆迪神父並沒有轉移目標。比賽到了第二局，神父說：「是不是請你太太下來一下？我們聊一聊。」

里斯本先生拱著背靠近螢幕。「恐怕她現在誰也不見。不太舒服。」

「她會見她的神父的。」穆迪神父說。

他站起來要走。里斯本先生伸出兩根手指，眼裡含著淚水。「神父，」他說：「雙殺，神父。」

波羅．肯奈利，一個當輔祭的男孩子，無意中聽到穆迪神父跟唱詩班的指揮佛瑞德．辛普森說：「那個奇怪的男人，上帝原諒我這麼說，可是是祂讓他變成這樣的。」他離開了，爬上前廳的樓梯。屋子裡已經看得出疏於打掃的痕跡，只不過跟後來的狀況相比，根本不算什麼。一團團的灰塵沿著樓梯兩旁排列。樓梯中段的平臺上放了一個吃了一半的三明治，不知道是誰難過到沒能把它吃完。由於里斯本太太已經不再洗衣服，甚至連洗衣粉都不買了，幾個女孩子只好在浴缸裡用手洗衣服。穆迪神父經過她們的浴室時，看到上衣、褲子和內衣掛在浴簾上滴水。「其實那聲音還滿好聽的，」他說：「就像下雨一樣。」浴室地板上冒著蒸汽，伴隨著茉莉香皂的味道（幾個星期後，我們向賈可布森百貨的化妝品專櫃小姐要來一小塊茉莉香皂，好讓我們也聞聞那種味道）。穆迪神父站在浴室外面，害羞得不敢踏進那個潮濕的洞穴裡。幾個女孩子共住兩間臥室，位於兩間臥房中間的浴室，就像姊妹們的交誼廳一樣。若他不是神父，也往裡面看了，他就會看到像王座一樣的馬桶，里斯本姊妹就在那裡公然排便。她們把浴缸當作沙發，放了好幾個枕頭，這樣一來，一個姊妹忙著把頭髮弄捲時，另外兩個姊妹就可以舒服地窩在浴缸裡。他會看到暖氣爐上面堆了幾個玻璃杯和可樂罐，貝殼形的肥皀盤，一時別無選擇，被拿來當作菸灰缸。十二歲起，拉克絲就會花好幾個鐘頭躲在浴室裡抽菸，把煙呼向窗外，或者對著濕毛巾呼氣，然後再把毛巾掛在外面。可是這些，穆迪神父都沒有看到。他只是從這股熱帶氣流中穿過而已。他感覺他身後有一股比較冷的空氣，是這屋子的氣息，循環不已的塵埃，還有每戶人家獨特的氣味，一進去那戶人家，你就聞得出來——卻斯．畢爾家聞起來像皮膚，喬．拉爾森家聞起來像美乃茲。我們原本以爲里斯本家聞起來像不新鮮的爆米花，不過，在屋裡經歷了死亡後進到他們家的穆迪神父說：「那是葬禮休息室和掃把櫃混合在一起的味道。因爲那些花，還有那些灰塵。」他想要回到茉莉香皂的氣息裡，不過正當他站在那裡，聽著水珠滴在浴室磁磚上，把女孩們的腳印沖走時，他聽到了人聲。他很快繞了走廊一圈，出聲喊里斯本太太，可是她沒有回應。他回到樓梯口，已經開始往下走了，才在一扇半掩的門裡看到里斯本家的女孩。

「那個時候，那幾個女孩子並沒有打算重複西西莉雅的錯誤。我知道大家都認爲她們是計畫好的，或者我們沒有及時阻止憾事發生，可是當時她們就跟我一樣震撼。」穆迪神父輕輕敲門，問他能不能進去。「她們全都坐在地上，看得出來一直在哭。我想她們是在開某種睡衣聚會吧。到處都是枕頭。我實在不太想提到這件事，不過我記得當時我還因爲自己這樣想而在心底責罵自己，可是這絕對錯不了：她們沒有洗澡。」

我們問穆迪神父，他有沒有談起西西莉雅的死，或姊妹們的傷心，可是他說他沒有。「我起了幾次頭，可是她們都沒有接下這個話題。我知道這種事是不能勉強的。得等到適當的時機，也要當事人願意說才行。」我們請他就他的印象，對那幾個女孩子當時的心情做個總結，他說：「受到衝擊，但沒有崩潰。」

葬禮過後那幾天，我們對里斯本家姊妹的興趣有增無減。她們在漂亮之外，又增添了一股神祕的痛苦，完全無聲的痛苦，但是明顯呈現在她們眼睛下方的青色浮腫裡，或者她們有時候走路走到一半，會突然停下來，看著地上，搖搖頭，彷彿跟人生起了爭執。悲傷讓她們到處遊蕩。我們聽說有人看到她們在伊斯特蘭商場漫無目的地閒晃，沿著燈光明亮的商場大道往下走。商場裡有小家子氣的噴泉，灼熱燈泡下刺著竹棍的熱狗。她們偶爾會伸手劃過一件上衣，或洋裝，可是什麼也沒買。伍迪．克拉博看到拉克絲．里斯本在哈德森百貨外面跟一群騎摩托車的混混說話。一名騎士邀她上車去兜兜風，她朝遠在十多英里外的家那個方向看了一眼，就接受邀請。她抱住騎士的腰。他踩了油門，發動摩托車。後來，有人看到拉克絲手上拿著鞋子，一個人走回家。

在克里格家的地下室裡，我們躺在一塊用剩的地毯料上面，懷想我們能夠安慰里斯本家女孩的所有方法。有人想跟她們一起躺在草地上，或者彈吉他唱歌給她們聽。保羅．波迪諾想帶她們去大都會海灘做日光浴。越來越受到基督科學派父親影響的卻斯．畢爾，只說那些女孩子需要的「不是這個世界的幫助」。我們問他這句話是什麼意思，他只聳聳肩，說：「沒什麼。」不過，那幾個女孩子走路經過時，我們常常看到他低頭靠在樹上，閉著眼睛，嘴唇喃喃動著。

不過不是每個人想的都是那幾個女孩子。甚至在西西莉雅的葬禮前，就有人一直提到刺穿她的那道籬笆有多危險。「那是遲早會發生的意外。」在保險公司上班的法蘭克先生說：「沒有保單會保這種事。」

「我們家的孩子也可能會跳下去被它刺到。」週日彌撒後的咖啡時間，札瑞提太太如此強調。沒多久，一群父親就開始計畫把籬笆挖出來，而且不收費。他們發現原來籬笆是位在貝茨家的土地上。做律師的巴克先生出面去跟貝茨先生討論移除籬笆的事，完全沒有跟里斯本先生談過。大家都認爲，里斯本家理當會心存感激。

我們之前幾乎沒有看過父親們穿著工作靴，在泥土地上辛苦前進，揮動全新的樹根剪。他們費力對付鐵籬笆，彎著腰，就像硫磺島上的陸戰隊隊員舉起旗幟般。就記憶所及，這是我們這個社區展現最高度團結的一次，所有的律師、醫師、貸款銀行家，並肩站在壕溝裡，我們的母親則拿出了酷雷橘子果汁，有那麼一刻，我們這個世紀又變得高尚了。連電話線上的麻雀也好像在觀看這一幕。沒有半輛車經過。這個城市的工業塵霧可以讓人形機械工鍾打白鑞，可是這群人一直忙到很晚，還是沒辦法把圍籬挖起來。亨奇先生想到可以學救護人員，用鋼鋸把鐵樁鋸斷，於是他們又改用鋸的，忙了好一會兒，可是那幾雙習慣文書工作的手臂，很快就投降了。最後他們把圍籬綁在塔克叔叔那輛四輪傳動的野馬後面。沒有人在乎塔克叔叔根本沒有駕照（考試官每次都聞到他身上有酒味，就算他考試前三天都不喝酒，他們還是聞到從他的毛細孔揮發出來的酒味）。我們的父親們只喊了一聲：「開動！」塔克叔叔就把油門踩到底，可是圍籬還是文風不動。到了三點多，他們放棄努力，集資找專業拖吊工人來。一個鐘頭後，一個男人開著拖車出現，把一個鉤子套在圍籬上，壓了一個按鈕，讓巨大的絞盤開始轉動，大地發出一聲轟隆巨響，害死一條人命的圍籬鬆脫了。安東尼·特奇斯說：「可以看到上頭有血。」我們都張大眼睛，想要看西西莉雅自殺當時沒有出現的血，是不是事後出現了。有人說是在第三根尖鐵上，有人說是第四根，可是要在圍籬上看到血，就跟要在披頭四的專輯《艾比路》後面找到血鏟一樣，根本是不可能的事。當初大家還不是信誓旦旦地說，所有的線索都說保羅死了？

沒有一個里斯本家的人出來幫忙移除圍籬。不過我們三不五時可以看到他們的臉在窗後閃過。卡車剛剛把圍籬拉起來，里斯本先生就從側門走出來，捲起一條澆花的水管。他沒有走到溝渠這邊來，只舉起一隻手，友善地跟鄰居致意，然後回到屋裡去。拖吊工人把圍籬分批捆緊，綁在卡車上，然後——收了錢——開車壓過貝茨先生家的草坪，狀況之慘是我們生平僅見。我們很驚訝我們的爸媽竟然允許這種事，因爲有人開車壓過草坪，通常就是報警的正當理由。可是此刻貝茨先生沒有大吼大叫，沒有企圖拆下卡車的車牌，貝茨太太也一樣。我們有一次在她參展過州立博覽會的鬱金香園裡放鞭炮，把貝茨太太氣哭了。結果現在他們一句話也沒說，我們的父母同樣一句話也沒說，這時我們就明白了，原來他們是那麼傳統，那麼習慣創傷、不景氣、戰爭。我們明白他們爲我們描繪的世界，並不是他們眞正相信的世界，儘管他們花了那麼多的心力照顧螃蟹草、嘮叨螃蟹草的事，其實他們一點也不在乎什麼草坪。

卡車開走後，我們的父親再度聚集在缺口四週，盯著扭曲的蚯蚓、各種尺寸的湯匙，還有一塊保羅．里特發誓是印第安箭頭的石頭。他們靠在鐵鍬上，擦拭額頭，雖然他們其實什麼也沒完成。大家都覺得安心多了，彷彿湖水或者空氣變乾淨了，或者另一邊的炸彈都摧毀了。你們沒辦法做什麼來挽救我們，不過至少圍籬移走了。儘管草坪面目全非，貝茨先生還是修了一下草坪邊緣，那對德國夫妻也到他們家的葡萄架下休息喝甜酒。他們一如往常戴著德國傳統的軟呢帽，韓森先生的帽子上還有一小根綠色羽毛。他的手上拉著一條狗鍊，他們家的雪納瑞犬在另一端東聞西嗅。葡萄在他們頭上結果累累。韓森太太的駝背，隨著她噴水的動作，在茂盛的玫瑰叢中忽隱忽現。

在某一刻，我們抬頭往天空看，發現蜉蝣都死了。天空不再是棕色，而是藍色。我們拿廚房的掃把，把柱子、窗戶和電線上的蟲子掃掉，裝進袋子裡。成千上萬隻翅膀如生絲的昆蟲屍體。聰明的提姆．溫納還指著蜉蝣的尾巴告訴我們，哪裡很像龍蝦的尾巴。「蜉蝣的尾巴比較小，」他說：「可是基本構造是一樣的。龍蝦屬於節足動物門，就跟昆蟲一樣。龍蝦就是蟲，蟲也只是學會飛的龍蝦而已。」

沒有人知道，那一年的我們是著了什麼魔，或者爲什麼那麼討厭死昆蟲的乾硬殼占領我們的生活。總之，我們突然再也無法忍受蜉蝣布滿游泳池、充斥信箱、弄髒國旗上的星星。眾人合作挖壕溝，促成了眾人合作清掃環境、把蜉蝣屍體裝袋堆車、沖洗陽臺。二十幾把掃帚從四面八方傳來協調的節奏，蜉蝣蒼白的鬼魂像灰燼一樣從牆上往下掉。我們審視牠們如巫師般的小臉，用手指捻磨，直到牠們散發出鯉魚的味道。我們試過放火燒，可是蜉蝣的屍體燒不起來（反而讓蜉蝣顯得比任何東西都死得更徹底）。我們擊打樹叢、地毯，以最快的速度開啓擋風玻璃上的雨刷。蜉蝣塞住了下水道的格柵，我們得用棍子把牠們擠下去。我們低著頭蹲在下水道上方，可以聽到城市下方的河水奔流而去的聲音。我們往下丟石頭，聽水濺起來的聲音。

我們不是把自家掃完就好。我們的牆乾淨了，畢爾先生就要卻斯去把里斯本家的蟲子清乾淨。由於宗教信仰的關係，畢爾先生往往會多做一些，耙樹葉就多耙十英尺，耙到韓森家的院子去，或幫他們的步道剷雪，甚至撒岩鹽。所以，雖然他們住在里斯本家對面，而不是隔壁，他要卻斯去掃里斯本家，一點也不奇怪。由於里斯本先生只有女兒，過去社區的男孩子和男人也曾過去幫他把被閃電擊斷的樹枝拖走，所以卻斯像舉軍旗一樣高舉掃帚，往對面走去時，並沒有人說什麼。不過，接著克里格先生也要凱爾過去掃一些，亨奇先生也派了雷夫過去，沒多久我們就全到了里斯本家外面，拂過牆壁，清掉蜉蝣殼。他們家的蜉蝣殼甚至比我們的還要多，牆上堆了足足有一吋厚。保羅．波迪諾還叫我們猜謎語：「什麼東西聞起來像魚，吃起來很有意思，可是不是魚？」[2]

我們一掃到里斯本家的窗戶，近來對他們家女孩那種無法解釋的感情，又浮了上來。我們把窗臺上的蟲拍到地上去，同時看到瑪麗·里斯本在廚房裡，手裡拿著一盒卡夫起司通心麵，似乎在思考到底要不要打開。她看了看食用說明，把盒子翻過來，看色彩鮮明的麵條照片，然後又把盒子放回流理臺去。安東尼·特奇斯把臉貼在窗戶上，說：「她應該吃點東西的。」她又把盒子拿起來。我們滿懷希望看著她，可是這時她轉個身，走掉了。

外面天色漸漸黑了。整條街的燈陸續亮起，可是里斯本家裡面的燈沒有亮。我們再也看不清楚屋內的狀況，事實上，窗戶上的玻璃開始反映我們看得張口結舌的臉。才九點，可是屋裡的一切證實了大家一直在說的事：自從西西莉雅自殺後，里斯本家每天都迫不及待等著夜晚的到來，這樣才能用睡眠讓自己遺忘。樓上的一扇臥房窗戶上，邦妮立的三根祈願蠟燭，閃爍著朦朧的紅色光影，可是除此之外，整間屋子都籠罩在暗夜的陰影下。昆蟲開始從四面八方的藏身處飛出來，我們一轉身就立刻振動翅膀。大家都說那是蟋蟀，可是我們從來沒有在噴過藥的灌木叢裡或暴露在外的草皮裡看過牠們，也不知道牠們長什麼樣子。對我們來說，牠們只是聲音而已。我們的父母一向比較熟悉蟋蟀，在他們耳裡，蟋蟀的嗡嗡聲顯然一點也不機械化。那聲音來自四面八方，高度永遠就在我們的頭上方一點點，或者頭下方一點點，也總是讓我們感覺，昆蟲的世界感受到的，比我們還多。

---

2 英文中，蜉蝣爲 fish fly，而魚爲 fish。

正當我們著迷聽著蟋蟀的聲音，一動也不動時，里斯本先生從側門走出來謝謝我們。他的頭髮看起來比平常更白了，可是悲傷並沒有改變他高亢的聲音。他穿著連身工作服，一邊膝蓋上沾了鋸木屑。「需要水龍頭的話儘管用。」他說，然後他看著剛好開過去的好心情行動冰淇淋車，那鈴鐺音樂聲似乎觸動了他的回憶，他微笑，或者抽搐——我們看不出來是哪一種——然後進屋裡去。

直到後來，我們才用如鬼魂般徘徊不去的疑問，在無形中跟著他進屋裡去。顯然，當時他一回到屋裡，就看到特芮絲從客廳走出來。她正拿著糖果往嘴裡塞——從顏色看起來，是M&M's巧克力——可是一看到他就馬上停手，把一整團還沒嚼的巧克力吞下去。她的高額頭在街燈映照下閃閃發亮，弓型的唇比他印象中更紅、更小、更有型，尤其是跟她的臉頰和下巴對照之下。她的睫毛結成硬塊，彷彿剛剛用膠水黏緊。那一刻，里斯本先生有種感覺，覺得他不知道她是誰，覺得孩子只是你同意要一起生活的陌生人，於是他伸出手，彷彿第一次見面。他把兩隻手放在她的肩膀上，然後又把手放下，垂在身側。特芮絲把臉上的頭髮撥開，笑了笑，慢慢走上樓梯。

里斯本先生接著進行例行的夜間巡邏，檢查大門鎖了沒（還沒有），車庫的燈關了沒（關了），是否有爐火沒關（都關了）。他關掉一樓浴室的燈，在洗臉盆裡發現了克里格的牙套。他來參加派對時，為了吃蛋糕，把牙套拿下來，結果忘了帶走。里斯本先生把牙套拿去沖水，檢查與凱爾的上顎形狀完全吻合的粉紅色外殼；環繞他每顆牙齒的小塑膠塔；為了提供矯正壓力，在關鍵地方彎曲的金屬圈（看得出來鉗子的痕跡）。里斯本先生知道，站在爲人長輩以及敦親睦鄰的立場，他有義務把牙套放進夾鏈袋裡，打電話到克里格家，告訴他們這副昂貴的牙齒矯正器安全無恙放在他這邊。正是這樣的行爲——簡單、有人情味、慎重、寬容——維持人生的秩序。就在幾天前，他會有能力做這件事。可是現在，他拿起牙套，丟進馬桶，壓下手把。牙套被急流衝撞，消失在瓷喉嚨裡，等水流減弱了，又得意洋洋、嘲笑似地冒出來。里斯本先生等水缸續滿，再沖一次水，但還是一樣。那個男孩的口腔複製品，緊貼著白色斜坡，不肯退下。

這時，他的眼角看到有東西閃了一下。「我以爲是誰在那裡，可是等我看過去，什麼也沒有。」他從後面繞過走廊來到門廳，踏上前樓梯，也沒有看到任何東西。到了二樓，他站在女兒的房門口仔細聽，但是只聽到瑪麗在睡夢中咳嗽，拉克絲正低聲聽著收音機，一邊跟著唱。他走進女兒共用的浴室。高掛在空中的月亮射過來一道月光，穿過窗戶，照亮了一部分的鏡子。在髒污的指印間，有人擦出一小圈乾淨的鏡面，幾個女兒就利用這塊區域檢視自己的容顏。鏡子上方，邦妮貼了一隻用白色書面紙做成的鴿子。里斯本先生張開雙唇，做出怪相，從乾淨的圈圈裡看到他的嘴巴裡面，左邊那顆已經壞死的犬齒開始轉綠了。兩扇通往女兒房間的門都沒有完全關緊，房間裡傳來呼吸聲和喃喃聲。他仔細聽那些聲音，彷彿它們可以告訴他女兒們的心情，還有該如何安慰她們。拉克絲關掉收音機，一切變得寂靜無聲。「我沒辦法進去。」許多年後，里斯本先生對我們坦承：「我不知道該說什麼。」直到離開浴室，準備讓自己沉入遺忘一切的睡眠中，里斯本先生才看到西西莉雅的鬼魂。她站在以前的臥房裡，又穿著結婚禮服，不知是怎麼把她躺在棺材裡穿的那件米黃色蕾絲領洋裝換掉的。「窗戶還開著，」里斯本先生說：「我想是我們一直忘了關。我瞬間清醒了，我知道我得把窗戶關上，不然她會一直從那裡往外跳。」

根據他的說法，他沒有喊出聲。他不想跟女兒的幽靈接觸，問她爲什麼要輕生、請求她的原諒，或者痛罵她一頓。他只是急忙向前，拂過她的鬼魂，把窗戶關上。可是就在他關上窗戶時，鬼魂轉過身來，他這才看清楚，那只是裹著床單的邦妮。「別擔心，」她輕聲說：「他們把圍籬拆掉了。」

霍爾尼克醫師有一張手寫的備忘錄，秀出他在蘇黎世念研究所時練就的一手好字。他在上頭寫到他請里斯本先生和太太來進行第二次諮商，可是他們並沒有到。反而是，從我們在那年剩餘的夏天觀察的結果來看，里斯本太太又一次成了當家作主的人，里斯本先生則退到後面，成爲模糊的存在。那件事之後，我們每次看到他，他都有一種窮親戚的怯懦表情。到了八月底，要準備開學的那幾個星期，他開始像是偷溜一樣，從後門離家。他的車會在車庫裡嘎嘎響，等電動門一上升，就有點遲疑地出現，像少了一條腿的動物般歪向一邊。透過擋風玻璃，我們可以看到里斯本先生坐在駕駛座上，頭髮還是濕的，臉上有時會沾到刮鬍霜，可是車子的排氣管撞到車道尾，發出火花時，他還是面無表情，而且每次都一樣。下午六點，他回家來，車子開進車道，車庫門一陣顫抖，把他吞沒，然後我們就不會再見到他，直到第二天早晨，排氣管的碰撞聲宣告他又出門了。

那幾個女孩子唯一一次跟外界接觸，發生在八月底，當時瑪麗沒有預約就出現在貝克醫師的牙齒矯正診所。許多年後，我們去找他聊這件事，好幾十副石膏牙齒模型從玻璃櫃裡對我們張牙咧嘴、笑得歪七扭八。每一組牙齒上都標示著一個孩子的姓名、一個被迫把牙科專用樹脂吞下的可憐孩子。這個景象讓我們各自回到宛如中世紀酷刑的矯正牙齒史。貝克醫師說了好一會兒，我們才把注意力拉回來，因爲我們又一次感覺到他拿著牙勾在我們的臼齒上敲打，不然就是用橡皮筋把我們的上下排牙齒綁在一起。我們的舌頭在口裡尋找被矯正器頂到而留下的傷疤凹痕，即使過了十五年，裂縫裡似乎還有血的甜腥味。不過貝克醫師正在說：「我記得瑪麗，因爲她是自己一個人來的。之前還沒有哪個孩子不是父母帶過來的。我問她她來幹嘛，她把兩根手指頭伸進嘴巴裡，拉開上嘴唇。然後她說：『要多少？』她擔心她爸媽沒辦法付錢。」

貝克醫師不肯幫瑪麗·里斯本報價。「帶妳媽來，我再跟她談。」他說。事實上，治療過程有可能很複雜，因爲看來瑪麗跟其他姊妹一樣，都多了兩顆犬齒。希望落空，她直接躺在治療椅上，把腳抬上來，同時一條銀色的管子發出唧唧聲，把水注入吸杯裡。「我只好把她丟在那裡。」貝克醫師說：「還有五個孩子在等我。後來護士告訴我，她聽到那個女孩子在哭。」

那幾個女孩子一直到開學典禮才集體出現。九月七日，涼爽的天氣打壓了大家對秋老虎的期待。瑪麗、邦妮、拉克絲和特芮絲若無其事地來到學校。儘管她們幾乎黏在一起，我們又一次能夠看出她們有了新的差異。我們也感覺，也許，只要看得夠仔細，就能漸漸瞭解她們的心情，還有她們是誰。里斯本太太沒有帶女兒去買新制服，所以她們都穿著去年的制服。她們的拘謹洋裝太緊了（儘管人生無常，幾個女孩子還是繼續發育），她們看起來也很不舒服。瑪麗用一些配件妝點她的服裝：一串木頭做的櫻桃手環，跟她的圍巾是同樣的鮮紅色。拉克絲的格子裙校服，這時已經太短了，露出了膝蓋和一吋的大腿。邦妮穿了一件像帳篷一樣的東西，衣襬還參差不齊。特芮絲穿的是白洋裝，看起來倒像實驗服。儘管如此，姊妹們還是帶著讓人意外的尊嚴依序走進來，大禮堂瞬間陷入靜默。邦妮在校園花圃裡摘了幾枝晚開的蒲公英，湊成簡單的花束。她把花束拿到拉克絲的下巴下方，看她適不適合奶油色。她們身上看不出最近受到衝擊的痕跡，可是她們入座時，留了一張空折疊椅，彷彿是爲西西莉雅保留的。

幾個女孩子沒有缺過一天的課，里斯本先生也一樣，還是用他一貫的熱忱在教學。他持續逼問學生答案，假裝要把學生勒斃，在粉筆灰瀰漫的黑板上寫下一個個方程式。只是，到了午餐時間，他沒有去教師休息室用餐，而是從自助餐廳買來蘋果和一盤奶酪，拿到他的教室座位上去吃。他還出現其他怪異行爲。我們看到他在學校的「科學堂」裡，對著從球型玻璃格垂吊下來的蜘蛛草說話。開學第一週以後，他就坐在旋轉椅上授課，來回黑板都用滾輪，從不站起來。他解釋這是因爲他血糖太低的關係。下課後，他去當足球助理教練，站在球門後面，無精打采地報出比數。練習結束後，在粉筆灰飛揚的球場上走來走去，把足球收進骯髒的帆布袋裡。

他自己開車到學校，比晚睡且搭校車的女兒們早一個鐘頭到。他從前門進來，經過盔甲裝備（我們的校隊稱爲「騎士隊」），直接進入教室。他的教室裡，太陽系的九大行星從多孔的天花板上垂下來（據喬．希爾．康利說，每塊天花板有六十六個洞，這是他在上課時數出來的），幾乎看不見的白線把它們綁在一個軌道上。每天，九大行星都會公轉與自轉。整個宇宙由里斯本先生控制，他會先看過天文圖，再轉動削鉛筆機旁邊的一個曲柄。行星下面掛著黑白三角形、橘色螺旋體、鼻頭可以拆卸的藍色圓錐體。里斯本先生在桌子上放了一個索瑪立方塊，因爲用透明膠帶黏在一起，所以永遠都是完成的樣子。黑板旁邊有一個鋼絲管夾，束了五支粉筆，這樣他就可以幫他的男子合唱團畫五線譜。他當老師當久了，教室裡甚至有個洗手槽。

他的四個女兒就不一樣了。她們從側門進來，經過沉睡的水仙花床。這些水仙花每年春天都由苗條、勤奮的校長夫人照料。到了學校，她們各自散開，去自己的置物櫃拿東西，上午休息時間再到餐廳集合。茱莉．費里曼本來跟瑪麗．里斯本最要好，自殺事件之後，她們就不再說話了。「她是個好孩子，可是我就是沒辦法面對那件事。她讓我很害怕。而且我那時候也剛好開始跟陶德在一起。」姊妹們態度沉著地走在走廊上，書本抱在胸前，視線固定看著前方，一個我們看不到的點。她們就像特洛伊英雄埃涅阿斯（我們在提摩曼博士濃濃的體味中，想像他的模樣），去過地獄，看過死者，又回到人世，內心在哭泣。

誰知道她們在想什麼？有什麼感覺？拉克絲還是會咯咯傻笑，邦妮的手放在燈心絨裙子的口袋裡撥弄玫瑰念珠，瑪麗穿著讓她看起來像第一夫人的套裝。特芮絲即使在走廊上也戴著護目鏡——可是她們已經從我們、從其他女孩子、從她們的父親身邊退開，我們看到她們站在院子裡的灑水系統下，輪流吃同一塊甜甜圈，抬頭看著天空，讓全身慢慢濕透。

我們以零碎的片段跟她們交談，每個人都在這場共同的對話裡加入一句話。麥克．歐瑞尤是第一個。他的置物櫃就在瑪麗的置物櫃旁邊，有一天他越過櫃門的邊緣看了一眼，說：「妳好嗎？」她的頭往前傾，頭髮垂下來蓋住了臉，他不確定她有沒有聽到，直到她含糊地說：「還可以。」她沒有轉頭迎向他的目光，把鐵櫃門甩上，緊緊抓著書本，轉身就走。走沒幾步，她拉了拉後面的裙子。

隔天他在置物櫃前等她。她打開置物櫃時，他多了一句新臺詞：「我是麥克。」這次，瑪麗隔著頭髮清晰地說：「我知道你是誰。我在這個學校大概只上了一輩子的課吧。」麥克．歐瑞尤還想說點什麼，可是等她終於轉頭面對他，他一句話也說不出來。他站在那裡瞪著她，嘴巴張開卻毫無作用，直到她說：「你不需要跟我說話。」

其他人就順利多了。奇普．威拉德，留校察看大王，趁拉克絲坐在外面曬太陽——那一年剩沒幾天這樣暖和的天氣——時，朝她走過去。我們從一扇二樓的天窗往下看，看到他在她旁邊坐下來。拉克絲穿著格子裙制服和白色及膝襪，帆船鞋看起來是新的。在威拉德走過去之前，她一直無所事事地用鞋子去摩擦泥土，然後又把兩條腿往前伸，手撐在背後，把臉轉向這一季最後的陽光。威拉德走過去，遮住她的陽光，開口跟她說話。她把腿收回來，抓了抓一邊膝蓋，又把腿分開。威拉德把肥大的身軀丟給柔軟的土地，身體靠向她，笑得咧開了嘴。雖然我們從來沒有聽他說過一句聰明話，他卻讓拉克絲笑了。他似乎很清楚自己在做什麼，而他從地下室和球場露天看臺搞非法勾當得來的知識，也讓我們大爲驚異。他拿起一片枯葉，在拉克絲的頭上捻碎，碎葉落在她的上衣後面，她打了他一下。接下來我們就看到他們一起繞到學校後面，經過網球場，穿過一排紀念榆樹，往高聳的圍籬走去。再過去，一條私人車道上矗立著幾間豪宅，圍籬標示的，就是屬於豪宅的土地。

不是只有威拉德。保羅．瓦納梅克、科特．席爾斯、彼德．麥克奎爾、湯姆．賽勒斯、吉姆．切斯瓦斯基，這幾個人都分別跟拉克絲要好了幾天。大家都知道里斯本夫婦不准女兒們約會，尤其里斯本太太，連舞會都不讓她們參加，不管是一般舞會還是學校辦的畢業舞會，更別提青少年窩在後座摸來摸去這種大家心照不宣的慣例。拉克絲這些短暫的相好，都是偷偷摸摸進行的。在安靜的自習課中萌芽；在去飲水機的路上綻放；在大禮堂上方悶熱的包廂裡、讓人不舒服的舞臺燈光和電線中圓滿結束。那些男孩子和拉克絲在各種經過授權的差事掩護下碰面。例如在藥妝店的走道上，里斯本太太就坐在外面的車子上等；還有一次，最大膽的地點，就在他們家的旅行車上，趁著里斯本太太在銀行裡排隊的十五分鐘空檔。可是跟拉克絲偷偷來往的，總是那些最笨、最自私、在家裡最受到欺負的男生，可以說是最糟糕的資訊來源。不論我們怎麼問，他們總是給我們粗俗而狂妄的答案，譬如，「我告訴你們，她『那裡』還不錯。」或者，「你們想知道發生什麼事？聞我的手指頭就知道了，爽。」拉克絲願意跟他們在學校的隱密處或樹叢裡見面，只是更凸顯她的不安。我們問她有沒有提到西西莉雅，可是那幾個男孩子總是說，其實他們根本沒說幾句話，我們應該懂這是什麼意思。

能夠幫助我們瞭解那段時期的拉克絲，唯一靠得住的男生，是崔普．方登，可是他的榮譽感把我們蒙在鼓裡多年。就在一連串自殺前的一年半，崔普．方登才從嬰兒肥變身成爲深受女孩與女人喜愛的人物。因爲我們認識他時，他就是個又矮又胖的傢伙，牙齒歪歪斜斜從嘴裡露出來，看起來就像深海魚一樣齜牙咧嘴，所以我們一直沒有察覺到他的轉變。況且，我們的父執輩、兄長、年老的叔伯公，都向我們保證，男生長得好不好看一點也不重要，所以我們不會去注意我們之間誰長得帥，也相信這件事根本不重要，直到我們認識的每一個女生，還有這些女生的媽媽，全都愛上崔普．方登。她們的慾望無聲，卻很華麗，彷彿上千朵雛菊同時把臉朝向太陽。起先我們幾乎沒有注意到從崔普的置物櫃細縫塞進去的小紙團，也沒有注意到從炙熱血液裡發散出來的赤道微風，在走廊間一路追隨著他。不過最後，因為見到太多聰明的女孩子在崔普靠近時臉紅，或者扭轉自己的髮辮、免得自己笑得太開心，我們終於明白，父親、兄長、叔伯一直都在騙我們，沒有人會因為我們功課好就愛我們。許多年後，我們在一個小型的排毒農場，找到靠著前妻最後一點積蓄在那裡戒毒的崔普．方登，他回想起自己長出第一根胸毛時，四週突然爆發的凶猛熱情。一切的開端，是他到墨西哥南部的阿卡普爾科去玩時，他爸和男友去沙灘上散步，把崔普一個人留在旅館裡，靠自己保護自己。（陳列品#7，那次旅行拍的一張照片，是曬成古銅色的方登先生跟唐納德的合照。兩人擠在旅館大廳一張模仿阿茲特克皇帝蒙提祖馬寶座的椅子上）。崔普在沒有限制年齡的酒吧裡，遇到了剛離婚的吉娜．迪桑德。她幫他點了他生平第一杯鳳梨可樂達。崔普．方登一向很有風度，回來後只跟我們說起吉娜．迪桑德最循規蹈矩的細節，說她在拉斯維加斯當荷官，教他玩二十一點的訣竅，還說她會寫詩，用瑞士小刀吃椰子。多年以後，崔普用飽受摧殘的眼睛看著沙漠，他的紳士風度再也沒有能力保護一個當時已經五十餘歲的女人，他才透露，吉娜．迪桑德是「我的第一個女人」。

這一點說明了很多事。難怪他從來不把她送的貝殼項鍊拿下來，難怪他床邊牆壁上貼的那張海報，是一名男子綁在由快艇拉動的風箏上，在阿卡普爾科海灣上空飛翔。難怪他在自殺事件前一年，改變了穿衣風格，從學生式的打扮，變成西部風。珠扣襯衫、花俏的口袋蓋、拼接的肩部設計，他選的每一樣單品，都是爲了模仿在照片裡跟吉娜．迪桑德站在一起的賭城男人。那些照片，是她在七天六夜套裝行程中，從皮夾裡拿出來給崔普看的。三十七歲的吉娜．迪桑德，看出崔普．方登在穿著泳褲的圓胖身材下潛伏著帥氣性感的男人味，也在跟他共度的墨西哥假期裡，把他雕琢出男人的外型。我們只能想像在她的旅館房間裡發生了什麼事：喝加了酒的鳳梨汁而不勝酒力的崔普，看著赤裸的吉娜．迪桑德在床上快速發牌。通往小水泥陽臺的滑門脫軌了，身爲男人的崔普設法修好。梳妝臺和床頭櫃上散落著昨夜的房間派對遺留的痕跡——空酒杯、熱帶風格的調酒棒、泡過水的柳丁皮。在假期中曬黑的崔普，看起來一定就像夏末時的他一樣，在他家的泳池裡來回游動，兩顆乳頭宛如埋在紅糖裡的粉紅櫻桃。吉娜．迪桑德泛紅、微皺的皮膚，像秋葉一樣在歲月中燃燒。紅心A，黑桃十，二十一點，你贏了。她撫摸他的頭髮，重新發牌。即使是後來，我們都大到懂得這檔事，他也從來沒有跟我們說過任何細節，可是我們都認爲那是一次慈母給予的美妙啓蒙。雖然它一直是個祕密，可是那一夜就讓崔普披上了情人的斗篷。他回來以後，我們聽到他的聲音多了一點磁性，在我們的頭上方一呎處迴盪；對他穿牛仔褲時臀部顯得特別緊繃感到擔憂，卻不瞭解緣由；聞著他的古龍水味，拿我們的乳酪色皮膚跟他的膚色相比。可是他身上的麝香味、如椰子油般平滑的臉、還躲在眉毛裡閃閃發光的金色沙粒，對我們的影響並沒有對女孩子那麼大。那些女孩子，一個接著一個，然後是成堆成群，全都為他心醉神迷了。

他收到過印上十對各式嘴唇的情書（每對唇印的線條，就跟指紋一樣各有不同）。他不再念書準備考試，因為每個來跟他一起在床上看書的女生，都會幫他。他把時間拿來維持古銅色的肌膚，躺在空氣墊上、在浴缸大小的泳池裡漂浮。這些女孩子選崔普來愛，確實是選對人了，因為他是唯一可以守口如瓶的男生。崔普天生具有世界一流情人的謹慎，比義大利的風流才子卡薩諾瓦還強，因為他這種人不會留下十二大冊的回憶錄，我們連那些女孩子是誰都不知道。不管是在美式足球場上，還是裸身在更衣室裡，崔普．方登從來不曾提起細心用錫箔紙包裹的派，出現在他的置物櫃裡；不曾提過用吊襪帶綁在他汽車天線上的髮帶；甚至不曾提過用破爛蕾絲帶綁在他後視鏡上的那雙網球鞋，鞋尖還貼了一張沾了汗水的字條，上頭寫著：「現在比數，愛比愛。崔普，換你發球。」

他的名字開始在走廊上低聲迴盪。我們都叫他「崔普仔」或者「凳子」，女生卻只談崔普，開口閉口都是崔普。他當選「最上鏡頭」、「最佳服裝」、「最佳個性」以及「最佳運動員」（儘管我們因爲不齒他，沒人投他一票，他的動作也沒那麼靈活，他還是當選了）時，我們終於瞭解那些女生到底有多迷戀他。連我們自己的母親都談到他長得多好看，邀他來家裡吃飯，對他油膩膩的長頭髮視而不見。沒多久，他就過得像阿拉伯國家的高官，在他的合成纖維被單宮廷裡接受賄賂：從眾家母親的皮包裡偷來的小鈔、幾袋大麻、畢業戒、用蠟紙包裹的自製米果點心、小瓶裝亞硝酸異戊酯[3]、阿斯蒂氣泡酒、來自荷蘭的各式乳酪，偶爾還有一大塊奇怪的馬鈴薯絞肉煎餅。女生來找他時，會帶著打好字、編好註釋的期末報告，還有她們整理過的「辣妹筆記」，這樣崔普只要每本書看一頁就可以了。長久下來，崔普收集女孩子們提供的豐富貢品，組成「世界大麻博物館」，樣本裝在空香料罐裡，整齊擺放在他的書架上，從「藍色夏威夷」到「巴拿馬紅」。因爲這些東西來到他手上之前，多次在陰暗的角落轉手，所以其中一種看起來像地毯，味道也像地毯。我們對這些去找崔普．方登的女生所知不多，只知道她們都開自己的車，每次都從後車廂拿東西下車。是那種戴叮鈴噹啷響的耳環、頭髮挑染、穿軟木高跟鞋，鞋帶綁在腳踝上的那一類型女生。她們拿著沙拉碗，上面蓋著印花廚房毛巾，用膝蓋外擴的走路姿勢踏過草皮，一邊吹著口香糖泡泡，一邊微笑。到了樓上，她們在床上用湯匙餵崔普吃東西，用床單幫他擦嘴，把碗往地上隨便一丟，就融化在他

3 可當興奮劑使用。

的臂彎裡。三不五時，方登先生來回唐納德的房間時，會經過崔普的房間，可是他連自己的行爲都不確定了，更不可能去質疑兒子的房門後傳來的耳語。他們兩個，雖說是父子，但就像同住一個屋簷下的室友，偶爾會穿著一模一樣的孔雀睡袍相遇，爲了誰把咖啡喝完而相罵，可是到了下午，他們又會一起漂浮在泳池裡，互相碰撞，是尋歡取樂的好夥伴。

這對父子的膚色是全市最耀眼的。連每天在大太陽底下工作的義大利裔營造工人，都沒辦法曬出那種赤褐色的色澤。到了黃昏，方登先生和崔普的皮膚看起來幾乎有點泛藍，再把毛巾纏繞在頭上，看起來就像一對雙胞胎的黑天[4]。這個高於地面的圓形小泳池，緊鄰著後院圍籬，噴濺的水花有時會把鄰居的狗打濕。方登先生和崔普全身抹上嬰兒油，躺在有靠背和飲料架的空氣墊上，在溫煦的北方天空下漂浮，彷彿這裡是西班牙的太陽海岸。我們看著他們逐漸曬成鞋油的顏色。我們懷疑方登先生把頭髮染淡了，他們的牙齒也越來越亮，亮到刺眼的程度。在派對上，興奮過度的女生會抓住我們，只因爲我們認識崔普。一段時間以後，我們就發現，原來女生也跟我們一樣，遇到愛情就心煩意亂。馬克·彼特司有一天晚上出門，走到他的車子旁，突然感覺有人抓住他的腿。他低頭一看，看到莎拉·希德，結果她承認自己太迷戀崔普，連路都不會走了。他到現在還記得她抬頭

4 Krishnas，婆羅門教及印度教的保護神毗濕奴的化身之一。

看著他時，那種驚慌失措的表情，一個以胸部尺寸出名的健壯女生，像個殘廢一樣倒在結露的草地上。

沒有人知道崔普和拉克絲是怎麼認識的，不知道他們對彼此說過什麼話，也不知道他們是互相喜歡，還是一相情願。即使多年以後，崔普在這個話題上還是保持一貫的沉默，謹守對他漫長的情人生涯裡那四百一十八個大小女人的忠貞承諾。他只肯這樣對我們說：「我從來沒有忘掉那個女孩子，眞的，從來沒有。」在沙漠裡，他顫抖著身子，眼睛下方有病態的蠟黃浮腫，可是那雙眼睛亮晃晃地回溯一段青澀的時光。我們好說歹說，主要也是因爲戒癮的人會一直想要說話，我們終於慢慢拼湊出他們的愛情故事。

故事從崔普．方登誤闖歷史課教室開始。第五節的自習課期間，崔普按照慣例，跑到他的車上去抽大麻。他抽大麻，就跟患有糖尿病的彼德．佩特維奇打胰島素一樣規律。每天三次，佩特維奇會到醫務室去打胰島素。他自己操作注射針，總是像最膽小怕事的毒蟲一樣，可是每次打完針，他就會跑去彈大禮堂的大鋼琴，表現出驚人的藝術性，彷彿胰島素是天才的仙丹妙藥。同樣地，崔普．方登每天要向他的車報到三次，分別在十點十五分、十二點十五分及三點十五分，彷彿他跟佩特維奇一樣，也戴了一只會定時嗶嗶響的手錶。他總是把他那輛龐帝克火鳥 Trans Am 停在停車場最遠的角落，車頭朝向學校，有老師走過來就一定會看到。那輛車傾斜的引擎蓋及車尾，加上光滑的車頂，讓它看起來很像御風而行的聖甲蟲。雖然歲月的痕跡開始毀損它金色的烤漆，不過崔普重漆過引擎蓋上的賽車條紋，把看起來像武器的尖狀轂蓋磨得發亮。車內，眞皮座椅保留了有個人特色的汗水痕跡，看得出塞車時方登先生會把頭靠在哪個位置，他用的髮膠裡的化學成分，把棕色的皮革變成淺紫色。空氣裡隱約還留著「馬靴與馬鞍」牌空氣芳香劑的香味，只不過當時崔普的麝香味和大麻味，已經幾乎要攻占整輛車了。賽車式的門用密閉封條關得緊緊的，崔普總是說，在他的車子裡比別的地方更爽，因爲會一直吸入被困在車子裡的大麻菸。每到上午休息時間、午餐時間、自習課，崔普．方登就會從容地走到他的車子，把自己泡在煙霧浴裡。十五分鐘後，他打開車門，煙會一湧而出，就像從煙囪裡竄出來一樣，隨著音樂——通常是平克．佛洛依德（Pink Floyd）或Yes[5]——逐漸繚繞、消散。崔普會繼續放音樂，開始檢查引擎、擦拭引擎蓋（這是他爲了來停車場而謊稱的理由）。關好車子之後，崔普走到學校後面，讓衣服通通風。他在一棵紀念榆樹（是爲了紀念一八一九級的畢業生山繆．〇．哈士丁而種的）的樹洞裡藏了一盒薄荷糖。女孩子們從教室窗戶看著他形單影隻走到樹下，像印度人一樣盤腿而坐，簡直魅力無法擋。甚至他還沒站起來，她們就可以想像他屁股上沾到些許泥土的畫面。接下來總是千篇一律：崔普．方登整個人站起來，調

5 兩者皆爲英國前衛搖滾樂團。

整飛行墨鏡的鏡架，輕輕把頭髮往後撥，拉上棕色皮夾克胸前口袋的拉鍊，然後開始踏著厚重的靴子往前走。他從紀念樹的迴廊一路往前走，穿過後方草地，經過長春藤花圃，進入學校後門。

從來沒有哪個男孩子這麼酷，這麼淡然。方登散發出一種已經進入人生下一階段的味道，讓人感覺他的手已經伸進眞實人生的中心，而我們這些人還在背課本、計較成績。雖然他從置物櫃裡把書本拿出來，但是我們知道那些書本只是道具，他天生注定當個資本家，而不是學者，因爲他的販毒事業已經得到預言了。然而，在他永遠會記得的那一天，一個九月的午後，葉子剛開始變色，剛從後門進來的崔普．方登看到校長伍德豪斯先生從走廊另一頭走過來。崔普已經很習慣在吸毒後遇到師長了，他告訴我們，他從來就沒有被害妄想症，所以他無法解釋，爲什麼看到穿著七分褲、淡黃色襪子的校長，會讓他當場脈搏加速、頸背直冒汗。儘管如此，崔普還是從容不迫躲進最近的教室裡。

他找了一個位子坐下，沒看到任何一個熟悉的臉孔。他不看老師也不看同學，只注意到教室裡極其舒服的光線，外頭的秋葉呈現燦爛的橘黃色。教室裡似乎充滿一種甜而黏稠的液體，彷彿輕得跟空氣一樣的蜂蜜，他把這股香甜吸進去。時間慢下來了，他左耳裡的宇宙梵音鈴聲，開始清晰得有如電話鈴聲。我們建議，這些細節，跟他血液中的四氫大麻酚的效果是一樣的。聽到這句話，崔普．方登伸出一根手指，這是整場會面他的手唯一沒有顫抖的一次。「我知道亢奮是什麼狀況。」

他說：「這次不一樣。」在橘黃色的光線中，同學們的頭看起來宛如海葵，靜靜地起伏，教室的氣氛，就跟海床一樣寂靜無聲。崔普告訴我們：「每一秒都是永恆。」他形容他坐在位子上時，他前面的那個女孩子，不知道爲什麼，轉頭看著他。他不能說她長得很漂亮，因爲他只看到她的眼睛。她那張臉其他的部分——豐厚的嘴唇、耳鬢的金色細毛、長著粉紅色糖果般半透明鼻孔的鼻子——都成了一片模糊，因爲那雙藍色的眼睛彷彿一陣大浪，把他高高舉起，並停留在半空中。他引用詩人艾略特的話，告訴我們：「她是這個旋轉的世界裡，靜止不動的那一點。」他在排毒中心的書架上，找到《艾略特詩選》。在拉克絲．里斯本看著他的那段永恆裡，崔普．方登也回看她。他在那一刻感受到的愛，比後來所有的愛都還要眞實，因爲它不必熬過眞實人生。即使是現在，人在沙漠中，外表與健康都崩塌了，那份愛仍糾纏著他不放。「你永遠不會知道，什麼東西會觸動記憶。」他告訴我們：「寶寶的臉，貓項圈上的鈴鐺，什麼都有可能。」

他們完全沒有交談，可是接下來那幾個星期，崔普整天在走廊上走來走去，期待拉克絲出現。他從來沒有遇過這樣的人，衣衫完整，可是在他眼裡卻是完全赤裸的。即使穿著學校規定的鞋子，她也像赤著腳走路，而里斯本太太買給她的寬大衣服，只有增加她的魅力，彷彿脫掉衣服以後，她隨便拿起手邊的衣服來穿。她穿著燈心絨褲子，大腿相互摩擦，發出聲音。她身上也總是至少有一個粗心而令人驚奇的細節，可以打破對他施加的魔咒：沒塞好的衣角，破了洞的襪子、露出腋毛的裂縫。她把書本從一間教室帶到另一間教室，但是從來沒有打開過。她的原子筆和鉛筆，看起來就像灰姑娘的掃把一樣，是臨時充數的。她笑起來會露出太多牙齒，可是到了晚上，崔普．方登就會夢到被她的每一顆牙齒咬。

他不知道該怎麼開始追她，因爲他一向是被追的那一個。慢慢地，他從來到他房間的女孩子口中，打聽到拉克絲住在哪裡，只不過他必須問得很小心，免得讓那些女孩子吃醋。他開始開車經過里斯本家，希望能看她一眼，就算只是看到她的一位姊妹，也算聊表安慰。跟我們不一樣的是，崔普．方登從來就不會把拉克絲家的女孩子搞混，打從一開始，拉克絲就是最高最閃亮的那顆星星。經過里斯本家時，他會打開Trans Am的窗戶，把八聲道的音響開得很大聲，這樣也許她在房間裡，就能聽到他最喜歡的歌。有時候，無法抑制心中的騷動，他會把油門踩到底，只留下塑膠燃燒的味道作爲愛情的象徵。

他不懂她是怎麼迷惑他的，也不懂爲什麼她讓他著了迷，卻又旋即忘了他的存在。他在絕望的情緒中問鏡子，爲什麼唯一讓他意亂情迷的女生，卻是唯一不爲他意亂情迷的女生。有好長一段時間，他重拾吸引女生屢試不爽的辦法，在拉克絲經過時把頭髮往後攏，或者砰地一聲，把穿著靴子的腳抬到桌子上，還有一次，他甚至把深色眼鏡往下移，賞他的眼睛給她看。可是她並沒有看。

事實是，即使是最膽小沒用的男生，也比崔普更懂得約女生出去，因爲他們瘦弱的胸膛和內八的步伐教他們要有毅力，而崔普卻連女生的電話號碼都不需要撥。這對他來說都是陌生的：背誦各種話術、努力找話題、練習瑜伽的深呼吸法，一切都只爲了把心一橫，縱身投入電話線裡無邊無際的嗡嗡聲中。他從來沒有遭遇過電話被接起來之前，彷彿永遠不會停止的鈴聲；不知道聽到那無與倫比的聲音，突然與他的聲音交會時，心臟猛然跳動的感覺；沒有體會過那種近到彷彿看得到她、甚至眞的**進入她的耳朵裡**的感覺。他從來沒有感受過無精打采的回應，百無聊賴的「哦，是你啊」或者一刀斃命的「誰啊？」帶來的痛苦。他的俊俏讓他沒有半點追女生的技巧，於是在絕望之中，他向他父親和唐納德透露他的情意。他們瞭解他的困境，給他一杯珊布卡酒幫助他冷靜下來之後，給了他一些建議，那是唯有經歷過沉重的祕密戀情的人才會給的建議。首先，他們要他無論如何都不能打電話給拉克絲。「戲法人人會變，巧妙各有不同。」唐納德說：「重點就在於如何不同。」他們建議崔普不要露骨告白，反而應該跟拉克絲談尋常瑣事。天氣、作業，任何話題都好，重點是讓他有機會用視線接觸這種無聲但準確無誤的語言來溝通。他們要他換掉有色鏡片，用髮膠固定頭髮，不要讓頭髮遮到臉上來。第二天，崔普．方登在科學堂找了個位子坐下來，等著拉克絲去置物櫃的路上，從那裡經過。逐漸升起的太陽把蜂窩板照成紅色。每次坡道上的門一打開，崔普就看到拉克絲的臉漂浮向前，接著她的眼睛、鼻子、嘴巴又重新組合，變成別的女孩子的臉。他認爲這是惡兆，彷彿拉克絲爲了躲避他，不斷僞裝自己。他害怕她永遠不會來，更害怕她眞的來了。

一整個星期都沒看到她之後，他決定採取極端的手段。接下來的那個星期五下午，他離開位於科學堂的閱讀小間，去參加週會。那是他三年來第一次參加週會，因爲蹺週會比蹺其他課容易，崔普也寧願把那些時間拿來抽從他的前座置物箱流出來的水煙管。他不知道拉克絲會坐在哪裡，所以他故意在飲水機旁邊逗留，打算跟在她後面進門。他沒有聽從他父親和唐納德的建議，還是戴上太陽眼鏡，掩飾他一直盯著走廊的目光。拉克絲的三個姊妹分別出現，他的心也跟著那三個誘餌猛跳了三次，可是伍德豪斯校長都已經介紹完今天的演講人——一位當地電視臺的氣象專家——了，拉克絲才從女生廁所出來。崔普．方登太專心看她了，專心到連自己都彷彿不存在。在那一刻，全世界只剩下拉克絲一個人。一圈朦朧的光環包圍著她，宛如原子分裂時的微光，我們後來認爲，這是因爲大量血液從崔普的腦部湧出的緣故。她從他面前走過去，沒有注意到他，在那一瞬間，他聞到的不是原先預期的菸味，而是西瓜口香糖。

他跟著她進入殖民風格鮮明的大禮堂。蒙蒂塞洛式圓頂，多立克壁柱，還有仿製的煤氣燈，以前我們都會倒牛奶進去。他跟著她一起坐在最後一排，雖然他故意不去看她，可是一點用也沒有：崔普．方登用他從來不知道自己擁有的感官，感覺拉克絲就在他身邊，感受到她的體溫、心跳、呼吸速度、她全身的起伏和動靜。大禮堂燈光轉暗，氣象專家開始放幻燈片，沒多久他們就獨處在黑暗中，儘管同時還有四百名學生和四十五位老師在場。一個個颶風在螢幕上閃過，被愛情麻痺的崔普一動也不動，十五分鐘過後，他才鼓起勇氣，把一小部分的手臂放在扶手上。這樣做了之後，他們之間還是隔著一吋左右的距離，於是，接下來的二十分鐘，崔普．方登以極其微小、卻又讓他全身冒汗的進度，將手臂朝她的手臂靠過去。正當其他眼睛都看著薩爾達颶風肆虐一個加勒比海海岸城鎮時，崔普手臂上的毛髮碰到了拉克絲的毛髮，一股電流湧進這個新形成的迴路。拉克絲沒有轉頭，沒有喘氣，以同樣的壓力回應。崔普施加更多壓力，她回應，就這樣一來一往，兩隻手肘終於碰在一起。就在這一刻，一件事發生了：前面一個調皮的學生把手掩在嘴巴上，發出放屁聲，教室裡響起一陣陣笑聲。拉克絲蒼白著臉，把手臂抽回去，不過崔普把握住機會，低聲說出他當面對她說的第一句話。「一定是康利，」他說：「他完蛋了。」

她的回應，連點頭都稱不上。可是崔普還是靠向她，繼續說：「我要去跟妳老爸說，我要約妳出去。」

「門兒都沒有。」拉克絲說，看也不看他。燈光亮了，周遭的學生紛紛鼓掌。崔普等到掌聲達到高峰，才再度開口。他說：「首先我要去妳家，跟你們一起看電視。這個星期日。然後我就要約妳出去。」他又一次等著她說話，可是她唯一聽到他這段宣示的跡象，是把手心轉過來，意思是他高興怎麼做就怎麼做。崔普起身準備離開，可是走之前，他從已經空了的椅子後面靠過來，脫口而出的是他忍了好幾個星期的一句話。

「妳眞是個冰霜美人。」說完，他就走了。

崔普．方登成爲繼彼德．席森之後，第一個單獨進入里斯本家的男生。他只是告訴拉克絲他何時會到，讓她自己去跟她爸媽說，就這樣成功了。我們沒有一個人能夠解釋，當時怎麼會沒注意到他做了這件事，尤其是他在跟我們會面時，一直堅持他沒用什麼鬼頭鬼腦的辦法，就只是在大白天開車過去，把Trans Am停在一棵榆樹的殘幹前，這樣車身才不會被樹汁滴到。他特地爲了這件事去剪了頭髮，而且沒有誇張的西部裝扮，而是穿著白襯衫、黑褲子，活像個辦外燴的。拉克絲在門口接他，沒說幾句話（她在留意手上的毛線織到哪個地方），就帶他到客廳裡爲他安排的位置。他坐在沙發上，旁邊是里斯本太太，再過去才是拉克絲。崔普．方登告訴我們，那幾個女孩子不怎麼注意他，至少絕對沒有一個校園萬人迷期待的那麼多。特芮絲坐在角落，抱著一隻塡充蠶蜥蜴玩具，對邦妮解釋蠶蜥蜴吃什麼、如何繁殖，還有牠們的天然棲息地是什麼樣子。唯一跟崔普說話的姊妹是瑪麗，她一直問崔普還要不要可樂。電視上演的是一部迪士尼的特別節目，里斯本家習慣了枯燥乏味的娛樂方式，全家人都看得津津有味，看到蹩腳花招同時大笑，看到刻意製造的高潮也緊張地坐直了身體。崔普．方登看不出那幾個女孩子有什麼古怪之處，可是後來他確實這麼說：「你眞的會想把自己殺了，只爲了找點事做。」里斯本太太監督著拉克絲的編織狀況。想轉臺，她要先看一下《電視週刊》，評估節目適不適合全家觀賞。窗簾厚得像帆布一樣，窗臺上擺了幾盆細長的植物，跟崔普家綠意盎然的客廳相比，實在有天壤之別（方登先生很喜歡園藝）。要不是沙發的另一頭有拉克絲活潑潑的生命，崔普會以爲他到了哪個死寂的星球。她每次把腳抬到茶几上，他就可以看到她的光腳丫。她的腳底是黑的，腳趾甲上點綴著粉紅色的指甲油。那雙腳每次一冒出來，里斯本太太就會用編織針輕敲一下，把它們逼回桌子底下去。

這就是那天晚上全部的狀況。崔普沒有坐在拉克絲旁邊，沒有跟她說話，甚至也沒有看她，可是光是她的存在，這個近在咫尺的明確事實，就在他的心裡點了一把火。十點鐘一到，里斯本先生接受了妻子的暗示，拍了一下崔普的背，說：「好了，孩子，平常我們這個時間就準備要休息了。」崔普跟他握手，接著又握了里斯本太太較爲冰冷的手，然後拉克絲走出來，陪他走到門口。她一定看出這一切是白忙一場，因爲陪他走到門口這短短一段路，她幾乎沒有看他。她低著頭往前走，挖了挖耳朵，打開門時，才抬頭對他哀戚一笑，明顯傳達了她的無奈。崔普．方登傷心地走出里斯本家大門，很清楚他只能期待改天晚上再過來，坐在里斯本太太旁邊。他穿過自從西西莉雅死後就沒有刈過的草皮，上了車。他坐在車子裡，一直盯著那棟房子，看著樓下的燈熄滅，換樓上的燈亮起，接著，再一盞一盞暗去。他想著拉克絲正準備上床睡覺，光是她拿著牙刷的畫面，就比他幾乎每天晚上都要在房間裡看到的成熟裸女還要讓人興奮。他把頭往後靠在椅背上，張開嘴巴，舒緩胸口的悶氣。突然，車內的空氣一陣翻攪，他感覺有人抓住他襯衫領口的長翻領，把他往前拉，又立刻推回去，某種有一百張嘴的生物開始吸吮他的骨髓。她像一隻餓到極點的動物不斷索求，一句話也沒說，要不是西瓜口香糖的味道，他也不會知道對方是誰。經過幾個狂熱的親吻之後，他就發現換他嚼著口香糖了。她身上穿的，不是原本的褲子，而是一件法蘭絨睡袍。她的雙腳，因為跑過濕草地，散發出青草香。他感覺到她濕冷的小腿、溫熱的膝蓋、毛髮密布的大腿，然後，他帶著驚恐的情緒，把手指放進拴在她腰下方那頭動物貪婪的嘴裡。那種情況，就彷彿他從來沒有碰過女生；他感覺到毛髮，還有油滑的物質，就像水獺的隔離層。車子裡住了兩頭野獸，一頭在上面，不斷聞嗅、噬咬他，一頭在下面，掙扎著想從悶濕的籠牢中出來。他勇敢地做了他能做的事，努力餵食這兩頭野獸，安撫牠們，可是他有所不足的感覺越來越明顯，幾分鐘後，拉克絲只丟下一句「得在查房前回去」，就走了。留下他，與其說還活著，不如說死了。

雖然那閃電般的突襲只持續了三分鐘，仍然在他身上留下印記。他談起這次經驗，就像別人談到宗教體驗一樣，是上帝的懲罰或啓示，是來自天上、硬生生劃破他生命的異象，無法用言語形容。「有時候我以爲自己是在做夢。」他告訴我們，想起那一百張貪婪的嘴，在黑暗中吸走他的生命汁液。雖然崔普・方登後來還是繼續過著令人羡慕的愛情生活，但是他承認，那些只能說是聊勝於無。他的肝腸再也沒有以如此愉悅的力量抽動過，他再也沒有體驗被另一個人的唾液徹底濕潤的感覺。他說：「我覺得我好像郵票。」多年以後，他還是很驚訝拉克絲的一心一意，沒有絲毫壓抑，還有她如神話般的多變，彷彿同時擁有三、四隻手臂。「大部分的人從來沒有嘗過這種愛情。」他在一場糊塗的人生中，鼓起勇氣說：「至少，我嘗過一次了。」相較之下，他年少時和後來的愛情，都是溫和的動物，有個柔順的側翼和可靠的喊叫聲。即使在恩愛當下，他也能想像那些女人拿熱牛奶給他喝，幫他報稅，在他臨終時含著眼淚指揮一切。她們是溫暖、忠誠、如熱水瓶一般的女人。即使是他成年人生中最會叫床的女人，也總是顯得叫錯時機，也從來沒有哪一次的激情，比得上那一次，拉克絲在無聲中將他生吞活剝。

拉克絲偷溜回屋裡去時，有沒有被里斯本太太發現，這一點我們一直不得而知，可是不知道爲了什麼，崔普想再到她家去坐沙發時，拉克絲跟他說，她被禁足了，而且她媽不准他再去她家。在學校裡，對於他們之間發生了什麼事，崔普總是吞吞吐吐。雖然大家都謠傳他們在好幾個隱密的地方偷偷會面，他總是堅持，他們唯一接觸的一次，就是在車子裡。「在學校，我們找不到地方去。她老爸盯她盯得很緊。靠，眞的很煩，煩死人了。」

在霍爾尼克醫師看來，拉克絲的淫亂是需索情感常見的反應。霍爾尼克醫師寫了很多他希望能出版的論文。「青少年會在可以找到愛的地方去尋找。」他在其中一篇裡寫到：「拉克絲把性行爲跟愛混爲一談。因爲妹妹的死，她需要得到安慰，對她來說，性就成了安慰的替代品。」有幾個男孩子確實提供了一些細節，支持霍爾尼克醫師的理論。威拉德就說，有一次他們一起躺在體育館裡，拉克絲問他，他認不認為他們做的事是骯髒的。「我當然知道該怎麼說。我說不認為。然後她就抓起我的手，說：『你喜歡我吧？』我什麼都沒說。最好讓女生一直搞不清楚。」多年後，聽到我們說拉克絲的熱情，可能是來自找錯方向的需求，崔普．方登很激動。「你們的意思是，我只是個工具？那是假不了的，各位。那是真的。」我們甚至跟里斯本太太提過這個話題，在某個公車站的餐廳裡，那是我們跟她唯一一次的訪談，可是她的態度十分斬釘截鐵。「我的女兒沒有一個缺乏愛。我們家裡有很多愛。」

其實很難說。隨著十月到來，里斯本家看起來越來越沉悶。原本在某種燈光下看起來就像空中池塘的藍色石板屋頂，顏色明顯黯淡了。黃磚轉成棕色。蝙蝠在晚上會從煙囪飛出來，就跟下一個路口的史塔馬羅斯基大宅一樣。我們很習慣看到蝙蝠在史塔馬羅斯基家上空盤旋；蝙蝠成之字形飛行，突然俯衝，嚇得女孩子驚聲尖叫，趕緊護住長髮。史塔馬羅斯基先生穿著黑色高領衣，站在陽臺上。黃昏時，他會讓我們在他的大草坪上玩，有一次我們在花圃裡發現一隻死蝙蝠，一張臉像只剩兩顆牙的乾癟老人。我們總是認為那些蝙蝠是跟著史塔馬羅斯基一家人從波蘭來的。史塔馬羅斯基家的晦暗大宅掛著天鵝絨窗簾、散發著舊大陸時期的衰敗氣氛，蝙蝠在它的上空飛撲而過看起來十分相稱，可是在里斯本家實用的雙煙囪上方飛過，就很不倫不類了。除此之外，他們家還有其他令人毛骨悚然的淒涼跡象。原本會發光的門鈴不亮了。鳥食罐掉在後院，就一直留在地上沒人撿。

里斯本太太在牛奶箱上留了一張乾脆俐落的便條給送牛奶的人：「不要再送壞牛奶來了！」希格比太太回想那段時間，她堅持說里斯本先生用一根長竿子，把外面的百葉窗統統關上了。我們問了很多人，大家都同意這一點。然而，陳列品#3，一張畢爾先生拍的照片，照片中卻斯拿著新到手的路易士球棒，準備揮棒，背景裡，里斯本家的百葉窗都開著（這時候就發現放大鏡很有用了）。照片是十月十三日拍的，那是卻斯的生日，也是世界大賽開打的日子。

除了到學校和教堂以外，里斯本姊妹從不去別的地方。克羅格超市的貨車，每星期會送一次雜貨到他們家。有一天，小強尼·畢爾和文斯·菲斯利拉著一條想像的繩子擋在路中央，一人一邊拉著空氣，就像雙胞胎的馬歇·馬叟。司機讓他們上車，他們翻看他的訂貨單，騙他說他們長大以後也要當送貨員。文斯·菲斯利把里斯本家的訂單偷偷放進口袋，後來發現那張清單簡直就像一份軍隊補給的申請單。

克羅格麵粉五磅裝1
三花奶粉一加侖裝5
白雲衛生紙18捲
台爾蒙水蜜桃罐頭（楓糖口味）24罐

台爾蒙青豆24罐
牛絞肉10磅
奇異白土司3
吉夫花生醬1
家樂氏早餐玉米片3
星琪鮪魚罐頭5
克羅格美乃茲1
萵苣1
奧麥培根1磅
藍多湖奶油1
唐氏橘子粉1
賀喜巧克力1

我們等著看樹葉的結局。葉子已經落了兩個星期，整個蓋住草皮，因爲當時我們那裡還有樹。現在，到了秋天，只有幾片樹葉會從殘存的榆樹頂端優雅墜落，而大部分的葉子，都只從四英尺高的幼樹上掉下來。那些市政府種來取代榆樹的小樹，用棍子撐著，是爲了安撫我們，要我們想像這條街一百年後的美景。沒有人確定那些新樹是哪種樹，公園處的人只說，他們會挑這種樹，是因爲它們「不怕荷蘭榆樹蠹蟲」。

「意思是，連蟲子都不喜歡這種樹。」席爾先生說。

以前，秋天從樹梢的集體颼颼聲開始；接著，彷彿永無止盡般，葉子從枝頭斷落，飄盪而下，乘著上升氣流不斷旋轉飛舞，彷彿世界要把自己排出去。我們讓落葉累積。我們找藉口不去處理落葉，而每過一天，樹枝縫隙就會露出越來越大片的天空。

開始落葉後的第一個週末，我們開始以軍事行動的方式耙掃落葉，街上陸續出現一叢叢的落葉堆。不同的家庭使用不同的方法。畢爾家用的是三人隊形，兩個人拿著耙子縱向前進，另一個人橫向掃過來，這是模仿畢爾先生在中印邊界的駝峰航線上飛過的隊形。皮森伯格家則出動了十個人——爸媽兩人，七名青少年，還有兩歲大的「意外」拿著玩具耙子跟在後面。肥胖的安伯森太太，用的是吹葉機。我們都盡了自己的本分。之後，耙過的草地，就像徹底梳過的頭髮，讓我們有一種通體舒暢的感覺。有時舒暢過了頭，我們連草都耙了起來，露出一小塊一小塊的泥土。辛苦一天後，我們站在人行道上，檢查自家草皮，看著每一片葉子都被撫平，每一方土塊都被消滅，甚至連一些藏在土裡的番紅花球莖都受到侵犯。在那個污染還不算普遍的時代，我們可以自己燒落葉，所以到了晚上，每位父親都到街上去，點燃自家的落葉堆，這是我們這個瓦解中的部落，少數仍在實行的儀式之一。

里斯本家的落葉，通常是由里斯本先生自己一個人掃的，他一邊掃，還一邊用女高音哼著歌。不過特芮絲從十五歲起就開始幫忙，穿著男性化的衣服、及膝膠鞋，戴著漁夫帽，彎著腰又掃又耙。到了晚上，里斯本先生也會點燃他們家的落葉堆，就跟其他父親一樣，可是他擔心火會一發不可收拾，也因此降低了他的樂趣。他左顧右盼、仔細巡邏，把周圍的葉子丟進中央，不時調整火勢。瓦德斯沃茨先生會拿著雕花體字的燒瓶到各家去請每一位父親喝酒，輪到里斯本先生時，他總是說：「謝謝，不用了，不用了。」

自殺事件的那一年，里斯本家的落葉一直沒掃。到了該出動的那個週六，里斯本先生並沒有從屋裡走出來。我們掃著落葉，三不五時往里斯本家望過去，他們家的牆上累積了秋天的濕氣，雜亂且五顏六色的草坪，被逐漸清乾淨、重現翠綠的各家草坪包圍著。我們掃掉的葉子越多，里斯本家的院子裡累積的葉子似乎就越多，覆蓋灌木叢，淹沒前廊的第一個階梯。晚上，我們點燃篝火，每一戶人家都在火光映照下跳了出來，閃耀橘色光芒，只有里斯本家還是黑的，像洞穴，像曠地，越過我們的煙霧與火焰。幾個星期過去了，他們的葉子還是原地不動。被風吹到別人家的草地上，開始有人嘀咕了。「這些又不是我家的葉子。」安伯森先生說著，把那些葉子塞進桶子裡。下過兩次雨，葉子都濕了，轉成棕色，讓里斯本家的草皮看起來像泥巴地。

是里斯本家那棟房子越來越破舊的模樣，引來了第一批記者。鮑比先生，地方報紙的編輯，堅決不報導自殺這種個人悲劇，而是選擇探討立在湖邊、引起爭議的新欄杆，或是墓地工人罷工事件的談判僵局，如今已進入第五個月（現在屍體都由冷凍拖車運到別州去）。〈歡迎芳鄰〉的專欄，也繼續介紹被此地的綠意和寧靜，還有景色優美的陽臺吸引來的新住戶——一位邱吉爾的堂弟，站在他位於溫德米爾波因大道上的住家前，看起來太瘦了，很難想像他跟英國首相有親戚關係；雪德．特納太太，第一位穿越巴布亞紐幾內亞叢林的白人女性，大腿上抱著一個東西，看起來像縮成一團的頭顱，不過標題倒是明確指出那一團東西是「她的約克夏，征服者威廉」。

之前夏天時，底特律的報紙都沒有報導西西莉雅自殺的事，因爲這件事實在是太平凡無奇了。由於車廠持續擴大裁員，幾乎每天都有人走投無路，被經濟蕭條的洪流淹沒。男人被發現死在車庫裡，車子引擎仍開著，或者扭曲倒在淋浴間，身上還穿著工作服。只有殺人後自殺這種事才會上報，而且也只是排在第三版或第四版。父親槍殺全家人後，把槍口對準自己之類的報導；男人把門窗全鎖上，然後放一把火同歸於盡的敘述。拉金先生是底特律最主要報紙的發行人，他家離里斯本家只有半英里路，他絕對知道里斯本家發生的事。喬．希爾．康利經常跟蜜西．拉金混在一起（雖然他臉上老是有刮鬍子時留下的傷口，她還是迷他迷了一整年），他向我們證實，蜜西跟她媽媽討論自殺的事時，拉金先生也聽到了，可是他似乎一點興趣也沒有，自顧自地躺在躺椅上曬太陽，眼睛上還蓋了一條濕毛巾。不過，十月十五日，事發後三個多月，報紙登出一封讀者投書，簡單扼要描述了西西莉雅自殺的事，同時呼籲學校正視「現今青少年不可承受之重」。這封信署名「祈願一切安好太太」，明顯是個化名，不過信裡面有些細節，讓人聯想到某個住在我們這條街上的人。首先，除了我們這裡，其他鎮民那時早就忘了西西莉雅自殺的事，可是里斯本家逐漸荒廢的房子，隨時提醒我們屋裡頭有狀況。多年以後，再也沒有女兒可以救了，丹頓太太承認，那封信是她寫的，是她在吹頭髮的時候，突然義憤填膺，想要一吐爲快。她並不後悔自己的舉動。「不能只是冷眼旁觀，看著鄰居沉淪。」她說：「我們都是好鄰居。」

她的信上報後隔天，一輛藍色的龐帝克開到里斯本家，一名陌生女子下了車。她看著手上的紙，確認地址無誤後，走向好幾個星期沒有人踏足的前廊。送報生夏夫特．提格斯，現在都從十英尺外把報紙往前門丟去。他甚至連每星期四來收報費的慣例都停了（他媽用私房錢來補足差額，叮嚀他不要跟他爸說）。我們第一次站在里斯本家的前廊，就是看卡在圍籬上的西西莉雅，現在那裡就像人行道上的裂縫：踏上去就要倒大楣。人工草皮做成的腳踏墊，邊緣捲曲了。未讀的報紙泡在水窪裡，彩色運動照片上的紅墨水滲了開來。金屬信箱散發出生鏽的味道。年輕女子用藍色高跟鞋把報紙移到一旁，然後敲門。門開了一小條縫，女子瞇著眼睛，朝黑暗看去，開始滔滔不絕說明來意。說到一半，她突然發現對方比她的視線矮一英尺左右，這才重新調整視線。她從外套裡拿出一本小筆記本，快速閃了一下，就像戰爭電影裡，間諜揮動假文件一樣。這舉動生效了。門又多開了幾英寸，讓她進去。

琳達．波爾的報導隔天出現在報紙上，只是拉金先生一直不肯說他為什麼同意刊登。報導中詳細敘述了西西莉雅自殺的事。從文章中引用的話看來（各位想看的話，就在陳列品＃9，可以去看一下），顯然這位剛從密西根麥金諾島一家地方報紙被挖角過來的波爾小姐，只訪問到邦妮和瑪麗，就被里斯本太太趕出去了。這篇報導以當時開始流行的「人情味」角度下筆，從各個層面描繪里斯本家。從「這個時髦社區，辦的多半是少女的成年禮派對，而不是青春少女的葬禮」以及「開朗快活的女孩們，看不出近日悲劇的痕跡」等句子，大約可以瞭解波爾小姐的寫作風格。粗略介紹過西西莉雅後（「她喜歡在日記本裡塗塗寫寫」），文章解開她死亡的謎，下了這樣的結論：「心理學家都同意，現在的青少年比起以前，壓力更大，心理也更複雜。在現今社會中，美國生活讓人的童年延長了，往往也讓青春期變成一片荒原，青少年感覺跟童年與成年期都切割了，無法盡情表現自我，處處受挫。醫師表示，這種挫折會導致暴力行為，因為青少年分不清楚現實與想像的情節，而且類似情形會越來越多。」

看起來，這篇文章是向讀者介紹一項普遍的社會危機，並不刻意譁眾取寵。隔天，報紙上又刊出一篇討論青少年自殺的文章，也是波爾小姐寫的，提供完整的圖表與數據，只在第一行提到西西莉雅：「今年夏天東區一名少女的自殺，引發更多民眾關注一項全國危機。」接下來，就各家爭鳴了。一大堆報導列出去年全國的青少年自殺案。各種照片紛紛出爐，通常是以校園為背景，呈現出盛裝打扮、心事重重的青少年，男生露出一小撮鬍子，打著宛如甲狀腺腫的領結，女生把頭髮噴成蛋白霜形狀，脆弱的脖子上掛著金鍊子，上頭秀出「雪莉」和「葛洛莉亞」等名字的英文字樣。家庭照片裡，是笑得比較開心的青少年，通常前面還有生日蛋糕，蛋糕上閃爍著無可爭辯的蠟燭。由於里斯本先生和里斯本太太拒絕受訪，各家報紙只得拿西西莉雅在學校年報《精神》裡的照片充數。在已經翻得破爛的內頁上（陳列品＃４），西西莉雅的尖臉，從兩個穿著毛衣的肩膀中間露出來，旁邊的兩位同學都被裁掉了。電視臺的工作人員也過來拍攝里斯本家越來越陰沉的外觀，先是第二臺，接著是第四臺，最後第七臺也來了。我們等著看到里斯本家的房子出現在電視上，可是他們一直等到幾個月後，另外四個里斯本家的女兒也自殺了，才播出那段影片，那時季節就整個不對了。在此同時，一個當地電視節目以青少年自殺為主題，邀請兩位少女、一位少年出席，解釋他們試圖輕生的原因。我們聽他們說，可是很清楚，他們已經接受過太多治療，根本搞不清楚事實了。他們的答案聽起來像經過排練，說的全是自尊自重的那一套，有些話還說得很不順暢。其中一個女生，芮妮．吉爾森，她烤了一個派，在派裡加上大量老鼠藥，以爲她吃了派死掉就不會引起懷疑，結果反而害死了八十六歲、嗜吃甜食的奶奶。說到這裡，芮妮哭了起來，主持人安慰她，畫面立刻換成廣告。

很多人都反對這些文章和電視節目，事情都過了這麼久，還一提再提。尤金先生說：「他們爲什麼不能讓她安息呢？」拉爾森太太則感嘆「一切都要回歸正常了」，媒體卻來了。然而，媒體報導提醒我們要注意一些危險信號，我們忍不住要按圖索驥。里斯本家女孩的瞳孔是否有放大？是否過度使用鼻噴劑？眼藥水？是不是對學校的活動、運動、嗜好等，都興趣缺缺？不愛跟同學來往？突然莫名其妙哭泣？是否抱怨過失眠、胸痛、經常疲倦？我們收到小冊子，深綠色的底印著白字，是地方商會印製發送的。「我們認爲綠色是愉快的顏色，可是又不會太愉快。」商會主席巴柏森先生說：「綠色也夠嚴肅，所以我們就選了綠色。」小冊子裡沒有提到西西莉雅的死，而是探討一般人自殺的原因。我們因此瞭解，美國每天有八十人自殺，每年三萬人。每分鐘都有人企圖自殺，每十八分鐘有一人輕生成功。男性自殺的成功率是女性的三至四倍，可是自殺未遂的女性是男性的三倍。白人自殺成功的人數高於非白人，而年輕人（十五至二十四歲）的自殺率在過去四十年上升了三倍。自殺是高中生的第二個主要死亡原因。四分之一的自殺發生在十五至二十四歲的年齡層，可是，跟我們預期的相反，自殺率最高的族群，是五十歲以上的白人男性。很多男人事後都說，幾個商會董事，巴柏森先生、羅里先生、彼德森先生及霍克斯提德先生，展現了高超的預言能力，推測自殺事件會給本鎮帶來負面形象，商業活動也會跟著減少。自殺事件持續，一段時間後，商會已經不擔心黑人逛街人口流入的問題，反而更擔心白人顧客流失。勇敢的黑人已經不知不覺進來多年，只是多半是女人，跟我們的女僕混在一起，並不特別顯眼。底特律市中心已經墮落到一種程度，大多數的黑人沒有別的地方可去。他們別無選擇走過展示櫥窗，櫥窗裡整潔的時裝模特兒穿著綠色裙子、粉紅色平底涼鞋，兩隻相吻的金色青蛙之間抓著藍色包包。即使我們總是喜歡扮演印第安人，而不是牛仔，也認爲特拉維斯．威廉斯是有史以來最好的開球回攻接球員，而威利．霍頓是最佳打擊員，可是看到黑人在克切弗路逛街，還是讓我們大爲震驚。我們忍不住猜想，底特律村裡的一些「改善措施」，是不是爲了把黑人嚇跑。例如服裝店櫥窗裡的鬼，戴著連衣帽的頭顱尖得很誇張，還有餐廳，毫無解釋就把炸雞從菜單裡拿掉了。可是我們從來就不確定，這些變化是不是事先計畫好的，因爲自殺事件一開始，商會就把焦點轉到「追求健康運動」上。商會以健康教育爲名，在學校的體育館擺起桌子，提供各種有害健康的資訊，從直腸癌到糖尿病都有。哈瑞奎師那信徒可以光著頭唱頌，免費提供含糖素食。綠色小冊子就是這些措施的一部分。他們還安排了家庭治療時間，孩子們要站起來敘述他們做的惡夢。威利．坎茲的媽媽就帶他去參加過一次，他說：「他們不肯放我走，非得要我哭，然後跟我媽說我愛她。我照辦了，不過我是假哭的。只要用力揉眼睛，揉到眼睛痛就好。可以勉強混過去。」

在日漸嚴密的監視中，那幾個女孩子都設法在學校低調出沒。許多人在不同時候看到她們，在當時融合成一個共同的影像，她們謹慎聚在一起，在中央穿堂行走。她們經過學校的大鐘，分針的黑色指針剛好就指著她們柔軟的頭。我們總是期待鐘會在這時候掉下去，可是從未如願，她們也很快就通過危險，裙子在穿堂另一頭的光線照射下變得透明，露出大腿交接處的叉骨形狀。然而，要是我們跟在後面，她們就會消失不見。往她們可能遁入的教室裡看去，怎麼看就是看不到她們的臉。或者我們也可能不小心超越她們，結果來到小學部，置身一堆手指畫亂無章法的迴旋裡。現在聞到蛋彩畫的味道，還是會讓我們想起當時徒勞的追尋。學校的走廊，在夜裡被孤單的工友清掃過，靜悄悄的，我們會循著地上某個學生畫了五十英尺的鉛筆箭頭，告訴自己，就是這個時間，我們應該可以跟里斯本家的女孩談一談，問她們到底有什麼煩惱。有時我們會看到一雙穿著破及膝襪的腳剛好繞過轉角，或者遇到她們彎腰，把書本塞進小櫃子裡，把遮到眼睛的頭髮撥開。可是每次都一樣：她們蒼白的臉孔以慢動作從我們身邊飄過，我們假裝並沒有在找她們，假裝我們根本不知道她們的存在。

我們收集了幾份當時的文件（陳列品#13至#15）——特芮絲的化學筆記、邦妮以西蒙娜・韋伊爲主題的歷史報告、拉克絲屢次拿去體育課請假的僞造假單。她每次都用同一招，仿造她母親方正的筆畫簽名，然後，爲了刻意區別她自己的簽名，她會在下面簽上自己的名字，拉克絲．里斯本（Lux Lisbon），兩個「L」在「u」的凹槽和尖銳的「x」之間幾乎要連在一起。茱莉．溫瑟若以前也常蹺體育課，跟拉克絲一起躲在女子更衣室裡。「我們常爬到置物櫃上面，躲在那裡抽菸。」她告訴我們：「從下面看不到我們，要是有老師過來，也不會知道菸味是從哪裡來的。他們通常會以爲剛剛有人在裡面抽菸。」據茱莉．溫瑟若說，她跟拉克絲只是「菸伴」，在置物櫃上面不會多說什麼，忙著抽菸，或忙著聽腳步聲。她說，拉克絲有一種刻意的強硬，也許是對痛苦的反擊。「她總是說：『該死的學校』或者『我眞想趕快離開這裡』，可是很多同學也都這樣啊。」不過有一次，她們抽完菸之後，茱莉從置物櫃上跳下去，往外走。她發現拉克絲沒跟著跳下來，就喊她的名字。「她還是沒有回答，所以我就回去，爬上去看。她就躺在那裡，抱著自己。她沒有發出聲音，只是一直抖著身體，好像很冷。」

老師們對里斯本家的女孩在這段期間的記憶，則根據教授的課程而有所不同。尼利斯先生想起邦妮，是這樣說的：「我教她微積分預修課，我們不會這麼婆婆媽媽的。」羅卡先生則是這樣說特芮絲：「好個大女孩！在我印象中小一點，也許也快樂一點。世界就是這樣，男人的心也是這樣。」顯然，特芮絲雖然不是語言天才，但她的西班牙發音幾可亂眞，也很會背單字。「她可以說西班牙文，」羅卡先生說：「可是她對西班牙文沒有感情。」

美術老師安恩特小姐以書面方式回應我們的問題（她需要時間「好好想一想」），她寫到：「瑪麗的水彩畫確實有一種……找不到更恰當的話來形容了，就說是『憂傷』吧。不過在我的經驗裡，其實只有兩種學生：傻頭傻腦的（野獸派花卉、狗、帆船），以及聰明的（描繪都市衰敗的水粉畫，陰暗的抽象畫）——就跟我在念大學時，還有在『底特律村』那率性的三年畫的東西一樣。我能預見她會自殺嗎？很遺憾，我得說不能。我的學生裡，至少有一成天生就有現代主義的傾向。我問你：呆笨是福氣嗎？聰明是詛咒嗎？我今年四十七歲了，我一個人住。」

姊妹們日漸放逐自我。因爲她們總是集體行動，其他女孩子很難去跟她們說話，或者走在一起，而且很多人都以爲她們不希望別人打擾。大家越不去打擾，里斯本姊妹就越與世隔離。席拉·戴維斯說她跟邦妮·里斯本在同一個英文研讀小組。「那次我們在討論《仕女圖》這本書，我們要報告的是拉爾夫的性格。邦妮剛開始沒說什麼，可是後來她提醒我們，拉爾夫總是把手放在口袋裡。然後，我眞的是個大混球，居然脫口而出『後來他死了，眞的好可憐。』我眞的沒想那麼多。葛瑞絲·希爾頓用手肘碰我，我嚇得臉色都發紫了。大家都變得安靜得要死。」

後來，是校長夫人伍德豪斯太太想出「哀悼日」這個主意。她念大學時主修心理學，目前在市區一個「啓蒙計畫」擔任義工，每星期去兩次。「報紙上一直在談自殺的事，可是你們知道嗎？那一年我們學校居然一次也沒有提起過。」將近二十年後，她告訴我們：「我本來要迪克在開學典禮談這個主題，可是他覺得不妥，我也只能由他。不過後來談論的聲音越來越多，他也慢慢接受我的看法了。」（其實，伍德豪斯校長在開學典禮致歡迎詞時提過這件事，只是有點拐彎抹角。介紹過新老師後，他說：「對今天出席的某些人來說，今年夏天，是個漫長而辛苦的夏天。不過，從今天開始，又是充滿希望與目標的新學年了。」）趁著幾個學校主管到牧場風格的校長宿舍用餐時，伍德豪斯太太提出了她的想法，隔週就在教師會議上提議。這件事發生後不久就改行從事廣告業的帕夫先生，想起伍德豪斯太太那天說的一句話。「『悲傷是理所當然的，』她說：『克服悲傷則是選擇。』我會記得這句話，是因爲我後來把這句話套用在一種減肥產品上：『吃東西是理所當然，變胖則是你的選擇。』也許你們看過這句廣告詞。」對於「哀悼日」，帕夫投了反對票，不過他是少數，於是會中就定了日期。

在大多數人的記憶中，「哀悼日」有一點像休假日。當天上午的課都取消，每個人都留在班級教室裡，老師發下跟當日主題相關的資料。其實這件事一直沒有正式宣布，因爲伍德豪斯先生覺得不宜凸顯里斯本家的悲劇，結果就是悲劇擴散開來，成爲普遍的狀況。就像凱文．提格斯說的：「好像我們都應該爲所有曾經發生過的每一件事感到難過，每一件事哦。」老師可以自由選擇要給學生看什麼東西。海德利先生，英文老師，總是騎腳踏車來上課，褲管用鐵夾子扣起來，他給學生看幾首維多利亞詩人克莉斯汀娜．羅塞提的詩。有一首詩名叫〈安息〉，黛博拉．費倫泰爾記得其中幾句：

啊，大地，重重地躺在她的眼皮上；
封住她已厭倦觀看的溫柔雙眸，大地；
躺在她身邊；不留歡笑的空間
不留刺耳的笑聲，也不留嘆息聲
她已無疑問，也不再回答。

派克牧師談基督教跟死亡與再生有關的訊息，順便提到自己的傷心事，就是他大學時，美式足球校隊沒有摘下區冠軍的往事。湯諾弗先生是化學老師，還跟他媽媽住在一起，他很不會在這種場合說話，於是就讓學生用本生燈烤花生脆餅。還有的班級分成小組，玩想像自己是建築結構的遊戲。「如果你是一棟建築，」小組長會問：「你會是哪一種建築？」他們必須詳細描述這個建築的結構，然後還要加以改進。里斯本姊妹困在不同的班級教室裡，都不肯玩，也一直說要去上廁所。沒有一位老師堅持她們一定要參與，結果就是在場接受治療的，都是我們這些沒有受傷的人。中午時，貝琪．妥布里基看見里斯本家的女孩都聚在科學堂的女生廁所裡。「她們把大廳的椅子拿進廁所，就坐在裡面，等著活動結束。瑪麗的絲襪破了一個洞——你們相信她竟然穿絲襪嗎？——正用指甲油在補，姊妹們在一旁看著她，可是她們看起來都很無聊。我進去廁間裡，可是我一直感覺她們就在外面，所以我，呃，尿不出來。」

里斯本太太從頭到尾不知道「哀悼日」的事。丈夫和女兒當天回家後，都沒有提到這件事。伍德豪斯太太提議時，里斯本先生當然也參加了教師會議，可是至於他的反應如何，大家說法不一。羅德里奎茲先生記得他「點點頭，可是沒有說什麼」，沙特沃茲小姐則記得，開始開會沒多久，他就走了，而且沒有再回來。她說：「他沒有聽到哀悼日的事。他離開的時候，拿著厚外套，一副心神不寧的樣子。」她到現在還要考我們修辭建構的問題（以這句話來說，就是共軛支配法），我們得先指出來，她才肯離開。沙特沃茲小姐走進來接受訪問時，雖然我們都快中年了，有幾個人還禿了頭，但我們還是站起來，必恭必敬迎接她，她也還稱我們是她的「小乳兒」，一如當年她在班上對我們的稱呼。她的桌上仍擺著西塞羅的石膏半身像，還有我們畢業時送她的仿希臘甕。她還是渾身散發出會擦脂抹粉，又飽讀詩書的單身女子的氣質。「我認為里斯本先生一直到活動都在進行了，才知道Dies Lacrimarum[6]的事。我在第二節時經過他的教室，他坐在椅子上，對著黑板在講

6 拉丁文，意指哀悼日。

課。我想沒有人會敢去跟他說當天有那個活動。」確實，多年後我們跟里斯本先生談時，他對哀悼日的印象很模糊。「都過了十幾年了。」他告訴我們。

有好長一段時間，對於學校數次嘗試處理西西莉雅的自殺到底成不成功，沒有人有一致的看法。不過伍德豪斯太太認爲「哀悼日」發揮了關鍵的作用，很多老師也很高興，大家對這個話題不再默不作聲。一名心理諮商師每星期來學校一次，跟校護使用同一間小辦公室。任何學生覺得需要談一談，都很歡迎去找她。我們從來沒去過，不過每個星期五，我們都會往裡面瞄一眼，看有沒有里斯本姊妹去找諮商師。這位諮商師名叫琳恩・齊爾森，可是一年後，其他幾個女孩子也自殺了之後，她卻一句話也沒說就不見了。結果她的社工學歷是假的，也沒有人確定琳恩・齊爾森是不是她的眞名，她到底是誰，又去了哪裡。總之，她是少數幾個我們無法追查到的人之一，而且，從命運愛捉弄人的特性來說，也是少數幾個或許可以告訴我們一點內情的人之一。因爲，雖然我們從未在瑣碎的醫護用品（當然是去醫務室的彆腳藉口）申請表上看過她們的名字，但顯然那幾個女孩子固定每週五都會去找齊爾森小姐。五年前醫務室失火，把齊爾森小姐留下的病歷表都燒毀了（咖啡機加上老舊的延長線），所以關於諮商的事，我們並沒有任何確切的資訊。不過，一直把齊爾森小姐當作運動心理學家來請教的穆菲・派瑞，記得她常常在醫務室裡看到拉克絲和瑪麗，有時候也會看到特芮絲和邦妮。我們找穆菲・派瑞找得很辛苦，主要是因爲她到底嫁給姓什麼的，眾說紛紜。有人說她現在叫穆菲・費里沃德，有人說是穆菲・凡・瑞切維茲，可是等我們終於找到她了，她告訴我們她現在還是穆菲・派瑞，如假包換，一如她以前打曲棍球的得意歲月。那天她正在整理她奶奶去世後送給百麗島植物園的稀有蘭花。我們一開始沒有認出她來，也許是因為那些纏人又粗厚的藤蔓，加上潮濕的溫室空氣的緣故。甚至我們哄著她站到人工生長燈之下，更看得出她整個人都腫了，皺紋多了，曾經幫她得過許多分的背也駝了。不過她嚼著鮮豔口香糖的小巧牙齒，倒是沒有改變。百麗島的沒落，讓底特律日益衰敗的名聲，更顯得理所當然。我們記得這個無花果形狀的雅緻小島，夾在美利堅帝國和靜謐的加拿大之間，一如多年前的此地，到處是紅白藍三色的旗狀花圃、噴泉、歐洲賭場，還有穿越樹林的馬徑。印第安人曾在這片樹林裡，把樹彎成巨大的弓。現在，雜草在一塊塊土地上生長，一路長到垃圾滿布的海灘，孩子們把線綁在易開罐拉環上，在這裡釣魚。一度明亮的瞭望臺，油漆都剝落了。飲水機躺在泥地裡，露出部分來，旁邊就是碎磚踏腳石。立在路旁的南北戰爭英雄奧菲爾斯・威廉斯將軍的花崗岩雕像，一張臉被噴漆噴成黑色。杭廷頓・派瑞在暴動前就把得獎的蘭花捐給植物園，當時市政府還很有錢，可是自從她過世後，受到侵蝕的稅基逼得市政府不得不刪減預算，裁掉每年一名專業園丁的員額，於是原本從熱帶地區移植過來的植物，好不容易熬過適應期，在那個虛假的天堂裡再度盛開，現在都已經枯萎了。雜草從細心標示的說明牌中冒出來，人造陽光一天也只開幾個鐘頭。唯一不變的是水霧，從斜斜的溫室窗戶成串噴灑下來，讓我們的鼻孔裡充滿衰敗世界的濕氣與香氣。

正是這衰敗把穆菲・派瑞帶回來。她祖母的天鵝蘭幾乎快枯死了；寄生植物在她三棵超凡脫俗的石斛蘭上橫行；那一整排迷你三尖蘭，紫藍色的花瓣尖端淌著血，是杭廷頓・派瑞太太自己細心配種研發出來的，現在看起來就像一排苗圃裡廉價的三色堇。她孫女一直來這裡當義工，希望能讓花朵回復往日的光輝，可是她告訴我們，沒救了，沒救了。這裡的植物只能在宛如地牢的光線中生長；無所事事的混混從後面的圍籬闖進來，在溫室裡隨意奔竄，將植物連根拔起，只為嬉鬧。穆菲・派瑞用園藝鏟子打傷過一名進來破壞的人。她一心一意掛念破裂的窗戶、土堆、擅自闖入的人，還有在埃及香蒲叢中築巢的老鼠，我們一直無法把她的注意力拉回來。不過，慢慢地，她一邊以裡面裝滿了看似牛奶的眼藥水瓶餵蘭花嬌小的臉龐，一邊告訴我們那幾個女孩子去找齊爾森小姐的情況。「起初她們看起來還是很難過。瑪麗眼睛下面的黑眼圈很驚人，簡直像面具一樣。」穆菲・派瑞仍記得醫務室有一股邪門的防腐劑味道，她一直認為那是里斯本姊妹悲傷的氣味。她到醫務室時，她們都剛好要離開，眼睛看著地上，鞋帶沒綁，但總是記得在出門前，從護士擺在門邊桌上的一個盤子裡拿塊巧克力薄荷糖，留下齊爾森小姐在她們跟她說的話裡浮沉。齊爾森小姐常常坐在辦公桌前，閉著眼睛，用大拇指按摩某一點，整整一分鐘沒有說話。「我總是有種感覺，齊爾森小姐是她們傾吐的對象。」穆菲・派瑞說：「不管是為了什麼。也許那就是她不告而別的原因。」

不論那幾個女孩子是否對齊爾森小姐說了什麼，治療似乎都發揮了作用。她們的心情幾乎立刻開朗了。穆菲．派瑞照約定時間來到醫務室，會聽到她們興奮的笑聲或談話聲。窗戶有時會開著，拉克絲和齊爾森小姐兩人都違反規定抽著菸，或者幾個女孩子把糖果盤搜刮一空，揉成一團的包裝紙丟得齊爾森小姐的桌子上到處都是。

我們也注意到了她們的轉變。幾個女孩子似乎沒那麼容易累了。在課堂上，她們比較少看著窗外，更常舉手、發言。她們暫時忘記了貼在她們身上的恥辱，再度參與學校的活動。特芮絲參加了湯諾弗先生帶領的科學營，置身配有防火桌和黑色深水槽的單調教室裡。瑪麗每星期有兩天下午，去幫忙那個離婚的女士縫製學校舞臺劇要用的戲服。邦妮甚至出現在麥可．弗金家，參加基督團契的聚會。麥可．弗金後來當了傳教士，在泰國死於瘧疾。拉克絲參加學校音樂劇的選角，然後因爲尤吉．肯特喜歡她，而擔任導演的歐利芬特先生喜歡尤吉．肯特，所以她得到一個合唱團的小角色，又唱又跳，彷彿她很開心。尤吉說，後來歐利芬特先生在舞臺調度上費了一點心思，尤吉在臺下時，拉克絲總是在舞臺上，這樣他就沒有機會在黑暗的後臺用布幕把他自己和拉克絲纏在一起。四個星期後，姊妹們最後被禁足那一次，拉克絲當然也因此退出音樂劇，不過看過演出的人都說，尤吉．肯特以一慣刺耳又平凡無奇的聲音唱出他的曲目，看來是在跟自己談戀愛，而不是跟那個消失了也沒人注意的合唱團女孩談戀愛。

到了這個時候，秋意已然蕭瑟，把天空隔絕在冷酷之中。在里斯本先生的教室裡，行星每天都移動幾英寸，如果你抬頭看，可以清楚看到地球已經把藍色的臉背離了太陽，環視著陰暗的太空軌道，軌道上方，蜘蛛網在天花板的角落叢生，那是工友的掃把構不到的地方。隨著夏天的濕氣成爲記憶，夏天本身也開始顯得很不眞實，最後失去在我們的視線之外。可憐的西西莉雅會在奇怪的片刻出現在我們意識中，通常是剛睡醒時，或者坐在共乘的車裡、凝視沿著窗戶滑落的雨滴時——她穿著結婚禮服，帶著來世的泥濘，可是這時會響起一聲喇叭，或者鬧鐘收音機會放出一首流行歌曲，我們又乍然回到現實。其他人甚至更輕易把西西莉雅的記憶束之高閣。這些人說到她，是爲了說他們早料到西西莉雅不會有好下場，說他們從來沒有把里斯本姊妹看成一體，而是早就認爲西西莉雅天性古怪，跟幾個姊姊都不一樣。希里爾先生綜合了大多數人的看法：「那幾個女孩子前途光明，另一個注定要成爲怪人。」漸漸地，大家不再討論西西莉雅自殺的神祕之處，寧願當它是不可避免的結果，或者是最好盡快拋在腦後的憾事。雖然里斯本太太繼續過著幽靈一般的生活，鮮少走到屋子外面來，雜貨用品請人送到家，但是沒有人反對，甚至還有人同情她。「我覺得那個媽媽最可憐了。」尤金太太說：「讓人一直要想，當初是不是有什麼能做而沒有做的事。」至於那幾個留下來受苦的女孩子，她們提升了高度，就像甘迺迪家的人一樣。在校車上，同學們又再度坐在她們旁邊。萊絲莉・湯普金斯向瑪麗借梳子，馴服她紅色的長髮。茱莉・溫瑟若跟拉克絲在置物櫃上抽菸，還說拉克絲抱著自己搖晃的事，沒有再發生過。日子一天天過去，里斯本家的女孩子似乎漸漸克服了失去妹妹的痛苦。

就在這段療傷期間，崔普．方登行動了。他沒有跟別人討論，也沒有透露他對拉克絲的感情，直接走進里斯本先生的教室，在他的桌子前立正站好。里斯本先生一個人在教室裡，坐在旋轉椅上，神情茫然地看著吊在頭上的行星。幾根新生的捲髮從白髮中冒出來。「現在是第四節，崔普。」他不耐煩地說：「我應該第五節才會看到你。」

「我不是來上數學課的，老師。」

「你不是來上課的？」

「我是來告訴你，我對您女兒，絕對沒有不當的意圖。」

里斯本先生的眉毛揚了起來，可是他的表情很疲憊，彷彿這天早上就有六、七個男孩子來跟他說同樣的話。

「不然你有什麼意圖？」

崔普雙腳併得更攏了。「我想邀拉克絲參加校友日舞會。」

這時候，里斯本先生請崔普坐下，接下來幾分鐘，他用耐心的語氣，解釋他和妻子定了一些家規，幾個姊姊都遵守那套家規，所以他現在不能爲了妹妹而改變規定，就算他想，他太太也不會同意，哈哈，所以崔普如果想，可以再到他家看電視，可是他不能，重複一遍，不能，帶拉克絲出去，尤其不能跟她坐在同一輛車子裡。崔普告訴我們，里斯本先生說這些話時，語氣中有一種令人意外的同情，彷彿他也想起自己青春期腰帶以下的騷動。他還感覺得出來，里斯本先生有多想要一個兒子，因爲他說話時，還站起來，搖了崔普的肩膀三下，表示鼓勵。最後他說：「恐怕我們家的規定就是這樣。」

崔普．方登看到門是關著的，然後他又看到里斯本先生桌子上的那張全家福。一家人站在摩天輪前，拉克絲紅紅的拳頭裡拿著一顆蘋果糖葫蘆，發亮的表面反映了她嬰兒肥的下巴。沾滿了糖的雙唇有一邊沒黏住，露出一顆牙齒。

「如果是一群男生呢？」崔普．方登說：「我們請其他姊姊一起去，就像一群人一起出去玩一樣？而且一定在您規定的時間送她們回去？」

崔普．方登努力以平穩的聲音說出這項新提議，不過他的雙手在抖，眼睛也濕濕的。里斯本先生看著他，看了許久。

「小子，你是美式足球隊的嗎？」

「是，老師。」

「打什麼位置？」

「防守截鋒。」

「我以前打安全衛。」

「很重要的位置，老師。在您跟球門線之間，沒別人了。」

「沒錯。」

「情況是這樣的，老師，我們在校友日有一場很重要的比賽，對手是鄉村日間學校校隊，然後還有舞會之類的活動，所有隊員都會攜伴參加。」

「你是個帥氣的男孩，我敢說，有很多女孩子想跟你一起去。」

「我對那些女孩子沒興趣，老師。」崔普．方登說。里斯本先生回到座位，呼出一口長長的氣。他看著全家福照片，其中一張笑得夢幻的臉，已經不在了。「我會跟她們的媽媽討論一下。」

他終於說：「我盡量。」

也就是這樣，我們有幾個人帶了里斯本家的女孩，去參加她們唯一一場沒有人監護的舞會。崔普．方登一離開里斯本先生的教室，就開始組團。那天下午美式足球隊練習，他在衝刺練習時跟大家說：「我要帶拉克絲．里斯本去參加校友日舞會。我要找三個男生帶另外三個女生。要找誰呢？」我們穿戴著厚重的護墊、髒兮兮的運動襪，進行二十碼間歇訓練，趁著喘氣的空檔，每個都想說服崔普．方登挑上自己。傑瑞．波登願意免費奉上三捲大麻。帕奇．丹頓說他們可以開他爸的凱迪拉克。我們都努力爭取。巴茲．羅曼諾，綽號叫「繩子」（因爲他在淋浴間裡給我們看他那訓練精良、十分驚人的寶貝），他雙手蓋住護杯，躺在得分區哀嚎：「我要死了！我要死了！崔普仔，你一定要選我！」

最後，帕奇．丹頓因爲凱迪拉克而中選，凱文．海德是因爲他曾幫忙崔普．方登改裝車子，還有喬．希爾．康利，因爲學校大小獎項都有他的份，崔普認爲這一點可以討好里斯本夫婦。隔天，崔普把名單交給里斯本先生，到了週五，里斯本先生宣布了他和他太太的決定。她們可以去參加舞會，條件如下：（一）她們必須同進同出；（二）她們只能去參加舞會，不能到別的地方去；（三）要在十一點之前到家。里斯本先生告訴崔普，他們不可能陽奉陰違。「我會去當監護老師。」他說。

很難知道這次約會對那幾個女孩子具有什麼意義。里斯本先生答應時，拉克絲跑過去抱他，像個眞情流露的小女孩一樣親他。「她很多年沒有那樣親我了。」他說。其他幾個女兒的反應就沒有這麼熱烈。那時特芮絲和瑪麗在下跳棋，邦妮在一旁觀戰。她們只把注意力從挖了凹槽的鐵板上移開了一下下，問父親其他幾個男孩子是誰。他告訴她們。「誰要帶誰去？」瑪麗問。

「他們會用抽籤決定啦。」特芮絲說著，手上的棋子連續跳了六下，進入安全區域。

她們平淡的反應，從里斯本家的習慣來看，是很合理的。里斯本太太以前也跟其他幾個當母親的教友互相配合，安排過團體約會。柏金斯家的兒子們用五艘鋁製的獨木舟，載著里斯本家的女孩在百麗島黑悠悠的運河上划船，而里斯本夫婦和柏金斯夫婦則搭著腳踏船，保持在看得到動靜的距離內。里斯本太太認爲可以靠戶外的歡樂氣氛來滿足約會的邪惡衝動，草地飛鏢可以昇華愛情。我們最近出去玩了一趟（沒什麼原因，只因爲無聊，還有灰濛濛的天空），其中一站是賓州，然後，在一間簡陋的商店停下來買蠟燭時，學到阿米許人求愛的習俗，也就是男生用一輛黑色輕便馬車載著普普通通的女伴去兜風，她的父母則坐著另一輛馬車跟在後面。里斯本太太也相信戀愛情事必須受到監督，可是阿米許男孩當天半夜會回到女方家外，對女孩子的窗戶丟石頭（大家都心照不宣，沒聽到石頭聲）。相對來說，里斯本太太的政策裡，絕對沒有夜間赦免這回事。她的獨木舟，從來不會貢獻給營火。

幾個女孩子只能預期，這次情況也差不多。再加上里斯本先生要擔任監護老師，她們還是跟平常一樣，受到嚴密監控。有個爸爸在當老師，日復一日輪流穿著那三套西裝，養家活口，這樣就夠難堪了。因爲父親的關係，里斯本家的女孩都不用付學費，可是瑪麗有次跟茱麗．福特說，這讓她覺得他們家「好像救濟戶」。現在他還要跟其他自願或被迫擔任監護老師的人，在舞會上巡邏。那些人通常都是配合度最差的老師，沒有擔任某個體育隊的教練，或者社交能力笨拙，舞會對他們來說，也是填滿另一個孤單夜晚的方式。拉克絲似乎不在意這件事，因爲她滿腦子想的都是崔普．方登。她又開始在內衣褲上寫名字，不過這次用的是水性筆，這樣就可以在母親看到之前，把上頭的「崔普」先洗掉（一整天，他的名字都頂著她的皮膚，持續不斷呼喊出聲）。照理說來，她應該有跟姊妹們吐露她對崔普的心意，可是學校裡沒有一個女同學聽她提起過他的名字。崔普和拉克絲午餐時會坐在一起，有時我們也看到他們在走廊上，尋找櫥櫃、大桶子或可以躺進去的暖氣導管，可是即便在學校，里斯本先生也近在咫尺。按捺情緒繞了幾圈後，他們經過餐廳，走上鋪了塑膠墊的斜坡，再過去就是里斯本先生的教室了。他們的手短暫相碰，然後各走各的路。

其他三個女孩子幾乎不認識她們的男伴。「根本沒有人問過她們。」瑪莉．彼特司說：「好像指腹爲婚哦，有夠變態。」儘管如此，她們還是允許了這次約會，爲了讓拉克絲高興，爲了讓自己高興，或者只是逃離另一個單調的週五夜晚。多年後，我們跟里斯本太太談起這件事，她告訴我們，她對這次約會一點也不擔心，爲了支持她的說法，她提到，她還特別爲那天晚上幫幾個女兒縫製洋裝。實際上，校友日的前一週，她就帶女兒們到布料行去。姊妹們在陳列各式布料的架子間徘徊，每種花樣都附了一張棉紙，畫著夢幻洋裝的草圖，可是到最後，她們選了什麼花樣根本沒差。里斯本太太在胸圍上加了一吋，腰圍和摺邊上加了兩吋，那四件洋裝就成了四個一模一樣、毫無曲線可言的布袋。

有張那天晚上的照片留了下來（陳列品#10）。幾個女孩穿著舞會服裝，排成一列，拘謹的肩膀靠在一起，像拓荒時期的女人。她們僵硬的髮型（當美容師的泰希．奈比說，那根本不叫髮型），就跟適合在荒野裡行動的歐洲髮型一樣剛毅、剽悍。那四件洋裝，領口很高，還有蕾絲圍裙，看起來也很有邊境的味道。你們看，她們就在這裡，就跟我們認識的一樣，我們到現在也仍在認識她們：易受驚嚇的邦妮，閃光燈亮時縮了一下；特芮絲，頭蓋骨把她多疑的眼睛擠成了長條形；瑪麗，中規中矩，連姿勢都擺得很正；還有拉克絲，沒有看攝影機，而是往上看。那天晚上下雨，她的頭上方有個剛剛形成的水滴，就在里斯本先生說「七」的前一秒，滴下來打到她的臉頰。這張照片雖然拍得不好（左邊有個干擾光源），但仍然傳達這對父母生了一群漂亮女兒的驕傲，並成功捕捉到前一個動作剛剛完結，下一個動作尚未完成的精彩瞬間。幾個女孩子的臉上流露出期待的神情。她們互相緊靠，把彼此拉進畫面裡，似乎做好了準備，要面對生命的新鮮事或變化。生命。對，至少，在我們看來是這樣。請不要碰。我們要把照片收進信封裡了。

拍好照片後，她們用各自的方式等男生到。邦妮和特芮絲坐下來玩牌，瑪麗直挺挺地站在客廳中央，努力不把洋裝弄皺。拉克絲打開大門，搖搖擺擺走到前廊。起先我們以為她扭傷了腳踝，後來才發現原來她穿了高跟鞋。她來來回回，練習走路，直到帕奇．丹頓的車出現在路口。這時她立刻轉身，按自家電鈴警告姊姊們，然後又消失在屋裡了。

留在外面的我們，看著那幾個男生的車開過來。帕奇．丹頓的黃色凱迪拉克在街道的另一頭飄動，幾個男生困在車內封閉的氣氛裡，忐忑不安。雖然外面下著雨，雨刷在動，車裡面還是有一種溫暖的光輝。車子開過喬．拉爾森家時，那幾個男生對我們豎起大拇指。

崔普．方登率先下車。他學他父親的時尚雜誌裡的男模特兒，把夾克袖子捲了起來，還戴了一條細領帶。帕奇．丹頓穿了一件藍色的休閒西裝外套，凱文．海德也一樣，接著喬．希爾．康利拱著背從後座出來，穿了一件過大的花呢休閒西裝外套，是他那個老師兼共產黨的父親所有。這時候，幾個男生遲疑著，站在車子周圍，忘了天上下著小雨，最後崔普．方登終於走向前廊。他們走到門邊，我們就看不見他們了，不過後來他們告訴我們，那次約會的開端，就跟其他約會一樣。女孩子都上樓去了，假裝還沒有準備好，由里斯本先生帶他們進入客廳。

「她們幾個馬上就下來了。」他說著，看一眼他的錶。「天啊，我也該走了。」里斯本太太來到門口。她用手撐著太陽穴，好像頭痛，不過她的笑容很客氣。

「你們好啊。」

「里斯本太太，妳好。」（異口同聲）

後來，喬．希爾．康利說，她有一股刻意裝出來的正經，像是剛在隔壁房間哭過的感覺。他覺得（當然，這是喬．希爾．康利在很多年後說的。這時的他，宣稱他可以隨意運用脈輪的能量）

里斯本太太身上有一種古老的痛苦，彷彿承載了所有族人的悲傷。「她來自悲傷的族裔，」他說：「不是只有西西莉雅。那股悲傷，從很久以前就開始了。在美國存在之前。其他幾個女孩子也是。」他以前沒有注意過她的雙焦點眼鏡。「那副眼鏡把她的眼睛切成兩半了。」

「你們誰開車？」里斯本太太問。

「我。」帕奇·丹頓說。

「你拿到駕照多久了？」

「兩個月。不過我之前一年就拿到學習駕照了。」

「我們通常不喜歡我們家女兒坐車出去。現在車禍太多了。外面下雨，路會很滑，希望你會很小心。」

「我們會的。」

「好了。」里斯本先生說：「盤問結束。小姐們！」——聲音直傳到天花板——「我該走了。我們舞會上見了。」

「待會兒見，里斯本先生。」

他出門，留幾個男孩子跟他太太獨處。她沒有看他們的眼睛，但是從頭到尾把他們打量了一番，像護理長看報表一樣。然後，她走到樓梯口，抬頭往上看。即使是喬·希爾·康利也想像不到她在想什麼。也許是想到四個月前爬上同一道樓梯的西西莉雅。想到她自己第一次約會踏下的樓梯。想到只有母親聽得到的聲音。那幾個男孩子，沒有一個人記得見過里斯本太太那麼心煩意亂的樣子。彷彿她突然忘了他們在那裡。她碰了碰太陽穴（她確實是頭痛）。

幾個姊妹終於走到樓梯頂。上頭有點暗（那盞吊燈，十二個燈泡壞了三個），她們下樓時輕輕扶著欄杆。她們身上寬鬆的洋裝，讓凱文．海德想到合唱團的袍子。「不過她們好像沒注意到。不然就是她們太開心要出門了，所以穿什麼都不在乎。我也不在乎，她們看起來很漂亮。」

幾個女孩子走到樓梯盡頭，男生才想到他們還沒有決定誰配誰。崔普．方登當然早就訂下拉克絲，可是另外三個女生就任憑他們去搶了。幸好，她們的洋裝和髮型又讓她們成為一體，三個男生再一次分不清誰是誰。他們沒有開口問，而是做了他們唯一想到可以做的事：獻上胸花。

「我們買了白色的，」崔普．方登說：「因為不知道妳們會穿什麼顏色的衣服。賣花的人說白色配什麼顏色都適合。」

「真高興你們選了白色。」拉克絲說。她伸手接過放在小塑膠盒子裡的胸花。

「我們沒有選腕花，」帕奇．丹頓說：「腕花都會散掉。」

「對，腕花最糟糕了。」瑪麗說。接著沒有人再開口，也沒有人動。拉克絲看著放在時空膠囊裡的花。後面的里斯本太太說話了：「讓男生幫妳們把胸花別上吧！」

聽到這句話，姊妹們往前一步，嬌羞地把胸前的洋裝挺出來一點。男生笨手笨腳把胸花從盒子裡拿出來，小心不被裝飾的別針刺到。他們感覺得到里斯本太太的目光，而即使距離近得可以感覺到里斯本姊妹的氣息，聞到她們這輩子第一次獲准抹上的香水味，他們還是努力不刺到她們，更不要碰到她們。他們輕柔地拉起女孩胸前的衣料，把白色花朵別在她們胸前。誰幫哪個里斯本姊妹別上胸花，那個女孩就成爲誰的女伴。別好胸花後，他們向里斯本太太道晚安，帶著女孩子走向外頭的凱迪拉克，把空胸花盒舉在女孩頭上，讓她們的頭髮不被毛毛雨淋濕。

從那一刻開始，事情進行得比預期還順利。每個男生在家裡，都把里斯本家的女孩子放在我們那貧乏的想像力創造出來的陳腐畫面中——在浪花中跳躍、在溜冰場裡開心奔馳、在我們面前擺盪滑雪帽的小毛線團，像要弄成熟的水果一般。不過在車內，坐在那幾個活生生的女孩子身邊，那些男孩子立刻明白，這些想像有多不足取。與歡樂畫面對立的想法——這幾個女孩子都有毛病，或者精神錯亂——也同樣被摒棄了（你每天在電梯裡見到的那個古怪老太婆，等你終於開口跟她說話後，發現她根本神志清楚得很）。這幾個男孩子有了這樣的領悟。凱文．海德說：「她們跟我妹妹也沒什麼不一樣嘛。」拉克絲說她要坐前面，因爲她從來沒有坐過前座，然後就挪進崔普．方登和帕奇．丹頓中間。瑪麗、邦妮和特芮絲擠進後座，邦妮坐在中間突起的地方。喬．希爾．康利和凱文．海德坐在兩端，緊靠著後車門。

即使近距離來看，那幾個女孩子也不顯得憂鬱。她們調整好位置，不介意坐得很擠，瑪麗還半坐在凱文．海德的大腿上。她們立刻嘰嘰喳喳起來。窗外房子一間間過去，她們對每間房子都有話可說，這表示她們在家裡，也一直在密切觀察我們，就像我們一直密切觀察她們在家裡的狀況一樣。去年夏天，她們看到在汽車工人聯合會擔任中階主管的塔布斯先生打了一個女人，那個女人開車跟他太太發生小擦撞，竟然就跟蹤她回家。她們懷疑韓森一家是納粹，或是同情納粹的人。她們討厭克里格家的鋁質牆板。特芮絲說：「貝維德雷先生又出擊了。」她指的是居家修繕公司的董事長又出現在深夜的廣告上。那幾個女孩子就跟我們一樣，對各家的灌木叢、樹木和車庫屋頂，有各種鮮明的記憶。她們想起種族暴動那次，坦克車出現在我們社區的路口，國民兵跳傘降落在我們的後院。她們畢竟是我們的鄰居啊。

起先幾個男生都沒有說話，他們被里斯本姊妹的健談嚇到了。誰會知道，她們有這麼多話好說，有這麼多意見可以表達，還能對人世的風景指指點點？我們只是偶爾見到這幾個女孩子，可是她們在零星的露面之間，一直持續活著，以我們無法想像的方式在成長，閱讀每一本經過篩選後放在她們家書架上的書。她們也設法透過電視，或在學校裡觀察，學到了約會的禮節，所以知道要怎麼讓談話持續進行，或者怎麼填補尷尬的沉默。唯一看得出她們缺乏約會經驗的地方，是緊緊夾起的頭髮，看起來就像填充物掉了出來，或者電線裡的銅線露出來一樣。里斯本太太從來不教女兒讓自己更美麗的訣竅，也不准家裡有女性雜誌（《柯夢波丹》的一項問卷「妳有多次高潮嗎？」是最後一根稻草）。她們這樣，已經算盡力了。

拉克絲一路上都在轉收音機，想找到她最愛聽的歌。「我好愛做這種事。」她說：「我知道一定有電臺在播那首歌，我就是非找到不可。」帕奇．丹頓開上傑佛遜大道，經過有綠色歷史建築告示牌的溫萊特大宅，往湖岸的豪宅群前進。住家前院亮著仿煤氣燈，每個路口都有一名黑人女僕在等公車。車子繼續前進，經過波光粼粼的湖水，終於來到學校附近，被參差扶疏的榆樹蔭遮蔽的地方。

「等一下。」拉克絲說：「我想先抽根菸再進去。」

「爸會聞到的。」後座的邦妮說。

「才不會，我帶了薄荷糖。」她搖搖手中的薄荷糖。

「他會聞到我們衣服上的味道。」

「就說有人在廁所裡抽菸就好了。」

帕奇．丹頓搖下前座車窗，讓拉克絲抽菸。她不慌不忙，從鼻孔呼氣。抽到一半，她朝著崔普．方登伸出下巴，圈起嘴唇，活像隻黑猩猩，然後呼出三個完美的煙圈。

「別讓它死於處女之身。」喬．希爾．康利說。他靠向前座，伸手戳進一個煙圈。

「眞噁心。」特芮絲說。

「就是啊，康利，」崔普．方登說：「少幼稚了。」

進入會場的路上，四對舞伴就分開了。邦妮有一隻高跟鞋卡在石頭縫裡，她靠在喬．希爾．康利身上，要把鞋子拉出來。崔普．方登和拉克絲繼續一起往前走，已經是一對了。凱文．海德跟特芮絲一起走進去，帕奇．丹頓則讓瑪麗挽著他的手臂。

細雨已經停了好一會兒，星星都出來了，這裡一群那裡一群。邦妮的鞋子鬆脫時，她抬頭往上看，注意到了天空。「每次都是北斗星。」她說：「看星圖都會看到好多星星，滿天都是，可是抬頭看，都只有北斗星。」

「是因爲光害。」喬．希爾．康利說：「市區裡的燈光。」

「廢話。」邦妮說。

幾個女孩子進入體育館時，面帶笑容，被發亮的南瓜和穿著學校代表色服裝的稻草人包圍。舞會籌辦委員會決定今年的主題是豐收。籃球場上散落著稻草；放蘋果汁的桌上，羊角吐出宛如腫瘤的葫蘆。里斯本先生已經到了，戴著特別爲慶典準備的橘色領帶，正在跟化學老師湯諾弗先生說話。里斯本先生沒有露出知道女兒已經到了的跡象，不過他也可能眞的沒看到她們。比賽用的燈光以劇院的橘色濾光罩遮了起來，整個階梯看臺是暗的。租來的迪斯可球燈掛在計分板下，讓整個體育館充滿斑斑點點的燈光。

那時我們已經帶著各自的女伴到了現場，也像抱著假人一樣跟她們跳舞，越過她們穿著雪紡紗的肩頭，尋找里斯本家的女孩。我們看到她們進來，穿著高跟鞋，走起路來不太穩。她們張大眼睛，環顧體育館，然後互相討論一陣，離開男伴，去上洗手間，那是她們今天晚上七次洗手間之行的第一次。她們進入洗手間時，霍琵·雷吉斯正站在洗手檯前。「看得出來她們的衣服讓她們覺得很糗。」她說：「她們沒說什麼，可是感覺得出來。我那天晚上穿了一件天鵝絨緊身上衣，搭配光面波紋綢的裙子。我現在還穿得下呢。」只有瑪麗和邦妮需要上廁所，不過拉克絲和特芮絲陪她們一起來，拉克絲看著鏡子，用足夠的片刻再次確認她的美，特芮絲則完全不看鏡子。

「裡面沒衛生紙。」瑪麗從廁間裡面喊：「丟一些給我。」

拉克絲從紙架上撕下一些紙巾，從上頭丟進廁所裡。

「下雪了。」瑪麗說。

「她們眞的很吵。」霍琵·雷吉斯告訴我們。「好像那裡是她們家一樣。不過，我衣服後面沾到東西，是特芮絲幫我拿下來的。」我們問她，在廁所那種讓人容易說心事的環境中，里斯本家的女孩有沒有說起她們的男伴。霍琵回答：「瑪麗說她很高興她那個不是大怪胎。不過也就這樣而已。我認爲她們並不太在意男伴，而是能參加舞會就很高興了。我也有同樣的感覺。我是跟提姆·

卡特那個矮冬瓜一起去的。」

她們從洗手間出來時，舞池的人變多了，一對對男女繞著體育館緩慢旋轉。凱文·海德邀特芮絲跳舞，兩人很快就消失在混亂中。「天啊，我那時是那麼年輕。」多年以後，他說：「也那麼害怕。她也是。我牽起她的手，我們都不知道該怎麼做才對，手指要不要交纏。最後我們十指交纏了。那是我記憶最深刻的事，手指的部分。」

帕奇·丹頓記得瑪麗熟練的動作，還有她的冷靜。「是她帶舞的。」他說：「她有一邊的手裡抓了一團衛生紙。」跳舞時，她主動進行禮貌的對話，是懷舊電影裡，漂亮的年輕女子跟公爵跳華爾滋時會說的那些話。她站得很挺，像奧黛莉·赫本。所有的女人都把她當偶像，男人根本不會想到她。她的心裡好像有一幅畫，他們的腳應該在地上畫出哪一種舞步，他們共舞時看起來應該是什麼樣子，然後她專心一意，要實現那個畫面。「她的表情很沉穩，其實心裡很緊張。」帕奇說：「她背部的肌肉就像鋼琴的弦線一樣。」後來換了快歌，瑪麗就跳得沒那麼好了。「好像老人家在舞會上努力嘗試一樣。」

拉克絲和崔普剛開始並沒有跳舞，而是在體育館裡到處尋找可以獨處的地方。邦妮跟在他們後面。「所以我就跟著她。」喬·希爾·康利說：「她裝作只是到處走，可是她用眼角留意拉克絲的行蹤。」他們穿過一群跳舞的人，從另一頭走出來，緊貼著體育館另一端的牆邊走著，最後來到看臺區。舞曲暫歇，學生事務長德瑞先生宣布開始票選校友日的國王與皇后。大家都看著飲料桌上的玻璃票罐時，崔普・方登和拉克絲・里斯本溜進階梯看臺下面。

邦妮追趕過去。「她好像怕被丟下似的。」喬・希爾・康利說。雖然她沒有要他去，他還是跟著去了。看臺底下，藉著穿透橫木的一條條光線，他看到崔普・方登把一只瓶子拿到拉克絲面前，讓她看上頭的標籤。「有人看到妳進來嗎？」拉克絲問姊姊。

「沒有。」

「你呢？」

「沒有。」喬・希爾・康利說。

然後就沒有人說話了。大家的注意力又回到崔普・方登手上的瓶子。迪斯可球燈反射的燈光，讓瓶身閃閃發亮，照亮了標籤上更顯紅豔的水果。

「桃子口味的杜松子酒。」多年以後，在沙漠中，崔普・方登如此解釋。這時的他，已經因爲那一類東西而逐漸枯竭。「女生都很愛喝。」

那天下午，他用假身分證買了那瓶酒，整個晚上都放在外套內襯裡。現在，在其他三人的注視下，他轉開瓶口的木塞，啜了一口宛如花蜜或蜂蜜的果釀。他說：「這種東西，要配著吻一起品嚐。」他把瓶子舉到拉克絲唇邊，說：「不要吞下去。」然後，他又喝了一大口，把嘴湊到拉克絲的嘴上，進行桃子口味的親吻。被困住的笑意讓她的喉嚨咯咯發笑，她笑出聲來，一淌杜松子酒流下她的臉頰，她用戴著戒指的手接住。不過接下來他們就認眞起來，兩張臉壓在一起，邊吞酒邊親吻。他們停下來時，拉克絲說：「這東西眞不錯。」

崔普把瓶子遞給喬．希爾．康利。喬把瓶子舉到邦妮嘴邊，可是她撇開頭去。「我不要喝。」她說。

「別這樣。」崔普說：「嚐嚐味道嘛。」

「別裝乖寶寶了。」拉克絲說。

這時只看得到邦妮細長的眼睛，而在銀色的燈光下，那雙眼睛盈滿淚水。再往下一點，在她嘴唇所在的黑暗處，喬．希爾．康利把瓶子塞進去。她濕潤的眼睛張大了，臉頰鼓起來了。「不要吞下去。」拉克絲命令她。接著，喬．希爾．康利把自己嘴巴裡的東西推進邦妮嘴裡。他說她從頭到尾都緊閉牙齒，像骷髏頭一樣齜牙咧嘴。桃味杜松子酒在他們兩人的口裡來來回回，不過這時他感覺她在吞嚥，在放鬆了。多年以後，喬．希爾．康利誇耀他可以從女人口裡的味道來分析她如何僞裝情緒，並堅稱他是那天晚上在看臺底下跟邦妮親吻時，突然領悟了這個道理。從這一吻，他可以感覺她整個人，彷彿她的靈魂從嘴唇中逃了出來，跟文藝復興時期的人相信的一樣。他先嚐到的是她護唇膏的油脂味，接著是她前一餐吃的可悲的球芽甘藍味，再過來是過往午後的粉塵，以及淚管的鹹味。他專心品嚐她內臟的精髓，全都佐上微酸的憂傷，桃味杜松子酒也逐漸退去。有時她的唇會變得異常冰冷，他偷瞄一眼，發現她親吻時，都張著一雙驚恐的大眼睛。之後，杜松子酒就來來回回了。我們問那幾個男生，他們有沒有跟里斯本姊妹談心，或問她們西西莉雅的事，他們都說沒有。「我不想壞了一樁好事。」崔普．方登說。喬．希爾．康利則說：「說話有其時，安靜有其時。」雖然他品嚐了邦妮口裡神祕的深度，卻沒有進一步探索，因爲他不想讓她停止吻他。

我們看到那兩個女孩從看臺下方走出來，擦著嘴巴，裙襬拖在後面。拉克絲活潑地隨著音樂擺動，崔普．方登就是在這時候才終於跟她共舞。多年以後，他告訴我們，她那身寬大的洋裝只有更刺激他的慾望。「你可以感覺在那堆布幔下，她有多纖細。我都快受不了了。」隨著夜晚進行，姊妹們習慣了身上的洋裝，也學會穿著那樣的衣服行動。拉克絲發現把背挺成弧形，就可以讓衣服的正面緊一點。我們一有機會就從她們面前走過去，一直去上廁所，一直去拿蘋果汁喝。我們想盤問那幾個男生，也體會一下跟她們約會的感覺，可是他們一步也不肯離開女伴身邊。校友日國王與皇后的投票結束時，德瑞先生踏上輕便舞臺，宣布得主。大家都知道國王和皇后除了崔普．方登和拉克絲．里斯本，不會有別人，連穿著昂貴禮服的女孩子，也一邊往舞臺前面走去，一邊鼓掌。然後他們跳舞，我們也跳舞。我們還切入海德、康利和丹頓，跟里斯本家的女孩跳舞。等到她們跟我們跳舞時，她們全都紅了臉，濕了腋下，熱氣從高高的領口散發出來。我們握住她們發汗的手掌，帶她們在如鏡般的球燈下旋轉。一下子讓她們隱沒在寬大的衣服裡，一下子又讓她們現身，擠壓她們身上的肉，吸入她們揮發出來的香氣。少數幾個人大膽將腿伸入她們的大腿間，把我們的痛苦根源壓在她們身上。穿著寬大洋裝的里斯本女孩，從一個舞伴被換到下一個舞伴，笑著說謝謝，謝謝，看起來又分不出誰是誰了。大衛．史塔克的手錶上卡了一條線，瑪麗幫他把線抽掉時，他問：「妳玩得開心嗎？」

「我這輩子從來沒有這麼開心過。」她說。

她說的是實話。里斯本家的女孩子看起來從來沒有這麼愉快，這麼合群，或這麼暢所欲言。特芮絲和凱文．海德跳完一支舞後，到門口去透透氣。特芮絲問：「你們爲什麼要邀我們來？」

「什麼意思？」

「我是說，你們是覺得我們很可憐嗎？」

「才不是呢。」

「騙人。」

「我覺得妳很漂亮，這就是爲什麼。」

「我們跟大家想的一樣瘋狂嗎？」

「誰那樣想？」

她沒有回答，只把手伸出門外，看有沒有下雨。「西西莉雅很古怪，可是我們不是。」然後她又說：「我們只是想活下去。只要別人讓我們活下去。」

後來，走去停車處時，邦妮要喬．希爾．康利停下來，再看一次星星。可是星星都被雲遮住了。他們抬頭注視著晦暗的天空時，她問：「你認爲有神嗎？」

「有。」

「我也是。」

這時已經十點半了，姊妹們必須在半小時內趕回家。舞會已經散場，里斯本先生的車從教職員停車場開出來，回家去了。凱文．海德和特芮絲，喬．希爾．康利和邦妮，帕奇．丹頓和瑪麗，這三對都在凱迪拉克旁集合了，可是拉克絲和崔普卻沒有跟來。邦妮跑回體育館確認，但是沒有找到他們。

「也許他們坐妳爸的車回去了。」帕奇．丹頓說。

「不太可能。」瑪麗說。她看著黑暗的遠方，手指摸著已經壓壞的胸花。三個女孩子脫下高跟鞋，方便走路，然後穿梭在停車場的車輛間，旗桿附近，到處搜尋。西西莉雅死的那天，學校降了半旗，只不過當時是暑假，除了刈草工人之外，沒有人注意到。片刻之前還那麼開心的姊妹們，現在變得很安靜，也忘了男伴。她們成一組行動，短暫分開，又再度聚集。她們找遍劇場附近、科學堂後面，連有個小尊女孩雕像的庭院都找了。那是一尊某人捐贈的雕像，爲了紀念蘿拉．懷特，她的銅裙剛剛開始氧化，焊接的手腕上有橫條疤痕，充滿象徵意味，可是里斯本姊妹沒有注意到。她們在十點五十分回到停車處時，一句話也沒說，只是坐上車，讓男伴送她們回家。

回程幾乎一路都在安靜中度過。喬．希爾．康利和邦妮坐在後座，旁邊是凱文．海德和特芮絲。帕奇．丹頓開車，後來他抱怨，這件事讓他沒有機會對瑪麗採取行動。不過瑪麗倒是一路上都對著遮陽板上的鏡子整理頭髮。特芮絲對她說：「不用麻煩了，我們完蛋了。」

「是拉拉完蛋了，不是我們。」

「誰有薄荷糖或口香糖？」邦妮問。沒人有，於是她轉頭看著喬．希爾．康利。她仔細瞧了他好一會兒，然後，用手指把他分線的頭髮移到左邊。「這樣好看多了。」她說。將近二十年後，他僅剩的那一點頭髮，仍然由邦妮看不見的手幫他分線。

到了里斯本家外面，喬．希爾．康利最後一次親吻邦妮，她沒有反抗。特芮絲對著凱文．海德送上她的臉頰。隔著起霧的窗戶，幾個男孩子看著屋子。里斯本先生已經回來了，主臥室的燈亮著。

「我們送妳們到門口。」帕奇．丹頓說。

「不要。」瑪麗說。

「爲什麼?」

「就是不要。」她下了車，連手都沒握。

「我們今天眞的很開心。」特芮絲在後座說。邦妮靠在喬．希爾．康利的耳邊低語：「你會打電話給我嗎?」

「當然會。」

車門開了縫，兩個女生也下了車。她們整理一下自己，然後進屋裡去。

兩個鐘頭後，計程車開過來時，塔克叔叔剛好到車庫冰箱去再拿一次啤酒。他看到拉克絲下車，從皮包裡拿出一張五元鈔票，那是里斯本太太今晚在女兒出門前，拿給她們的。「身上一定要有計程車錢」是她的名言，雖然那天晚上是她第一次准許女兒出門，當然也是這筆錢第一次派上用場。拉克絲沒有等司機找零。她踏上車道，看著地上，拉起裙子走路。她的外套後面沾了白色的髒污。大門開了，里斯本先生踏上前廊。他已經脫掉外套，不過還繫著橘色領帶。他走下階梯，跟拉克絲在半路碰頭。拉克絲開始用手勢編造藉口。里斯本先生打斷她的話，她抱住頭，不情願地點頭。塔克叔叔記不得里斯本太太是在什麼時間點加入這一幕。總之，在某一刻，他突然意識到後面有音樂聲，於是抬頭看向里斯本家，看到里斯本太太站在敞開的門口。她穿著格子圖案的睡袍，手上拿著一杯飲料。音樂從她身後流洩出來，充滿盪氣迴腸的管風琴和天使樂音般的豎琴聲。塔克叔叔中午就開始喝酒，這時幾乎已經把他每天要喝的一箱啤酒喝完了。他哭了起來，從車庫往外看，音樂像空氣一樣，盈滿街道。「那是人死的時候放的那種音樂。」他說。

那是教堂音樂，是里斯本太太每週日一再重複播放的三張唱片裡的其中一首。我們是從西西莉雅的日記裡知道音樂的事（「週日早晨。媽又在放那種無聊的音樂了」），後來，幾個月後，他們搬走時，我們在他們丟在人行道旁的垃圾堆裡，找到了那幾張唱片。那三張唱片——我們都列在「實物證據明細」裡了——分別是「泰倫．利托與信徒」的《信仰之歌》，托雷多浸信會唱詩班的《永恆的喜悅》，還有「激流福音樂團」的《讚美主》。三張唱片的封面都有幾道光穿透雲層。我們沒有一次把那幾張唱片從頭聽到尾。那就是我們會在收音機上轉過去的那種音樂，就在摩城音樂頻道和搖滾樂頻道之間，是黑暗世界的一盞明燈，眞的很討人厭。唱詩班發出金髮碧眼的歌聲，音階漸強、拔高，達到和諧，如棉花糖融化成泡沫湧進耳朵。我們總是很好奇，到底是誰會聽這種音樂，想像孤單的寡婦坐在安靜的家中，或者牧師的家人正在傳遞裝了火腿的盤子。我們從來不曾想像那些虔誠的聲音會穿透地板，飄向里斯本家的女孩跪下來用浮石磨去大拇指厚繭的凹處，讓那裡成爲宗教殿堂。穆迪神父在週日下午到里斯本家喝咖啡時，聽過幾次那種音樂。「那不合我的口味。」後來他告訴我們：「我比較喜歡更莊嚴一點的。韓德爾的《彌賽亞》。莫札特的《安魂曲》。那種音樂，基本上，如果可以這麼說的話，就是會在新教徒家裡聽到的那種。」

音樂播放的同時，里斯本太太站在門口，文風不動。里斯本先生趕拉克絲進去，拉克絲踏上臺階，走過前廊，可是她母親沒讓她進門。里斯本太太說了什麼話，塔克叔叔聽不到。拉克絲張開嘴巴。里斯本太太傾身向前，一張臉面無表情地靠近拉克絲的臉。「酒測。」塔克叔叔向我們解釋。酒測進行不到五秒，里斯本太太就後退，要甩拉克絲耳光。拉克絲縮了一下，可是這一巴掌一直沒打下來。里斯本太太舉著手，僵在那裡。她轉身面對黑暗的街道，彷彿那裡不是只有塔克叔叔的兩隻眼睛，而是有一百隻眼睛在看。里斯本先生也轉了身，拉克絲也一樣。他們三人，盯著幾乎暗無燈光的社區，樹木仍在滴雨，車輛安放在車庫和車棚裡，整夜都有引擎在逐漸冷卻中發出砰砰聲。他們一動也不動，然後里斯本太太的手無力垂在身側，拉克絲逮到機會，迅速鑽過她身邊，上樓進房間去。

很多年後，我們才知道那天晚上拉克絲和崔普·方登發生了什麼事。即使過了那麼久，崔普·方登也說得很勉強，還遵照「十二步驟法」的指令，堅持他已經跟以前不一樣了。跳完了榮登校友日國王皇后的舞之後，崔普領著拉克絲穿過鼓掌的人群，來到特芮絲和凱文·海德出去透氣的同一道門。「我們兩個都因爲跳舞跳得很熱。」他說。拉克絲還戴著德瑞先生放在她頭上的美國小姐皇冠，兩人的胸前也還橫披著皇家彩帶。「我們現在要做什麼？」拉克絲問。

「我們想做什麼就做什麼。」

「我是指當國王和皇后。有需要做什麼事嗎？」

「就這樣啦。跳舞，拿到彩帶，今晚過了就沒事了。」

「我以為這是持續一整年的事。」

「是這樣沒錯，可是我們什麼也不用做。」

拉克絲聽懂了。「好像沒雨了。」她說。

「我們到外面去。」

「還是不要好了。我們馬上該走了。」

「我們可以留意車子。我們沒到，他們不會離開的。」

「我爸。」拉克絲說。

「就說妳要把皇冠拿去置物櫃放。」

雨確實停了，可是空氣霧濛濛的。他們穿過馬路，手牽手走過潮濕的美式足球場。「妳看那塊草皮。」崔普．方登說：「我今天就是在那裡把那個傢伙壓倒的。這招叫飛撲橫身阻擋。」

他們經過五十碼線，四十碼線，進入達陣區，到這裡，就沒有人看得到他們。後來塔克叔叔在拉克絲外套上看到的白色線條，就是她躺下來時沾到的球門線。整件事發生期間，好幾盞車頭燈通過球場，掃過他們上方，照亮門柱。中間時，拉克絲說：「我總是把事情搞砸。每次都這樣。」說完，她就哭了。崔普·方登也沒有再跟我們多說什麼了。

我們問他，是他送她去坐計程車的嗎？可是他說不是。「那天晚上我是走路回家的。我根本不管她是怎麼回家的。我溜了。」他又說：「很怪。我的意思是，我喜歡她，我眞的喜歡她。我只是當下就覺得厭煩她了。」

至於另外三個男生，他們整夜開著車在我們社區外緣繞圈圈。他們開過少年俱樂部、遊艇俱樂部、打獵俱樂部，開過底特律村，那裡的萬聖節裝飾已經換成了感恩節裝飾。凌晨一點半，因爲沒辦法把里斯本家的女孩趕出腦海，她們的身影還充斥在車內，於是他們決定再開到里斯本家，繞最後一次。他們半路停車，讓喬·希爾·康利去一棵樹後面解放，然後開上卡度路，加速經過那些比正常房宅還要小的房子。那些小屋以前是給夏天雇用的幫手住的。他們經過一小塊區域，這裡最豪華的住宅，本來有一間就位在那裡，原本布置精美的花園，現在由一棟棟配有古典大門和超大車庫的紅磚屋所取代。他們轉向傑佛森路，經過戰爭紀念園區，以及僅剩的幾位百萬富豪的黑色大門，靜靜地往那幾個女孩駛去。對他們來說，她們終於成爲眞實的存在了。快到里斯本家時，他們看到一扇臥房窗戶透著光。帕奇·丹頓舉起手來，讓其他人跟他擊掌。「挖到寶了。」他說。可是他們的歡樂很短暫，因爲車子還沒停下，他們就知道發生什麼事了。「我突然有一種感覺，那幾個女孩子不會再有約會了。」多年後，凱文·海德這樣告訴我們：「那個老太婆又把她們關起來了。別問我我怎麼會知道，我就是知道。」窗簾像眼瞼一樣緊閉，亂草叢生的花圃讓房子看起來像廢棄屋。然而，亮著燈的那扇窗戶裡，窗簾動了一下。一隻手把窗簾往後拉，露出一小塊溫熱暗黃的臉——邦妮，瑪麗，特芮絲，甚至也可能是拉克絲——往下看著街道。帕奇·丹頓輕輕按了一下喇叭，一次短暫而滿懷希望的出擊，可是就在那個女孩把手心貼向玻璃的同時，燈也滅了。

四

里斯本太太將整棟房子以最高安全規格隔離幾個星期後，拉克絲在屋頂上做愛的景象就開始了。

校友日舞會隔天，里斯本太太關閉樓下所有遮光簾。我們只能見到幾個女孩子被幽禁的身影，那畫面在我們的想像中大肆破壞。此外，隨著時序從秋天轉成冬天，院子裡的樹低垂、變厚，理論上葉子都掉光了，應該更容易看到屋子才對，卻反而把它遮了起來。里斯本家的屋頂上，似乎總是有一片雲在徘徊。除了從靈異的角度來看，是里斯本太太的意志使然，實在找不到其他解釋。天空越來越暗，光明背棄了白天，以至於我們發現自己總是在毫無時間感的幽暗中來去，打嗝的氣味是我們唯一能辨識時間的方法。牙膏味是上午，下午的牛筋味，反應的是學校餐廳裡的菜色。

幾個女孩子不再到學校，連個說明也沒有。她們就只是某一天早上沒有出現，然後隔天也一樣。伍德豪斯先生問起這件事，里斯本先生還似乎根本不知道女兒都沒來。「他一直說：『你到後面看過了嗎？』」

傑瑞·波登破解了瑪麗置物櫃的密碼鎖，發現她的書大部分都沒帶走。「她的置物櫃裡面貼了明信片。都是些怪東西。躺椅之類的。」（其實是美術館的明信片，一張十九世紀德國比德邁風格的椅子，一張粉紅色的十八世紀英國齊本德爾印花棉布沙發。）她的筆記本堆在上層架子上，每一本上面都寫了一個她沒有機會讀的全新科目名稱。在《美國歷史》這一本裡，傑瑞·波登在零散的筆記中發現這樣的塗鴉：一個綁馬尾的女孩子，被一顆巨大的石頭壓得彎下腰，她的兩頰鼓出，圓圓的嘴唇吐出蒸汽來。一團加大的蒸汽雲裡，寫了「壓力」這兩個字，還重複描劃，加粗輪廓。

由於拉克絲沒有遵守門禁時間，大家都預期會出現高壓管束，可是幾乎沒有人料到會這麼激烈。然而多年以後，我們跟里斯本太太談起這件事，她堅稱她做這個決定，從來就不是為了要嚴厲處罰她們。「在當時，她們去上課只會讓情況更糟。」她說：「其他同學都不跟她們說話，除了男生，你們也知道男生心裡打的是什麼主意。她們需要時間好好安靜一下。當母親的人會知道的。我當時認為，她們留在家裡，心情會好得更快。」我們跟里斯本太太的會談很短暫。她跟我們約在她現在住的那個小鎮的公車站，因為車站是那裡唯一賣咖啡的地方。現在的她，手指關節紅腫，牙齦後縮。悲劇並沒有讓她更可親，事實上，是給了她一種外人無法理解的特質，因為她受過的苦，是言語無法傳達的。儘管如此，我們還是想跟她談一談，最主要是因為，我們覺得她是那幾個女孩子的母親，她應該比任何人都瞭解她們自殺的原因。可是她說：「那是最恐怖的一點。我不知道。孩子一生下來，就跟妳不一樣了。」我們問爲什麼她一直沒有去利用霍爾尼克醫師提供的心理諮商，里斯本太太變得很生氣。「那個醫師想要怪在我們頭上。他認爲一切都要怪我跟羅尼。」這時一輛公車進站來，一陣一氧化碳從打開的二號門灌進來，吹向堆了炸甜甜圈的櫃臺。里斯本太太說她得走了。

她不只不讓女兒們去上學。接下來那個星期日，參加一場激昂的教會布道回家後，她命令拉克絲把搖滾樂唱片都燒掉。皮森伯格太太（她剛好在隔壁重新布置房間）聽到了激烈的爭執。里斯本太太一直說：「現在！」拉克絲想跟她講道理，跟她討價還價，最後還哭了。皮森伯格太太從樓上走廊的窗戶，看到拉克絲跺著腳回房間去，又拿著幾個桃木箱的唱片出來。木箱很重，拉克絲把它們從樓梯上滑下去，像雪橇一樣。「她那個樣子，好像打算把它們整個推下去，可是總是能在失控之前拉住。」里斯本太太已經把客廳的爐火點燃，拉克絲這時無聲地哭著，開始一張接著一張，把唱片交給火焰。哪些唱片在這個懲戒異教的儀式中終結，我們不得而知，但顯然拉克絲一直試圖攔截，向里斯本太太求饒。燃燒的味道很快變得令人無法忍受，於是里斯本太太要拉克絲停手（她把剩下的唱片跟著那星期的垃圾一起丟了）。不過，剛好出門買葡萄汽水的威爾．譚柏，說他一路上都聞得到塑膠燃燒的味道，一直傳到位於克切弗路的派對用品店去。

接下來幾個星期，我們幾乎完全沒看到里斯本家的女孩。拉克絲再也沒有跟崔普．方登說話，喬・希爾・康利也沒遵守承諾，打電話給邦妮。里斯本太太帶女兒們到外婆家去，向那位看盡人世滄桑的老太太請益。這位老太太（萊瑪・克勞福德）在同一棟平房住了四十三年後，搬到新墨西哥州的羅斯威爾，我們打電話到那裡去找她，想問她參與這次處罰的事。她要不是頑固，就是因為助聽器沒把我們在電話裡的問題聽清楚，總之，她完全答非所問。不過她倒是提到自己六十年前失戀的事。「這種事是永遠不會忘懷的。」她說：「不過總會好到一個程度，讓你不會那麼難過。」掛電話之前，她還說：「這裡的天氣好極了。我做過最明智的一件事，就是拋下過去的一切，離開那裡。」她嘶啞的嗓音讓我們得以想像那天的情景：老婦人坐在廚房餐桌旁，稀疏的頭髮用鬆緊帶頭巾包起來；里斯本太太緊閉雙唇，陰沉地坐在對面的椅子上；那四名需要悔過的女孩，低垂著頭，摸著身邊的小擺設或小磁雕像。她們從頭到尾沒有討論女孩們的心情，也沒有問她們要什麼；只有長幼有序——外婆，母親，女兒——的權威，屋外後院淋著雨，菜園已荒蕪。

里斯本先生繼續在早上出門去上班，全家人繼續在週日上教堂，但也就是如此而已。在年輕一輩被阻隔在內的迷霧中，那棟房子變模糊了，連我們的父母都開始提到，那裡看起來有多陰暗，多不健康。夜晚，浣熊被屋子的臭氣吸引而來，我們經常可以發現從里斯本家的垃圾桶逃離時，被汽車壓扁的浣熊屍體。有一個星期，里斯本太太在前院點燃小型煙霧彈，發出惡臭的硫磺味。之前沒有人見過這種玩意兒，不過據說這是用來對付浣熊的。然後，大約就在第一道冷鋒來臨的時候，開始有人看到拉克絲在屋頂上，跟身分不明的男孩子和男人交合。

起先根本看不出來到底是怎麼回事。一具隔著透明玻璃紙的軀體，雙手在石瓦上來回劃過，就像小朋友在雪地上畫天使一樣。接著可以看出另一具更暗的軀體，有時穿著速食店的制服，有時戴著一大串金項鍊，有一次還穿了會計師那種單調的灰西裝。我們在皮森伯格家的閣樓裡，隔著榆樹光禿禿的細枝，終於認出拉克絲的臉。她裹著哈德遜灣公司的四色條紋圖案毯子，抽著菸，從望遠鏡的鏡頭裡看起來，近得不可思議。她的唇就在我們眼前數吋移動，只是沒有聲音。

我們不知道她怎麼可能在自家屋頂上做這種事，她爸媽就在附近睡覺。沒錯，里斯本夫婦是不可能看到自己家的屋頂，而拉克絲和她的男伴一旦就定位，就享有相對程度的安全；可是在此之前，免不了還是會發出很多聲音，要偷偷溜下樓去，開門讓那些男的進來，要帶他們在充滿焦躁顫動的黑暗中踏上吱吱作響的樓梯，夜晚的雜音在他們的耳邊低鳴。男人滿身大汗，冒著犯下法定強暴罪、自毀前途、離婚的風險，只爲了跟著她走上樓梯，穿過窗戶，來到屋頂，然後在激情之中擦痛膝蓋，在污濁的水坑中翻滾。我們從頭到尾都不知道，拉克絲是怎麼認識這些人的。我們只能從現有的資訊中判斷，她並沒有出門。她甚至也不在晚上偷溜出去，到某個空地或更遠的湖邊去做，而是寧願在監禁她的地域內做愛。至於我們，則學到了很多愛情的技巧，也因爲不知道該如何指稱我們看到的動作，就得自己編造。於是，我們之間出現了「在峽谷中唱瑞士山歌」、「綁管子」、

「在坑窪裡呻吟」、「滑烏龜頭」、「嚼臭草」等種種說法。幾年後，我們失去童貞時，就在慌亂中搬演好久以前拉克絲在屋頂上不斷迴旋的啞劇；即使到了現在，真要對自己誠實的話，我們就必須承認，跟我們做愛的，一直就是那個蒼白的鬼魅，一直是她擱在天溝上的腳，一直是她那隻撐在煙囪上的手，不論我們當時情人的手腳在做什麼。我們也得承認，在我們最私密的片刻，在孤獨的夜晚裡，心臟猛跳，求上帝拯救我們，最常出現的還是拉克絲，在那些用望遠鏡窺探的夜晚，既是女妖也是娼妓的拉克絲。

我們從最令人意外的來源，得知她的情慾冒險。住在勞工階級社區、剪著羽毛頭的少年，發誓說他們曾跟著拉克絲到過屋頂，雖然我們不斷提問，想要找出他們前言不搭後語的地方，卻從來都沒有成功。他們說每次屋裡總是暗到什麼都看不見，唯一有生命的東西，是拉克絲的手，既急切又無聊，拉著他們的皮帶扣環往前走。他們家的地板，就像障礙賽場地。脖子粗壯的丹．泰寇，在樓梯頂踩到一樣軟軟的東西，就把它撿起來。等到拉克絲帶著他出了窗戶，上到屋頂，他才藉著月光看到他拿在手上的東西：穆迪神父五個月前看到的那塊沒吃完的三明治。別的孩子還發現裝著義大利麵、已然凝結的碗，以及空錫罐，彷彿里斯本太太已經不再煮飯給女兒吃，她們得四處搜尋食物維生。

根據那些男生的描述，拉克絲瘦了，不過我們從望遠鏡裡倒是看不出來。那十六個男生都提到她突出的肋骨、乾癟的大腿。一個男生在某個下雨的溫暖冬夜跟拉克絲到屋頂上去，他向我們形容她的鎖骨凹陷處，如何承接了雨水。有幾個男生提到她的唾液有酸味——消化液無事可做的味道，不過這些營養不良、生病或悲傷的現象（她的嘴角長了單純皰疹、左耳上方少了一塊頭髮），都不能壓過他們對拉克絲最強烈的印象：一個淫蕩的天使。他們說到被壓在煙囪上，就像被一對拍動的大翅膀壓住，還有她唇上的金色細毛，感覺就像羽毛。她的雙眼閃亮發熱，一心一意執行身爲上帝創造物的使命，若不是對造物主的尊榮沒有絲毫疑慮，就是深信自己的生命毫無意義。那幾個男生使用的字眼、閃動的眉毛，他們的驚恐與迷惑，都清楚表明，他們在拉克絲往上攀升的過程中，只是單純扮演最微不足道的踏腳處而已。而且，到最後，雖然他們都被帶往顚峰，卻無法告訴我們，上頭有什麼。少數幾個人則說，拉克絲有一股壓過一切的無限慈悲。

雖然她跟男生的對話都只有三言兩語，但從她少之又少的話裡，再回報給我們的寥寥數語中，我們還是多少瞭解了她當時的心境。她告訴巴伯．麥克布雷利，沒有「固定來一下」，她活不下去，雖然她說這句話的時候，模仿了布魯克林的口音，彷彿在演電影。威利．泰德承認，儘管她表面上很急切，可是「她似乎不怎麼喜歡那檔事」，還有好幾個男生都提到她這種心不在焉的狀態。他們從拉克絲頸項柔軟的停靠處抬起頭來，發現她眼睛睜開，眉頭糾結，陷在自己的思緒裡；或者，正激烈的時候，他們感覺她擠了一顆長在他們背上的青春痘。儘管如此，據說拉克絲在屋頂上，會懇求這類事情：「放進去，一下下就好。這樣會讓我們感覺親密一點。」有時候，她看待那件事，就好像小得不能再小的例行工作一樣，讓男生就定位，像個結帳小姐一樣，無精打采地解開拉鍊和扣環。她對於避孕的要求，在兩極之間劇烈擺盪。有些人說她採取很複雜的程序，一次放入三、四份避孕凝膠，最後再加上她稱之爲「奶油乳酪」的白色殺精劑。有時她只用「澳洲式避孕法」就滿意了，這是指搖晃可樂瓶後，往裡面沖洗。嚴厲的時候，她會丟下一句最後通牒：「沒有防護，就不要勃起。」她經常使用消毒過的醫藥用品；其他時候，可想而知，應該是里斯本太太的封鎖阻斷了貨源，她只好退而求其次，採用幾百年前的產婆發明的妙法。事實證明，醋有用，番茄汁也有用。愛情的小小船隻，在酸性大海中翻覆了。拉克絲在煙囪後面留下各式各樣的瓶子，還有一條破布。九個月後，新搬來的年輕夫妻雇用的屋頂工人發現那些瓶子，他們對著在下頭的年輕妻子喊：「看來有人一直在上頭吃沙拉。」

不管是什麼時候，在屋頂上做愛都很誇張，可是冬天在屋頂上做愛，神經錯亂、絕望、自我毀滅的可能性，遠遠超越在滴雨的樹梢下所能掌握的任何一丁點歡愉。雖然我們有些人把拉克絲視爲自然的力量，是冬天誕生的冰霜女神，不受冷冽影響，可是大多數人都知道，她只是個面臨——或說追求——被凍死的危險的女孩子。也因此，拉克絲的空中表演進行了三個星期之後，救護車再度出現時，我們並不意外。這一次，第三次救援行動，救護車對我們來說，已經跟畢爾太太呼叫卻斯回家那種歐斯底里的聲音一樣熟悉。車子疾駛進車道，熟悉感讓我們忽略了它新裝的雪胎，以及前後擋泥板上的鹽圈。警長——留鬍子的瘦子——從駕駛座上跳下車。他還沒下車，我們就看到他了，而且，接下來的每一個景象，都有似曾相識的感覺。我們預期會看到幾個穿著睡衣的女孩子飛奔經過窗前，預期燈光會標示出救護人員接近救援對象的進度。先是門廳的燈亮起，再來是走廊的燈，樓上走廊的燈，右手邊的房間，最後整棟彈子機一般的房子就一區區亮了。那時已經九點多了，沒有月亮，鳥在老舊的街燈裡築巢，所以燈光得穿透草和換下來的羽毛。鳥群早就飛到南方去了，可是在斑駁的燈光下，警長和胖子又一次出現在里斯本家門口。一如預期，他們抬著擔架，可是前廊的燈亮起時，我們並沒有想到會看到那個畫面：拉克絲．里斯本，坐在擔架上，活得好好的。

她看起來很痛苦，可是他們把她抬出屋外時，她還能想到要拿一本《讀者文摘》，後來也在醫院裡從頭到尾讀了一遍。事實上，儘管抽搐（她抱著肚子），拉克絲還是大膽塗上禁忌的粉紅唇膏，聞起來有草莓的味道（是去過屋頂的男生告訴我們的）。伍迪．克拉博的姊姊也有那個牌子的口紅，有一次我們染指了他爸媽的酒櫃，逼他塗上那管唇膏，親吻我們每一個人，這樣我們也能知道那口紅嚐起來是什麼味道。在我們那天即興創造出來的酒味——融合了薑汁汽水、波本威士忌、萊姆汁和蘇格蘭威士忌——之外，我們可以嚐到伍迪．克拉博唇上的草莓蠟味，然後在假火爐前，把那兩片唇想像成是拉克絲的唇。卡式收錄音機大聲放著搖滾樂;我們隨意窩在椅子裡,三不五時拖著軟綿綿的身體飄向長沙發,把頭埋進草莓盆裡,不過隔天我們都說不記得發生過這種事,甚至到現在,這也是我們第一次提起這件事。總之,那天晚上的記憶,後來就由拉克絲被抬上救護車的記憶取代了,因爲,儘管時間和地點都不一樣,但我們品嚐的,是拉克絲的唇,不是克拉博的。

她的頭髮很明顯需要洗了。喬治·帕帕司在警長關上車門的前一刻,接近救護車,他形容血液在拉克絲的臉頰上匯集的樣子。「都看得到血管了。」她一隻手拿著雜誌,另一隻手抱著肚子,坐在擔架上,彷彿那是搖來晃去的救生艇。她手腳亂動、大呼小叫、痛苦皺眉,只有更凸顯西西莉雅的沉滯。現在西西莉雅在我們的記憶中,甚至比她原來的狀況還死得更徹底。里斯本太太沒有像前兩次一樣,跳上救護車,而是留在草坪上揮手,彷彿拉克絲是坐上遊覽車要去參加夏令營。瑪麗、邦妮和特芮絲都沒有到外面來。後來我們討論到這件事,都覺得我們在那一刻有一種心理上的位置錯亂,而且在接下來這段時間,一直到剩下的死亡之前,情況只有越來越嚴重。這種狀態最普遍的症狀,就是沒辦法想起任何聲音。救護車的門無聲甩上;拉克絲的嘴巴(根據羅斯醫師的紀錄,補了十一顆牙)無聲喊叫;還有街道,嘎吱作響的樹幹、隨著喀嗒聲變換顏色的街燈、行人穿越燈號箱電線的嗡嗡聲——這些平常喧鬧的聲音都靜默了,不然就是拔尖到一個我們聽不到的音頻,卻仍然讓我們的背脊升起一股寒意。拉克絲離開後,聲音才又回來。電視機爆出罐頭笑聲,父親們濺起水花，把發痛的背泡在浴缸裡。

半個鐘頭後，帕茲太太的妹妹從邦瑟克醫院打電話回來提供初步報告，說拉克絲是盲腸破了。聽到拉克絲的問題並不是自己造成的，我們很意外。不過帕茲太太說：「是壓力啦。那個可憐的女孩子壓力大到盲腸直接爆開來。我妹妹也發生過這種事。」布蘭特．克里斯多夫那天晚上也差點讓電鋸割斷右手（他正在設置新廚房），正好看到拉克絲被推進急診室。雖然手臂上纏著繃帶，腦袋也因爲止痛藥而昏昏沉沉的，他還是記得實習醫生把拉克絲抬上他隔壁的帆布床。「她用嘴巴呼吸，有點換氣過度，手抱著肚子。她一直說『唉唷』，字字分明。」顯然，實習醫生急忙去找醫師來時，布蘭特．克里斯多夫和拉克絲有一段時間獨處。她停止哭喊，往他這邊看過來。他把纏著紗布的手舉高。她漠然看著他的手，然後伸手把兩人中間的簾子拉起來。

一個叫芬齊（還是法齊——病歷上的字看不清楚）的醫師來幫拉克絲做檢查。他問她哪裡痛，幫她抽血，量脈搏，把壓舌板伸進她嘴裡，又看了看她的眼睛、耳朵、鼻子。他檢查她的側身，沒有發現腫脹，她也已經看不出疼痛的樣子了。事實上，幾分鐘之後，醫師就不再問她跟盲腸有關的問題。有些人說，在經驗豐富的醫務人員眼中，跡象太明顯了：焦慮的眼神，經常碰觸肚子。無論如何，醫師都立刻明白了。「妳上一次月經是多久以前的事？」他問。

「一陣子了。」

「一個月？」

「四十二天。」

「不想讓爸媽知道？」

「當然不。」

「爲什麼這麼大費周章？爲什麼叫救護車？」

「只有這樣我才能出門。」

他們低聲交談，醫師傾身靠向床，拉克絲上半身坐直。布蘭特·克里斯多夫聽到一個聲音，他認出那是牙齒打顫的聲音。然後拉克絲說：「我只是想驗一下。可以嗎？」

醫師口頭上並沒有同意幫她驗，可是不知道爲什麼，他走到走廊，遇到把老公跟女兒留在家裡、剛剛趕到醫院的里斯本太太，他對里斯本太太說：「妳女兒不會有事的。」接著他就走進自己的辦公室。後來有個護士發現他在裡面不停抽著菸斗。我們想像那一天芬齊醫師的想法，有幾種可能性：可能他愛上一個月經遲來的十四歲少女；可能他正在腦中估算他銀行裡有多少錢，車子裡有多少油，在他的妻子和孩子發現之前，他們可以走多遠。我們一直不懂，拉克絲爲什麼去醫院，而不是去計畫生育協會，不過大多數人都認同，她說的是實話，而且說穿了，她也確實想不出別的辦法去看醫生了。芬齊醫師回來時，他說：「我會跟妳媽說，我們要檢查妳的腸胃。」這時布蘭特・克里斯多夫站起來，無聲地發誓，他要親自幫助拉克絲逃走。他聽到她說：「要多久才知道結果？」

「大概半個鐘頭。」

「你們眞的用兔子[7]嗎？」

醫師大笑。

站得挺直的布蘭特・克里斯多夫，感覺他的手在顫動，視線模糊，頭昏眼花；不過在他昏倒失去意識之前，他看到芬齊醫師經過，朝里斯本太太走過去。她先聽到，接著護士聽到，然後我們也聽到了。喬・拉爾森跑過馬路，躲在里斯本家的灌木叢裡，他就是在這時候，聽到里斯本先生如少女般的哭泣聲，他說那聲音其實還滿像音樂的。里斯本先生正坐在他的沙發椅上，雙腳靠在擱腳墊上，雙手蓋住臉。電話響了。他看著電話，接起來。「感謝上帝。」他說：「感謝上帝。」原來拉克絲只是嚴重消化不良而已。

除了驗孕之外，芬齊醫師還幫拉克絲做完整的婦科檢查。我們後來是從一名醫院職員安潔莉卡・透奈特那裡，拿到我們視爲珍寶的文件（她那份不受工會約束的薪水，幾乎無法應付生活開

7 早期的驗孕方法要用到兔子。

銷）。醫師的報告，用一連串龍飛鳳舞的數字編號，讓我們得以想像拉克絲穿著僵硬的紙袍站在體重計上（九十九磅），張嘴量體溫（華氏九十八．七度）、尿在塑膠杯裡（尿沉澱白血球6—8，潛血反應；黏液明顯；白血球2+）。一句簡單的評語「輕微擦傷」說明了她子宮壁的狀況，而且，在一次從此中斷的進擊行動中，拍了一張照片，顯示出她玫瑰色的子宮頸，看起來像攝影機的快門設定了極低的曝光度。（此刻它像一隻紅腫的眼睛，瞪著我們，進行無聲的控訴。）

「驗孕的結果是陰性，不過很明顯，她性行為頻繁。」透奈特女士告訴我們。「她有HPV（人類乳突病毒，尖銳濕疣的前兆）。性伴侶越多，HPV越多。就是這麼簡單。」

霍爾尼克醫師那天晚上剛好值班，設法在里斯本太太不知情的情況下，見了拉克絲幾分鐘。「那個女孩子還在等驗孕的結果，所以可想而知，她很緊張。」他說：「不過，不單只是如此而已，她還給人一種心神不寧的感覺。」這時拉克絲已經穿好衣服，坐在急診室的帆布床邊緣。霍爾尼克醫師向她自我介紹時，她說：「你就是那個跟我妹妹談過話的醫師。」

「是的。」

「你要問我問題嗎？」

「妳要我問我才問。」

「我只是來——」她壓低聲音——「看婦科的。」

「所以妳不要我問妳問題？」

「西西跟我們說過你讓她做的測驗。我現在沒有那種心情。」

「那妳現在是哪一種心情？」

「都不是。我只是有點累而已。」

「睡不夠嗎？」

「我一天到晚都在睡覺。」

「可是還是覺得很累？」

「對。」

「妳認爲爲什麼會這樣？」

在此之前，拉克絲都回答得很爽快，一邊盪著碰不到地的腳。這時她停了下來，凝視霍爾尼克醫師。她把身體往後退，頭往內縮，略微圓胖的下巴也腫了一點點。

「血液缺鐵。」她說：「我們家的人都這樣。我打算請醫師開點維生素給我。」

「她完全否認自己的狀態。」後來霍爾尼克告訴我們：「她很明顯沒有睡覺——是典型的憂鬱症狀——同時還假裝她的問題，連同她妹妹西西莉雅的問題，都不會有什麼實際的後果。」談到這裡，沒多久芬齊醫師就拿著檢查結果過來了。拉克絲開心地跳下帆布床。「她連開心都有一種狂躁的特質，幾乎可以說是激動了。」

這次會面後沒多久，霍爾尼克醫師就在他諸多報告的後半部，修改他對里斯本家女孩的看法。他引用茱蒂絲．衛斯柏格醫師最近發表的一份報告，探討「青少年面對手足自殺，痛失親人的過程」（見「補助研究清單」），給里斯本家女孩的古怪行爲——不與人往來，突然激動或緊張——找到一個解釋。他在報告中堅稱，由於西西莉雅的自殺，另外幾個里斯本家的女孩出現「創傷後壓力症候群」。霍爾尼克醫師寫到：「自殺青少年的手足以自殺的行爲試圖控制悲傷，這種情況並不罕見。所以同一個家庭裡，很容易發生多起自殺行爲。」然後，在紙張邊緣，他拋棄醫學慣例，草草寫著兩個字：「旅鼠」。

接下來幾個月，這個理論逐漸傳開，也說服了很多人，因爲這讓事情變得很簡單。回顧起來，西西莉雅的自殺，已經像長期預言的事件一樣，有了它的高度。再也沒有人覺得震驚，接受它就是萬物根源的「第一因」，根本不需要進一步解釋。就像亨奇先生說的：「他們把西西莉雅推出來當壞人。」她的自殺，從這個角度來看，就像一種會傳染給周遭人的疾病。西西莉雅躺在浴缸裡，泡在自己的血中醞釀，釋放出由空氣傳染的病毒。她的姊姊們要來救她，結果也染上了病毒。沒有人在意最初西西莉雅是怎麼染病的。傳染變成解釋。其他四個女孩子，安安穩穩待在家裡，聞到奇怪的味道，對著空氣嗅了嗅，但是沒有理會它。扭曲的黑煙從她們的門縫底下鑽進去，在她們低頭用功的背後形成卡通裡的黑煙或黑影常見的邪惡形狀：戴著黑帽子的殺手，揮舞著匕首；一塊鐵砧即將落下。傳染性的自殺，讓這件事變得可以理解。頑強的細菌寄居在幾個女孩子喉嚨的培養基裡。到了早上，軟軟的鵝口瘡從她們的扁桃腺上冒出來。她們全身懶洋洋。從窗戶看出去，世界的光似乎黯淡了。她們揉揉眼睛，可是沒有用。她們覺得身子沉重，頭腦遲鈍。家裡的東西都變得沒有意義。一個床頭鐘變成一大塊造型塑膠，在一個爲了某種理由不斷標示進程的世界裡，說明一種叫做時間的東西。從這個方向來想里斯本家的女孩，就好像發燒的動物，呼出濃濁的氣息，在孤獨的幽禁處一天天死去。我們濕著頭髮來到室外，希望自己也能感染到病毒，也許就能讓我們分擔一點她們的癲狂。

夜晚，貓交配或打架的叫聲，躲在黑暗處的叫春聲，告訴我們，這個世界完全是一種激情，在萬物之間來回擺盪。獨眼暹羅貓的痛苦，跟里斯本家女孩的痛苦，沒什麼兩樣，連樹都有了豐富的感覺。第一片石瓦從他們家屋頂滑下來，差一吋就落在前廊上，埋進柔軟的草地裡。我們從遠處可以看到底下的瀝青，讓水流了進去。客廳裡，里斯本先生把一個舊油漆罐放在一處漏水下，然後看著它盛裝西西莉雅臥室天花板的午夜藍色澤（她選這種顏色，是因爲它像夜晚的天空；那個罐子已經放在櫃子裡很多年了）。接下來的日子，其他罐子陸續拿出來接水，暖氣爐上、壁爐上、餐桌上，可是沒有屋頂工人出現。大家相信，很可能是因爲里斯本家的人，再也不能接受有人侵擾他們家了。他們獨自忍受漏水，待在自家客廳的雨林裡。瑪麗經常露面，穿著紅心圖案的亮綠色或粉紅色毛衣，出來拿郵件（暖氣帳單、廣告，再也沒有私人信件了）。邦妮穿了一種罩衫，我們喜歡稱那是她的剛毛襯衣，主要是因爲衣服上布滿了尖尖的羽毛。「她的枕頭一定有破洞。」文斯．菲斯利說。那件羽毛裝，並不是一般預期的白色，而是暗褐色，取自農場養的劣等鴨，每次邦妮滿身羽毛出現，那些鴨子的囚牢味道就會往下風處飄送，不過反正沒有人會在附近。再也沒有人大膽走近那棟房子了，包括我們的父母和神職人員；連郵差都不願意碰到信箱，而是用尤金太太的《家庭圈》雜誌的書背，把蓋子掀開。現在那棟房子悄然無聲的衰敗更明顯了。我們注意到窗簾變得有多破爛，後來才發現，我們看的根本不是窗簾，而是一層薄薄的灰塵，上頭擦乾淨了幾個窺探洞。當場看到她們挖洞，是最過癮的事：粉紅色的手指尖貼著玻璃壓平，然後來回擦拭，露出一隻鑲嵌在玻璃上的明亮眼睛，往外看著我們。還有，雨水槽也垂下來了。

只有里斯本先生會出門，而我們跟那幾個女孩子唯一的接觸，就是透過她們留在他身上的痕跡。他的頭髮看起來梳得很徹底，彷彿那幾個女兒沒有別人可打扮，就好好打扮他。他的臉頰上，再也沒有貼著一小片一小片的衛生紙，中間有一點血跡，宛如小小的日本國旗。在很多人眼裡，這代表他的女兒們開始幫他刮鬍子，而且比智障喬的兄弟幫他做的還要細心（不過盧米斯太太堅持認爲，他在西西莉雅出事後，買了電動刮鬍刀）。不論詳情如何，里斯本先生成了我們一瞥那幾個女孩心靈的媒介。我們從她們向他需索的代價看到她們：他紅腫的眼睛，幾乎不再張開去看日漸消瘦的女兒；他因爲爬樓梯而磨損的鞋子，永遠威脅著要引領他成爲另一具無生命的軀體；他灰黃的面容，因爲同情她們而垂死；他迷惘的神色，說明這個男人瞭解，這樣垂死的生命，將是他唯一擁有的生命。他出門去教書時，里斯本太太不再幫他準備咖啡，可是他坐在駕駛座上，總是會不由自主地把手伸向儀表板的杯架，要去拿咖啡杯……然後把前一週的冷咖啡拿到唇邊。在學校裡，他裝出虛假的笑容和友善的眼神走在走廊上，或者裝出孩子氣的精神，大喊：「看我的臀擊[8]！」，然後把學生壓在牆上。不過他實在壓得太久了，一直靜止不動，直到學生說「爭球」或「你現在是在判罰區，里斯本先生」等等可以擺脫他的話。肯尼．簡金斯有一次被里斯本先生用腋下夾住頭，他談到那次兩人之間的平靜氣氛。「很怪，我可以聞到他的氣息，可是我沒有試圖掙脫。那就好像被一群黑人壓在底下，人都快被壓扁了，卻還是完全心平氣和。」有些人很欣賞他能夠繼續教書；有些人則罵他鐵石心腸。在綠色西裝底下，他看起來開始瘦骨嶙峋，彷彿西西莉雅臨死前，曾經短暫將他拉到另一邊去。他讓我們想到林肯總統，手腳靈活，沉默寡言，將全世界的痛苦扛在背上。他

8 Hip Check，冰球術語。

每次經過飲水機，就一定要品嚐那短暫的慰藉。

接著，幾個女孩子不再上學之後不到一個半月，里斯本先生突然辭職了。我們從校長祕書蒂妮·佛萊雪那裡知道，伍德豪斯先生找里斯本先生去開會，討論耶誕假期的事，董事會主席迪克·傑森也參加那次會議。伍德豪斯先生請蒂妮去辦公室的小冰箱裡拿紙盒裝的蛋奶酒來給大家喝，里斯本先生在接過來之前，問了一句：「這裡面沒有酒吧？」

「現在是耶誕節耶。」伍德豪斯先生說。

傑森先生聊到玫瑰碗比賽。他對里斯本先生說：「你以前是密西根大學的校隊吧？」

這時伍德豪斯先生指示蒂妮可以出去了，不過在她出去之前，她聽到里斯本先生說：「我是，可是我不記得跟你說過這件事，迪克。看來你一直在看我的個人檔案。」

幾個大男人都笑了，可是沒有笑意。蒂妮把門關上。

一月七日，假期結束，里斯本先生已經不是學校的一員了。嚴格說來，他算請假，可是新來的數學老師寇林斯基小姐，顯然覺得她的位置夠穩固，把所有行星都從天花板的軌道上取下來了。墜地的星球堆積在教室角落，像宇宙最後的垃圾堆，火星埋在地球裡，木星破成兩半，土星環劃破了可憐的海王星。我們一直不知道他們在會議上到底說了什麼，不過重點很清楚：蒂妮·佛萊雪告訴我們，西西莉雅自殺後沒多久，家長就開始抱怨。他們堅稱一個連自己的家都管不好的人，沒有資格教他們的孩子，隨著里斯本家的房子不斷破落，反對聲浪越加高漲。里斯本先生的行為也只會幫倒忙。千篇一律的綠色西裝、不到教職員餐廳用餐、拔尖的女高音突出於男子合唱團之中，宛如喪親的老女人在慟哭。他是被免職的。而且是回到一棟有時連晚上都不開燈的房子，連大門也不開。

現在那棟房子是眞的死了。因爲在里斯本先生來回學校的那段時間，他還能讓一小縷生氣在屋子裡流動，還能帶東西回來給女兒們吃——巧克力椰子糖、橘子冰棒、彩色軟糖。之前，我們可以想像那幾個女孩子的感覺，因爲我們知道她們都吃些什麼。我們可以學她們猛吃冰淇淋，跟她們一起頭痛。可以讓自己吃巧克力吃到吐。可是里斯本先生不再出門，也就不再帶甜食回家，我們就完全沒辦法確定她們吃什麼東西了。里斯本太太寫的字條讓送牛奶的很生氣，從此不再送牛奶給他們，不管是好的還是壞的。克羅格也不再送雜貨來了。里斯本太太的母親，萊瑪．克勞福德，在我們打到新墨西哥去的同一通吵雜電話裡，說她把她在夏天做的醬瓜和醃製品大半都給了里斯本太太（說到「夏天」時，她很遲疑，因爲那就是西西莉雅死的那個夏天，而在此同時，所有的黃瓜、草莓，連她自己，一個七十一歲的老女人，都還繼續生長，繼續活著）。她還告訴我們，爲了預防核子彈攻擊，里斯本太太在樓下儲存了大量的罐頭食品，還有飲用水及其他備品。顯然他們在樓下有個防空洞，就在我們看著西西莉雅往上爬向死亡的那個娛樂間旁邊。里斯本先生甚至還裝設了一個丙烷露營便盆。可是他們做這些準備，是預期危險會來自外界的時候，在那當時，沒有人會認爲一個藏在自家屋子裡的逃生室，會成為一具大棺材。

看到邦妮明顯日漸消瘦，我們更擔心了。天剛破曉，塔克叔叔正要去睡覺時，常看到邦妮走到前廊來，她一定是誤以為整條街的人都還在睡覺。她總是穿著那件羽毛罩衫，有時還會拿著塔克叔叔稱為「慰安婦」的枕頭，因為她抱枕頭的方式。枕頭有一角破了，漏出羽毛來，在她的頭四週飛舞。她打噴嚏。她的長脖子又細又白，走起路來像比亞法拉人一樣搖搖擺擺，彷彿她的髖關節需要加點潤滑油。由於塔克叔叔自己就因為喝太多啤酒而瘦得像皮包骨一樣，所以關於邦妮的體重，我們相信他的說法。那跟安伯森太太說邦妮越來越瘦是不一樣的。跟安伯森太太比起來，每個人都很瘦。可是塔克叔叔的藍綠色混銀皮帶環，在他身上就像鑲了寶石的重量級拳擊冠軍腰帶一樣大。他很清楚自己在說什麼。總之，他一手放在冰箱上，從車庫往外看，看到邦妮·里斯本以不協調的動作，走下兩階前廊階梯，繼續穿過草皮，來到幾個月前挖掘後留下的小土堆前，就在妹妹死亡的現場，開始念起玫瑰經。她一手拿著枕頭，一手撥動念珠，還留意要在街上第一盞屋裡的燈亮起、整個社區醒來之前結束。

我們不知道那是叫刻苦，還是叫挨餓。塔克叔叔說，她看起來很平靜，沒有拉克絲的激烈慾望，也沒有瑪麗的不苟言笑、一本正經的表情。我們問她有沒有拿著一張聖母的護貝照片，可是他覺得應該沒有。她每天早上都到外面來，只是有時候，如果電視上有華人探長陳查理的電影，塔克叔叔就會忘了出來看一下。也是塔克叔叔最先察覺我們一直無法辨識的味道。有一天早上，邦妮出來到土堆旁，沒關大門，塔克叔叔就聞到一股他從來沒有聞過的味道。起先他以為只是邦妮身上那種潮濕羽毛的氣味變重了，可是她回屋裡去以後，那味道還是遲遲不褪，等我們醒來後，我們也聞到了。因為在那棟房子開始衰敗、發出陣陣腐敗食物和潮濕地毯的味道的同時，這另一種味道，也開始從里斯本家飄送出來，入侵我們的夢境，讓我們一遍又一遍洗手。那味道濃到好似液體，走進它的氣流裡，感覺就好像被水灑了一身。我們努力尋找它的源頭，在院子裡尋找死掉的松鼠或肥料袋，可是那氣味裡有太多的糖漿，不會是死亡的味道。那味道絕對是屬於生命的，還讓大衛．布雷克想到他有一次跟爸媽去紐約玩，在紐約吃到的那道奢侈的蘑菇沙拉。

「那是受困海狸的味道。」保羅．波迪諾說，一副很明智的樣子，我們所知有限，無法反駁，但還是很難想像這樣的味道會是從愛的心懷裡產生。那味道是由口臭、乳酪、牛奶、舌苔，還有鑽孔的牙齒燒灼的味道混合起來的。是那種越靠近就越習慣的口臭，直到你再也聞不到，因為它已經成為你自己的味道。當然，這些年來，女人張開的嘴巴也曾對著我們吹送那原始味道的某些成分，而偶爾，在那一夜的背叛或盲目約會之中，我們也會在陌生的床單上方調整好姿勢，貪婪地迎接所有獨特濃烈的新氣味，只因為它跟里斯本家飄出來的味道有部分關連。那味道在那棟房子封閉之後不久就出現，而且從未真正停歇。即使是此刻，只要我們夠專心，還是聞得到。我們在自己的床上聞到它，在玩鬼抓人的遊戲場上聞到它；它從卡拉菲利斯家的樓梯傳下去，讓卡拉菲利斯老太太夢見她回到土耳其布爾薩煮葡萄葉。那個味道甚至壓過喬．巴頓他爺爺的雪茄臭味，當時他正拿當海軍時的照片給我們看，對我們解釋那幾個穿著襯裙的豐滿女人只是他的堂姊妹。奇怪的是，雖然那味道如此嗆烈，我們卻沒有一次想到要憋住呼吸，再不然最後的辦法就是用嘴巴呼吸，而且過了最初幾天之後，我們就如同吸奶一樣，吸吮那氣味。

接下來是晦暗沉睡的月分：冰封的一月，無情的二月，髒污泥濘的三月。那時我們還有冬天，大雪紛飛，不得不停課。下雪的早晨，我們在家裡聽著收音機裡播報學校停課的消息（一連串印第安郡名，瓦西特諾郡、夏爾瓦西郡，一直聽到我們這個屬於盎格魯—薩克遜的韋恩郡），還能體會像拓荒人一樣，有個能抵擋風雪的溫暖處所，那種充滿生趣的感覺。現在，由於從工廠吹來變化萬千的風，還有地球逐漸攀升的溫度，再也沒有鋪天蓋地的大雪，只有夜晚慢吞吞累積的小雪，有如短暫一現的泡沫。世界，這個疲憊的演出者，又給了我們一個半吊子的季節。回到里斯本女孩存在的那些日子，每個星期都下雪，我們把車道上的雪剷到一旁，雪堆得比車子還要高。卡車把鹽傾倒在路上。耶誕節的燈亮起，威爾森老先生又俐落開始一年一度的盛大演出：二十英尺高的雪人，還有三隻機械馴鹿，拉著坐在雪橇裡的耶誕老公公。這項展示總是吸引一長串的車輛湧上我們這條街，可是那一年，車流會慢下來兩次。我們可以看到一個又一個家庭對著耶誕老公公指指點點，說說笑笑，然後又停下來，像墜機現場的圍觀民眾一樣，在里斯本家前殷切眺望。里斯本家一直到耶誕節後才點燈，讓那棟房子看起來更淒涼了。隔壁皮森伯格的草地上，三個被雪困住的天使吹著紅色喇叭，另一邊的貝茨家，彩色軟糖在結霜的灌木叢裡閃閃發亮。一直到一月，里斯本先生失業一個星期後，他才走出來掛燈飾。他用燈飾蓋住前面的灌木叢，可是等他插上電，卻對結果很不滿意。剛好貝茨先生走向他的車。「有一顆是會閃的信號燈。」他對貝茨先生說：「盒子上寫是尖頭的燈，可是我全都看過了，怎麼也找不到那顆燈泡。我討厭一閃一閃的燈。」或許他真的找過了，可是只要他記得插電的夜晚，那些燈還是持續一閃一閃。

整個冬天，那幾個女孩子都難得一見。有時某一個姊妹會走出門來，雙手互抱抵禦冷風，呼出來的氣朦朧了她的臉，待個一分鐘又回屋裡去了。到了晚上，特芮絲持續用她的無線電，輕敲出帶她離家遠走的訊息，到南方溫暖的州，甚至遠到南美洲的盡頭。提姆．溫納搜尋無線電波，尋找特芮絲使用的頻率，好幾次聲稱他找到了。有一次她跟一個住在喬治亞州的人談他的狗（關節炎，有開刀嗎？），還有一次她透過那個沒有性別、沒有國籍的媒介物，跟某人對答了幾句，溫納設法記錄下來了。他的原始紀錄全是點跟線，不過我們要他以英文寫出來。他們的對話大概是這樣：

「你也是？」

「我哥。」

「幾歲？」

「二十一。很帥。小提琴拉得很好。」

「怎麼做的？」

「附近的橋。河水很急。」

「怎麼想開的？」

「永遠不會。」

「哥倫比亞是什麼樣子？」

「溫暖，平靜。來玩。」

「我想。」

「妳誤會摩托幫了。」

「得走了。我媽在叫我。」

「我照妳說的，把屋頂漆成藍色了。」

「拜。」

「拜。」

就這樣。我們認爲，這段對話的意思很明顯，這代表一直到三月，特芮絲都還努力尋求一個更自由的世界。大約就在這段時間，她寄了入學申請給好幾所學校（後來記者對此大做文章）。姊妹們也訂了好多郵購型錄，都是她們永遠不會買的東西，里斯本家的信箱再度裝滿了郵件：史考特—施若普湯的家具型錄，高級服飾，異國假期。她們哪裡也不能去，就在想像裡，去參觀了立著金色尖塔的暹羅寺廟，或者跟一個拿著水桶和葉子掃把，正在打掃一小塊被苔蘚覆蓋的日本老人擦身而過。我們一知道那些型錄的名稱，就立刻去要了來，看她們想去哪裡。《遠東探險》。《自在遨遊》。《通往中國之旅的隧道》。《東方特快車》。我們全都要來。然後，一邊翻著內頁，一邊跟她們健行穿越塵土飛揚的山隘，三不五時停下來幫她們把背包拿下來，把我們的手放在她們溫暖又濕潤的肩上，一起看著遠方橘紅色的夕陽。我們跟她們一起在水上涼亭裡喝茶，底下是燦爛奪目的金魚。我們想做什麼就做什麼，而且西西莉雅也沒有自殺：她在加爾各答當了新娘，戴著紅色面紗，腳跟有印度彩繪。我們能感覺靠近那幾個女孩子的唯一辦法，就是透過這些永遠不可能成行的旅行，而這些旅行，也在我們身上留下永恆的傷疤，讓我們作夢時比跟妻子在一起還滿足。我們有些人還拿著型錄單獨進房間，或者藏在衣服底下帶進帶出，用這些型錄做壞事。不過反正我們也沒什麼事好做，雪下個不停，天空永遠是灰濛濛的。

我們很想斬釘截鐵告訴各位，里斯本家裡面是什麼狀況，或者那幾個被困在其中的女孩子，是什麼感覺。有時候，爲這場調查耗盡心力，我們很渴望找到些許證據，如同羅塞塔石碑的證據，讓我們終於能說明她們的情況。可是即使我們能確定那絕對不是一次愉快的冬天，卻也不能再多證明什麼。試圖釐清姊妹們的痛苦，就像醫師逼我們做的自我檢查一樣（我們已經到了那個年紀了）。我們必須定期以客觀而超脫的態度，探索我們最私密的囊袋，壓一壓，讓我們驚訝它經過解剖的實像：兩顆烏龜蛋躺在一窩微小的海葡萄裡，有微管曲折進出，還有軟骨形成的小瘤瘤。醫師要求我們要在這路徑不明的地方，在自然形成的凝塊和線圈中，找到突然出現的入侵者。這樣一找，我們才知道自己竟然有那麼多腫塊。於是我們躺下來，摸索，撤退，再摸索，而死亡的種子就在上帝在我們身上造就的混沌中，迷失了。

那幾個女孩子的情況也一樣。我們開始對她們的悲傷進行觸診，才發現我們很迷惘，不知道這特別的傷口，會不會致命，又或者（在我們一知半解的行醫下）它到底算不算傷口。它很可能只是一張嘴巴，因爲它就跟嘴巴一樣潮濕溫熱。疤痕有可能在胸口，也有可能在膝蓋。我們無法分辨。我們能做的，就只是越過雙腿雙手繼續往上探索，越過左右對稱的軀幹，來到想像的那張臉。它在對我們說話，可是我們聽不見。

每天晚上我們仔細觀察姊妹們的房間窗戶。晚餐桌上，我們的談話總是免不了會轉到這家人的困境上。里斯本先生會找到別的工作嗎？他要怎麼養家？那幾個女孩子能忍受被關多久？連卡拉菲利斯老太太都罕見地爬到一樓去（那天不是洗澡日），只爲了把街道那頭的里斯本家看個仔細。我們想不起來還有哪個情況，讓卡拉菲利斯老太太對世事產生興趣，因爲打從我們認識她開始，她就住在地下室等死。有時戴摩·卡拉菲利斯會帶我們下樓去玩手足球，而我們穿過暖氣導管、備用的帆布床和破舊的行李箱後，會來到卡拉菲利斯老太太布置成模仿小亞細亞風格的房間。假葡萄從天花板上的格子垂下來；裝飾精美的盒子裡養著蠶；煤渣磚牆上漆著跟那個古老國家的天空一模一樣的天藍色。貼在牆上的明信片，就像通往另一個時空的窗口，卡拉菲利斯老太太仍活在那個時空裡。綠色山脈矗立在背景中，前面讓給缺角的土耳其墓碑，紅瓦屋頂，一陣煙從七彩絢麗的角落裡賣熱麵包的男人那裡升起。戴摩·卡拉菲利斯從來沒有告訴我們，他奶奶有什麼毛病，也不認爲讓她住在地下室，被大鍋爐和汩汩作響的排水管（我們住的低地郊區很容易淹水）圍繞有什麼不對。儘管如此，她停在明信片前，舔一下大拇指，把大拇指壓在同一個泛白的位置；露出金牙微笑、對著遠方點頭、彷彿在跟路人打招呼的樣子，這些都告訴我們，卡拉菲利斯老太太曾經被一段我們一無所知的過往折磨過、傷心過。要是眞的看到我們，她會說：「把燈關掉，小寶貝。」我們照辦了，把她留在黑暗中，用幫她丈夫辦喪事的殯儀館每年耶誕節送的扇子幫自己搧風（那支用便宜卡紙釘在冰棒棍上的扇子，上頭的圖案是耶穌上十字架前夜，在克西馬尼園禱告，耶穌身後籠罩著不祥的雲，另一面則是喪葬服務的廣告）。除了洗澡之外，卡拉菲利斯老太太會到樓上去——她的腰上綁一條繩子，戴摩的父親在前面輕輕拉，戴摩和幾個兄弟在後面幫忙——就只有《開往伊斯坦堡的火車》每兩年一次在電視上播出時。那時她會坐在沙發上，身體往前傾，興奮地像個小女孩，等待火車經過幾座翠綠山丘的十秒鐘畫面，她魂縈夢繫的山丘。她會舉起雙手，發出禿鷹般的叫聲，火車也就在這時候——每次都一樣——消失在山洞裡。

卡拉菲利斯老太太向來對社區八卦沒什麼興趣，主要是因爲她聽不懂，而她聽得懂的那些，又似乎都是些小事。她年輕時，曾爲了逃避土耳其人殺害而躲在山洞裡，整整一個月只吃橄欖果腹，還把果核吞下，讓肚子感覺飽一點。她親眼看到家人被殘忍殺害，看過男人被吊在大太陽底下，吃自己的私處，現在聽到湯米．里格斯怎麼把爸媽的林肯車撞到全毀，或者柏金斯家的耶誕樹怎麼起火，燒死他們家的貓，她不懂有什麼好大驚小怪的。她唯一一次打起精神，是有人提到里斯本家女孩，而且她並不是要發問，或者想知道更多細節，而是要跟她們心電感應。要是聽到我們在談那幾個女孩子，卡拉菲利斯老太太會抬起頭來，辛苦地從椅子上站起來，拄著枴杖走過冰冷的水泥地板。地下室的一頭有個窗井，讓微弱的光線透進來，她走到冰冷的窗格前，盯著蜘蛛網後面的一小方天空。那幾個女孩的世界，她能看到的就只有那麼多，就只有她們家上方的那一片天空，可是這樣就夠多了。我們突然想到，也許她跟那幾個女孩子都會用雲的形狀來解讀苦難的隱密徵兆，儘管她們年紀差異如此之大，但是她們之間有某種不受時間限制的溝通，彷彿她正用晦澀難解的希臘語，給姊妹們忠告：「不要把時間浪費在生命上。」窗井裡堆積著護根層和被風吹過來的落葉，還有一張我們以前做碉堡時留下的壞椅子。卡拉菲利斯老太太的家居服可以透光，單薄布料、灰褐圖案，就像紙巾一樣。她的拖鞋是適合穿去土耳其浴場（一個充滿蒸汽的地方）的那種，並不適合走過通風良好的地板。聽到里斯本姊妹又被關在家裡的那一天，她突然抬起頭來，點頭，沒有笑容。可是，看來她已經知道了

她在每週一次洗瀉鹽澡時，談到那幾個女孩子，或者跟她們說話，我們分不出是哪一個。我們沒有靠太近，也沒有靠在鑰匙孔上聽，因爲我們偶爾幾次瞥見卡拉菲利斯老太太，晃著來自另一個世紀的下垂胸脯和青色雙腿，但令人吃驚的是放下的頭髮又長又光滑，像個年輕女孩，這樣矛盾的意象讓我們覺得尷尬，連浴缸放水的聲音都讓我們臉紅。她含糊的聲音壓過水聲，抱怨這裡痛那裡痛，而那個也不年輕的黑人女士，哄著她踏進浴缸，兩人就跟著她們的衰老一起關在浴室門後面，叫喊，歌唱，先是黑人女士，然後是卡拉菲利斯老太太。最後只剩下我們無法想像是什麼顏色的水。四處潑濺的聲音。洗完澡之後，她再度出現，就跟先前一樣蒼白，頭上包著一條毛巾。黑人女士在卡拉菲利斯老太太的腰上綁繩子、開始慢慢帶著她下樓梯時，我們可以聽到她肺部膨脹的聲音。儘管卡拉菲利斯老太太的願望是早一點死，可是她下樓時，似乎總是很害怕，緊抓著欄杆，無框眼鏡後的眼睛睜得好大。有時她經過我們身邊，我們會告訴她那幾個女孩子的最新狀況，她會喊

一聲：「Mana!」，戴摩說意思跟「眞要命！」差不多，可是她看起來沒有一次是眞的很意外的樣子。在她每星期看一次的窗戶之外，在街道之外，活著一個世界，卡拉菲利斯老太太知道，那個世界已經垂死好多年了。

說到底，讓她詫異的不是死亡，而是頑固的生命。她不懂里斯本家的人怎麼能這麼安靜，爲什麼他們沒有哭天喊地，或者瘋掉。看到里斯本先生掛耶誕燈飾，她搖搖頭，低聲咕噥。她放開一樓特別裝設的老人專用扶手，在海平面的高度走了幾步，沒有靠東西支撐，七年來第一次不覺得哪裡痛。戴摩是這樣跟我們解釋的：「我們希臘人是大喜大悲的民族。自殺我們可以理解，可是在親生女兒自殺後掛耶誕燈飾，這我們就無法理解了。我的 yia-yia（奶奶）永遠無法瞭解美國的一點是，爲什麼每個人都要假裝隨時都很快樂。」

冬天是酗酒和絕望的季節。數一數俄羅斯的酒鬼和康乃爾大學的自殺人數就知道了。那麼多考生從那丘陵起伏的校園一躍而下，逼得學校宣布放仲冬假，以舒緩緊張的氣氛（更常見的說法是「自殺假」，這是我們在電腦上搜尋時跑出來的資料，同時出現的還有「自殺行」和「自殺車」）。我們也不懂那些康乃爾的大學生是怎麼回事。一個叫碧安卡的，才第一次用子宮帽，眼前還有美好前程，從行人天橋往下跳，只用身上的羽毛背心當緩衝；比爾，灰暗的存在主義者，抽丁香菸，穿救世軍大衣，不是跟碧安卡一樣自己往下跳，而是好整以暇跨過欄杆，死命抓穩，然後放手（選擇行人天橋的人裡，百分之三十三肩部肌肉有撕裂傷，另外百分之六十七則是義無反顧跳下去）。我們現在提到這些，只是要證明，連可以痛快喝酒、自由做愛的大學生，都有很多人自尋死路。想像一下里斯本家的女孩，關在自己的家裡，沒有震天嘎響的音響或隨手可得的大麻菸，那是什麼情況。

報紙後來創了一個名詞，「自殺協定」，把那幾個女孩子寫得好像機器人，是幾乎不算活著的生物，所以死亡對她們來說其實也沒有太大的改變。波爾小姐的報導沸騰了兩、三個月，她在多方著墨的文章中，用一個標題：「當年輕人看不到未來時」，把那四個人的痛苦濃縮成一個段落，四個難以辨別身分的人物用黑筆在日曆上劃叉，或者手牽著手進行她們自創的安魂彌撒。波爾小姐的推測中，處處看得到撒旦崇拜的指涉，或者暗示可能跟妖術勉強扯得上一點關係。她大加渲染燒唱片事件，經常引用提到死亡或自殺的搖滾樂歌詞。波爾小姐跟當地一個ＤＪ交上朋友，花了一整個晚上聽拉克絲的同學列出來的唱片清單，據說都是她最喜歡聽的。從這項「研究」中，她有了一個最得意的發現：一首由「殘酷十字座」樂團唱的歌，歌名是〈終結童貞〉。這首歌的副歌在後面，不過不管是波爾小姐還是我們，都無法判斷這張唱片有沒有在里斯本太太逼拉克絲燒掉的那些唱片裡面：

終結童貞
她在哭什麼？
沒有必要繼續
這場大屠殺之行
她給了我她的處女之身
她讓我終結了童貞

這首歌當然恰好吻合一股黑暗力量包圍那幾個女孩的概念，那是某種我們無能爲力的巨大邪惡勢力。然而她們的行爲，跟巨大一點也兜不上邊。拉克絲在屋頂上幽會時，特芮絲在玻璃杯裡養螢光海馬；走廊另一頭，瑪麗花好幾個鐘頭看著她可以移動的鏡子。那面鏡子裝在一個粉紅色的橢圓形塑膠框裡，外面有一圈裸露的燈泡，就像女明星更衣室裡的鏡子一樣。鏡子上頭有個開關，讓瑪麗可以模擬各種時間和天氣。有「上午」、「下午」、「晚上」等情境，還有「晴天」與「陰天」。瑪麗可以坐在鏡子前面好幾個鐘頭，看著她的臉在變化多端的虛僞世界裡游移。她在晴天時戴墨鏡，在陰天時把自己包得緊緊的。里斯本先生偶爾會看到她不斷切換開關，一次經歷十幾二十天，而且她常要某個姊妹坐在鏡子前，好讓她提供建議。「妳看，妳的黑眼圈在陰天時會很明顯，那是因爲我們的皮膚比較蒼白。要是遇到大晴天……等一下……妳看，這樣就不見了。所以妳在陰天時粉底或遮瑕膏應該擦厚一點。晴天時，我們的膚色很容易洗白，所以需要多一點顏色。上點口紅，甚至是眼影。」

波爾小姐的文字探造燈也很容易就把幾個女孩子的特色洗白。她用陳腔濫調來形容她們，說她們「神祕」或「孤僻」，甚至還有一次說她們「深受天主教教堂的異教觀點吸引」。我們從來也沒搞清楚那句話到底是什麼意思，可是很多人都覺得那跟她們試圖搶救她們家前面的榆樹有關。

春天終於來了。樹木發了新芽。融雪時，原本冰封的街道會突然爆裂。貝茨先生每年都會記錄路上新出現的坑洞，用打字機列出一張清單，寄給交通處，今年也不例外。四月初，公園處的人回來把被判死刑的榆樹周圍的帶子換掉，不過這次用的不是紅帶子，而是黃色帶子，上頭印了這幾行字：「此樹患有荷蘭榆樹蠹蟲病，即將移除，以防止病菌擴散。公園處令。」得繞樹三圈，才能把整句話看完。里斯本家前院的榆樹（見陳列品#1）就列在被賜死的清單內，然後就在天氣還很涼爽時，來了一卡車的人，要把樹砍掉。

我們知道他們要怎麼做。先是一個人坐在玻璃纖維籠裡，升到樹梢，在樹皮上鑽一個洞，把耳朵靠過去，彷彿在傾聽榆樹逐漸減弱的脈搏；接著，沒有任何儀式，他開始剪斷較小的枝條，枝條掉入下方那個人貪婪迎接的橘色手套中。他們把樹枝堆得很整齊，彷彿那是裁切好的小木板，然後拿到工程車後面用電鋸鋸斷。木屑粉塵飛到街上，許多年後，要是偶然去到復古酒吧，地上的鋸木屑總是會讓我們想到那些被推入火坑的樹。把樹幹剝光後，工人繼續去剝光別的樹幹，那棵樹就暫時頹喪立在原處，試圖要舉起它發育不良的手臂，像個被打成啞巴的傢伙。只是它的突然失聲，反而讓我們明白，它一直在說話。那些進入等死狀態的樹，像極了波迪諾家的烤肉架，我們這才瞭解，鯊魚山米不是把逃生通道做成樹當時的樣子，而是極有遠見地把它做成樹日後的樣子，這樣要是他眞有一天逼不得已必須逃亡，就可以從上百個一模一樣的樹幹裡逃走了。

通常，大家都會出來跟他們的樹道別。一家人集合在草地上，與鏈鋸保持安全距離，有疲憊的父母，兩、三個長髮青少年，還有一頭毛上面綁著蝴蝶結的獅子狗，這並不是罕見的畫面。這裡的住戶覺得他們擁有這些樹。他們家的狗每天都在樹上做記號。他們家的孩子把樹當成遊戲基地。他們搬來時樹就在那裡，也讓人以爲他們搬走時它還會在那裡。可是公園處的人來砍樹了，很明顯樹並不是我們的，而是市政府的，他們可以全權處置。

不過，剪去枝條時，里斯本家的人並沒有出來看。幾個女孩子在樓上窗戶觀望，臉色像冷霜一樣白。在上面的那個人進攻又撤退，剪斷榆樹重要的綠皇冠。他砍掉去年夏天就已經生病的枯枝與黃葉，再繼續把健康的樹枝也剪掉，只留下樹幹，孤伶伶佇立，像里斯本家前院的灰柱。那些工人開著車走了以後，我們不敢確定樹到底是死了還是仍活著。

接下來兩個星期，我們等著公園處的人回來把事情做完，可是他們三個星期後才回來。這一次，兩個男人帶著鏈鋸下車。他們沿著樹幹繞了一圈，量了尺寸，然後把鋸子固定在大腿上，拉一下發動繩。當時我們在卻斯．畢爾家的地下室玩小型撞球，可是鏈鋸的嘎嘎聲從我們頭上方的裸露屋椽傳過來。鋁製的暖爐排氣口也喀喀響。色彩鮮豔的球在綠毛氈上顫抖。鏈鋸的聲音像牙醫的鑽牙機，塞滿我們的腦袋。我們跑出去，看到幾個工人走向榆樹。他們戴著護目鏡，阻擋飛舞的木屑，不過除此之外，就像習慣殺戮的劊子手，一副慢條斯理、無趣至極的樣子。他們拉起糾結在一起的封鎖線。一個人吐出菸草汁。然後，他們啓動發動機，正要把樹鋸成兩半之際，工頭突然從工程車上跳下來，雙手激動揮舞。草地另一頭，里斯本姊妹靠在一起，往工人那裡跑過去。當時正在旁邊看的貝茨太太，說她以爲那幾個女孩子是打算自己撲向鏈鋸。「她們直接衝過去，眼神看起來很瘋狂。」公園處的人不知道工頭幹嘛跳上跳下。「我毫無防備。」一個人說：「她們頭一低，就閃進我的鋸子底下。感謝上帝，我及時看到她們。」兩個工人都看到了，把鋸子舉高，往後退。里斯本姊妹從他們身邊跑過。她們也有可能本來是在玩遊戲。她們轉頭往後看，彷彿怕被後面當鬼的人抓到。不過這時她們已經跑到安全的區域。工人關掉鏈鋸，震動的空氣也安靜下來。姊妹們圍著樹，手牽著手，像環環相扣的雛菊鍊。

「走開。」瑪麗說：「這是我們的樹。」

她們不是面對工人，而是面對樹，把臉頰貼在樹幹上。特芮絲和瑪麗穿了鞋子，邦妮和拉克絲則是光著腳跑出來，這讓很多人相信，這次搶救行動是臨時起意的。她們抱著樹幹，樹幹在她們頭上指向虛無。

「姑娘，姑娘，」工頭說：「妳們太遲了。樹已經死了。」

「那是你說的。」瑪麗說。

「樹長了蠹蟲。得把它砍掉，才不會傳染給別的樹。」

「又沒有科學證據證明砍樹可以控制傳染。」特芮絲說：「這些樹已經活很久了。它們有演化的策略可以對付蠹蟲。你們爲什麼不把問題交給大自然？」

「要是我們把問題交給大自然，這裡就沒有半棵樹了。」

「不管怎樣，最後都會變成那樣啊。」拉克絲說。

「要是當初船沒有把黴菌從歐洲帶過來，」邦妮說：「這些事就不會發生了。」

「發生的事已經來不及挽回了，小妹妹。現在我們只能用現有的技術，能救多少算多少。」

其實，這些對話有可能根本沒有發生過。我們是從零散的敘述中拼湊出來的，也只能證明內容大致是這樣。姊妹們確實覺得讓樹自生自滅，它們會更有機會存活，也確實認爲人類的自大是病菌傳播的罪魁禍首。可是很多人覺得這只是個煙幕。大家都知道，那棵榆樹一直是西西莉雅的最愛。

樹上塗了焦油的節孔，還留著她小小的手印。席爾太太想起，春天時，西西莉雅常站在樹下，想接住迴旋落下的螺旋狀種子。（就我們而言，我們記得那些綠色的種子包在一個纖維狀的翅膀裡，也記得它們會像直升機一樣盤旋落地，可是我們不確定那是從榆樹上落下的，還是別的樹，譬如栗樹。我們這幾個手邊都沒有植物學手冊，現在的國家公園管理員和個性實際的人，都好流行看這種東西。）總之，我們這個社區有許多人都覺得很容易想像姊妹們爲什麼把榆樹跟西西莉雅聯想在一起。「她們不是要救樹，」席爾太太說：「她們是要搶救對她的記憶。」

樹的周遭圍了三圈人：里斯本姊妹的金髮一圈，公園處人員的森林綠一圈，以及稍遠處，旁觀人群又一圈。工人跟姊妹們講道理，然後口氣變得嚴厲，再來以讓她們坐上工程車去繞一圈當作賄賂，最後是語出威脅。工頭要手下先去用餐，認爲那幾個女孩子應該等一下就會放棄了，可是四十五分鐘後，她們還是手牽手圈著樹。最後他走向屋子，去跟里斯本夫婦談，可是，大家都很意外，他們不肯幫忙。夫婦倆一起來開門，里斯本先生一隻手環抱妻子，展現難得的肢體親密。「我們獲令要來砍你們的榆樹，」工頭說：「可是你們家的孩子不肯讓我們砍。」

「你們怎麼知道樹生病了？」里斯本太太說。

「相信我。我們知道。它的葉子都枯了。我是說之前它的葉子都枯了。我們已經把小樹枝都砍掉了。拜託，這棵樹早就死了。」

「我們是支持艾瑞泰斯法的。」里斯本先生說：「你對這東西熟嗎？我們家女兒給我們看過一篇文章，說那是一種不那麼激烈的療法。」

「而且沒有用。聽我說，要是不管這棵樹，明年其他樹就會死光光了。」

「無論如何都會死的，萬物都一樣。」里斯本先生說。

「我不希望必須動用警察。」

「警察？」里斯本太太說：「我們家女兒只是站在自家院子裡。這種事什麼時候犯法了？」

說到這裡，工頭放棄了，不過他一直沒有實踐他的威脅。等他走回工程車時，波爾小姐的藍色龐帝克剛好開到工程車後面停下來。一位報社的攝影師已經開始拍攝後來會登在報紙上的照片。姊妹們跑出來圍著樹，到波爾小姐像威基[9]一樣抵達，間隔不到一個鐘頭，可是她一直不肯透露放消息給她的人。很多人都相信，是那幾個女孩子跟她說的，因爲她們想訴諸媒體，可是這點我們不得而知。攝影師繼續拍照，於是工頭要手下都上車。第二天，報紙上登了一小篇報導，還附了一張姊妹們擁抱榆樹的粗紋照片（陳列品#8）。她們看起來很像一群德魯伊教徒，正對著樹行崇拜禮。照片裡，看不出來那棵樹在她們歪斜的頭上方二十英尺處，就硬生生沒了。

9 Weegee，美國一九四〇年代重要攝影記者，以拍攝紐約街頭的犯罪暴力情景著稱。他會監聽警察廣播電臺以便快速趕到犯罪現場。

「去年夏天，東區少女西西莉雅．里斯本自殺，引起國人關注一項全國性的問題。本週三，西西莉雅的四個姊妹冒著生命危險，試圖搶救西西莉雅生前摯愛的榆樹。去年榆樹被診斷出患有荷蘭榆樹蠹蟲病，排定於今年春天砍除。」從以上這段報導，可以清楚看出波爾小姐接受了這個推論，也認為姊妹們救樹是為了紀念西西莉雅，而從西西莉雅的日記中讀到的內容，我們也看不出有什麼持相反意見的理由。不過，多年後，我們找里斯本先生談時，他否認這件事。「喜歡樹的人是特芮絲。樹的事情，她什麼都知道。樹有多少種類，根長多深之類的。說實在的，我不記得西西莉雅對植物很感興趣。」

等公園處的人開著工程車走了之後，姊妹們才把手放開。她們揉著酸痛的手臂，幾乎沒有往聚集在鄰居草皮上的我們看一眼，就進屋裡去了。卻斯．畢爾聽到她們進去時，瑪麗說：「他們會回來的。」帕茲先生一直站在一群大約十個人左右的人群中，他告訴我們：「我站在她們那一邊。公園處的人離開時，我真想鼓掌。」

樹暫時活下來了。公園處跳過里斯本家的榆樹，繼續砍除我們這個街區上其他的樹，不過，再也沒有人那麼勇敢，或有那樣錯誤的想法，出面反抗。畢爾家的榆樹，連同上頭的車輪鞦韆，被砍下了；某一天我們在學校時，菲斯利家的樹消失了；沙蘭家的樹也不見了。沒多久公園處的人就移到其他街區去，只不過他們的鏈鋸連續不斷的嘎嘎聲，從來就沒有讓我們，或里斯本家的女孩子們，忘了他們的存在。

棒球季開始了，我們又沉迷在綠草球場裡。在以前，里斯本先生有時會帶女兒們去看主場比賽，他們會坐在看臺上，跟所有人一樣爲球員加油。瑪麗會去跟啦啦隊說話。「她一直想參加啦啦隊，可是她媽不准。」克莉絲蒂・麥克喀欽告訴我們。「我以前會教她一些啦啦隊的動作，她眞的很行。」我們毫不懷疑。我們總是看著里斯本姊妹，而不是令人眼花撩亂的啦啦隊隊員。比數接近時，她們會咬拳頭，以爲打到外野的每一顆球，都會是全壘打。她們跳上跳下，緊張得站起來，這時球也剛好下墜，墜得太早了一點，落入外野手的手套中。自殺事件的那一年，姊妹們沒有去看過半場比賽，我們也沒有預期她們會去。漸漸地，我們不再搜尋看臺，尋找她們激動的臉孔，也不再走在看臺底下，看能不能看到她們被裁切成段的背影。

雖然我們很同情里斯本家的女孩，也繼續想到她們，可是她們還是漸漸從我們身邊溜走了。不論我們如何在私密的時刻，躺在床上抱著兩顆綁在一起模擬人形的枕頭虔誠冥想，她們在我們記憶中珍藏的身影——穿著泳裝，在灑水器噴灑的水花下跑跳，或者逃離受水壓影響而變成巨蛇的庭院水管——都開始褪色了。我們再也無法用內心的耳朵，喚起里斯本家女孩珍貴的音色與活潑的語調。連賈可布森百貨公司拿來的茉莉香皂，我們收在一個舊麵包盒裡，也受了潮，失去原有的芳香，現在聞起來就像潮濕的數學課本。可是在此同時，那幾個女孩子慢慢消失的事實，並沒有完全滲透進我們的思緒中，有些早晨，我們在一個仍未分崩離析的世界中醒來，伸懶腰，下床，一直到站在窗邊揉眼睛，才想起馬路對面那棟腐朽中的房子，以及長了苔癬而變暗的窗戶，藏住了那幾個女孩子，讓我們看不到。事實是：我們開始忘記里斯本家的女孩，我們什麼也想不起來。

她們的眼睛顏色逐漸黯淡，還有痣、酒窩、蜈蚣疤的位置。里斯本姊妹最後一次微笑，已經是太久以前的事了，以至於我們再也想像不出她們擁擠的牙齒。「她們現在只是回憶而已。」卻斯．畢爾難過地說：「該把她們忘掉了。」可是他說出這句話，也是對這句話的反抗，我們都一樣。我們沒有把姊妹們付諸遺忘，而是再一次把曾經屬於她們的東西集中起來，所有我們在奇怪的狀態中暫時保管而拿到的東西：西西莉雅的高筒鞋；特芮絲的顯微鏡；一個珠寶盒，棉花團上面放了一撮瑪麗暗雜金色的頭髮；西西莉雅那張聖母的護貝照片；一件拉克絲的平口小可愛。在喬．拉爾森家的車庫裡，我們把所有的物品放在中間地上，自動門打開一半，以便看到外面。太陽已下山，天黑了，公園處的人也走了，把街道再度還給我們。幾個月來，里斯本家裡面第一次有燈亮起，接著又瞬間熄滅。隔壁房間裡，另一盞燈閃了一下，作爲回應。在街燈的光暈四週，我們注意到一個模糊旋轉的東西，起初我們沒認出來，實在是因爲太熟悉了，那是迷幻狂亂、毫無意義的飛行模式：屬於這個季節的第一批蜉蝣集合了。

一年過去了，我們還是什麼都不知道。里斯本家的女孩從五個變成四個，全部——活著的，死了的——都變成影子。連整齊排列在我們腳邊的、曾經屬於她們的各樣東西，都無法再度堅稱她們的存在，而似乎再也沒有其他東西，比一個裝飾金鍊的時髦塑膠皮包，更沒有個人特色了。那有可能屬於任何一個姊妹，也可能屬於世界上任何一個女孩子。我們曾經一度如此靠近她們，近到能夠穿越她們各自的洗髮精氣味（穿過香草園、檸檬林，再進入蘋果園），現在這件事顯得越來越不真實了。

我們能夠繼續對她們忠實多久？我們能夠將關於她們的記憶，保留純淨多久？照現在的情況看來，我們再也不認識她們，也不認識她們的新習慣——例如，打開窗戶，把一團紙巾丟出來——這讓我們懷疑，我們是否眞正認識過她們，或者我們的警戒關注，一直都只是鬼魅的指印而已。我們的法寶失效了。撫摸拉克絲的格子裙校服，只召來她在教室裡穿著這條裙子的模糊記憶——一隻無聊的手把弄銀色別針，解開別針，讓她裸露膝蓋處交疊的裙子失去了固定，隨時會分開，可是從來沒有，從來沒有……我們必須揉搓裙子好幾分鐘，才能把那個畫面看清楚。而我們的幻燈機圓盤上的每一片幻燈片，也都開始以同樣的方式消失，或者我們喀答一聲壓下轉換器，卻完全沒有東西掉下投影孔，讓我們只能看著牆上的雞皮疙瘩乾瞪眼。

要不是她們主動跟我們聯絡，我們會完全失去她們。就在我們開始絕望，覺得再也不可能再度靠近她們時，更多的聖母護貝照片出現了。亨奇先生發現他車子的擋風玻璃雨刷下夾了一張，他不知道這張照片的重要，把它揉成一團，丟進菸灰缸裡。雷夫・亨奇後來在一層菸灰和菸蒂底下發現它。他把照片拿來給我們時，照片上已經燒了三個洞。不過我們還是立刻認出來，它跟西西莉雅躺在浴缸裡時，緊緊抓在手裡的那張聖母照片一模一樣。我們把照片上的菸灰擦掉，555-MARY的電話號碼就出現在背面。

不是只有亨奇發現照片。韓森太太發現她的玫瑰花叢裡刺了一張。喬伊・湯普森聽到他的腳踏車發出不尋常的呼呼聲，低下頭去，看到一張聖母照片貼在輪輻間。最後，提姆・溫納發現他書房窗戶的水泥漿裡塞了一張照片，正面對著他。他告訴我們，那張照片應該放在那裡一段時間了，因爲濕氣已經滲透進護膜表面，讓聖母的臉感覺像生了壞疽。除此之外，她看起來是一樣的：身穿金蔥蝴蝶領藍斗篷，頭戴與皇家牌人造奶油商標一樣的皇冠，腰上圍了一條玫瑰經念珠，而且，一如往常，聖母的表情就跟服用了有鎮靜效果的鉀鹽一樣，一副平靜喜樂的模樣。沒有人親眼看到里斯本家的女孩放那些卡片，也沒有人知道她們爲什麼要這麼做。即使是現在，雖然過了這麼多年，我們仍然可以輕易回想起每次有人又有新發現時，那種滿心震盪的感覺。那張照片被賦予了我們無法清楚臆測的意義，而它們惡劣的狀態——破損、發霉——讓它們顯得很古老。「那種感覺，」提姆・溫納在自己的日記裡寫到：「就像在龐貝廢墟裡，找到某個窒息其中的可憐女孩的踝飾。她才剛戴上，在窗前把弄，欣賞寶石閃閃發亮的美麗，突然踝飾就被火山爆發照得紅通通。」（溫納讀過很多瑪麗．雷諾[10]的作品。）

除了聖母照片之外，我們也開始相信姊妹們還用別的方法，發信號給我們。五月的某一天，拉克絲的紙燈籠閃著難以理解的摩斯密碼。每天晚上，整條街都暗了之後，她的燈籠就亮起，燈泡的熱度將燈籠變成內心的幻燈機，投影在牆上。我們認爲那些影子蘊含著某種訊息，望遠鏡也確認了這一點，可是結果那些訊息卻是用中文寫的。燈籠通常以多變的模式開開關關——三短，兩長，兩長，三短——之後房間的大燈就大放光明，把房間照得像博物館的展示廳。我們謹守天鵝絨繩的界線，進行短暫的參觀，經過二十世紀末的家具擺設；西爾斯百貨公司買的床頭板，搭配成組的床頭桌；特芮絲的「阿波羅十一號」檯燈，照著拉克絲那幅眞人尺寸的海報，海報裡的比利．傑克戴著黑色平沿帽和納瓦霍族皮帶。這場參觀只持續了半分鐘，拉克絲和特芮絲的房間就暗了。接著邦妮和瑪麗的房間亮了兩次，彷彿是她們的回應。沒有人影從窗前經過，燈亮的時間也不吻合任何日常作息的時間。姊妹們房間的燈，以我們看不出來的理由開開關關。

每天晚上我們都努力破解密碼。提姆．溫納開始用自動鉛筆記錄她們閃燈的狀態，可是我們就是有種感覺，那些燈不符合任何既定的通訊模式。有幾個晚上，那些燈把我們催眠了，等我們恢復

10 Mary Renault，一九〇五—一九八三，英國作家，擅長創作以古希臘爲背景的歷史小說。

意識，甚至忘了我們身在何處，或者在做什麼，只有拉克絲如妓院般輝煌的紙燈籠，照亮了我們腦袋裡的密室。

我們過了好一陣子，才注意到西西莉雅以前的房間也出現燈光。由於我們的心思都放在屋子兩側的閃光上，以至於沒有看到十個月前西西莉雅往下跳的那個窗口，閃爍著針尖般大小、亦紅亦白的火焰。後來雖然看到了，但是對於那到底是什麼，大家的看法也不一致。有人認為那是線香，在祕密儀式中點亮，也有人認為那只是香菸而已。我們一發現紅光的數量多過於可能抽菸的人數，香菸的理論就不攻自破。等數到十六個亮點，我們就至少解開了一部分的謎團：姊妹們為死去的妹妹，安排了一個祭壇。有上教堂習慣的人說，那個窗戶很像聖克雷湖邊的聖保羅天主教堂裡的石窟，只是教堂裡的許願蠟燭，排列整齊，成階梯狀往上升，一樣大小，一樣重要，一如它們常明照耀的靈魂，而里斯本家女孩布置的，則是千變萬化的火苗。她們把晚餐桌上滴落的燭油燒熔成一根蠟柱，用它本身的燭芯纏繞起來。她們把一個色彩迷離的工藝蠟燭，改成十把火炬，那原本是西西莉雅在街頭藝術市集買來的。她們點燃了里斯本先生放在樓上櫃子裡、預防停電的緊急備用蠟燭，一盒六根，又短又粗。她們點燃了三條瑪麗的口紅，效果好得出奇。窗臺上、吊在衣架上的杯子裡、舊花盆、剪開的牛奶紙盒，到處都有燭光熠熠。晚上我們會看到邦妮在照料這些燭火。偶爾發現蠟燭快被自己的蠟油淹沒了，她會用剪刀挖出溢流的壕溝來。不過她最常做的，是盯著蠟燭一直看，彷彿蠟燭的結局也是她自己的結局，燭火幾乎要滅了，可是，在貪婪的氧氣挹注下，又繼續燃燒下去。

除了上帝以外，蠟燭也向我們懇求。紙燈籠送出難以詮釋的急救信號。天花板上的燈讓我們看到里斯本家破落的狀態，也讓我們看到比利·傑克，他重拾發誓不再運用的空手道，爲被強暴的女友報仇。姊妹們的信號只傳到我們這裡，沒有別人知道，就像我們用曲柄鑽找到的廣播電臺。夜裡，殘留的影像在我們的眼皮內部閃爍，不然就是像一群蜉蝣，在我們的床上方徘徊。我們沒有能力回應，只讓那些信號顯得更重要。我們每天晚上看著她們的演出，每次都差一點要找到解謎的關鍵了。喬·拉爾森甚至用自己房間的燈閃回去，作爲回應，可是卻讓里斯本家完全熄燈，我們也感覺被罵了一頓。

第一封信出現在五月七日。這封信跟著那天的郵件，一起塞在卻斯·畢爾家的信箱裡，上面沒有貼郵票，也沒有寫寄信人的地址，可是我們把信拆開時，當下就認出拉克絲寫東西時喜歡用的紫色奇異筆。

看到這封信的人：

告訴崔普我已經忘記他了。

他是個小人。

知名不具

內容就只有這樣。接下來那一、兩週，別的信也出現了，每一封都由里斯本姊妹在半夜親自丟進我們的信箱，信中表達了各種不同的情緒。一想到她們偷溜出來，在馬路上走來走去，就讓我們覺得很興奮，有幾個晚上我們還試著熬夜，希望能看到她們，可是每次總是早上醒來，才發現我們又在站崗時睡著了。信箱裡，會有一封信等在那裡，就像牙仙放在我們枕頭底下的硬幣。總共有八封信，並不全都是拉克絲寫的。全都沒有署名，也都很短。一封信裡寫著：「記得我們嗎？」另一封寫：「對討厭的男生很失望。」還有一封是：「留意我們的燈光。」最長的一封寫的是：「在這種黑暗中，會有光。你們會幫助我們嗎？」

在白天，里斯本家看起來空空蕩蕩。他們家一星期丟一次的垃圾（也是在半夜，因爲沒有人看過，連塔克叔叔也沒看過），越來越像被長期圍困的人產生的廢棄物。他們吃青豆罐頭，用牛肉醬炒飯。到了晚上，燈光發出信號，我們絞盡腦汁想辦法跟姊妹們聯絡。湯姆．法希姆建議在她們家旁邊放風箏，把訊息寫在風箏上，可是因爲工程太浩大而被大家否決了。小強尼．畢爾提議把訊息寫在石頭上，從姊妹們的房間窗戶丟進去，可是我們怕打破玻璃會讓里斯本太太警覺。最後，答案實在太簡單了，竟然讓我們想了一個星期才想到。

我們打電話給她們。

我們在拉爾森家那本被太陽曬到褪色的電話簿裡，就在里克和里特之間，找到「里斯本，羅尼·A」的完整條目，就在右邊那一頁的中間，上頭沒有任何代碼或記號，連像代表盲腸痛的星號都沒有。我們看著那個號碼好一會兒，然後，三隻食指同時舉起，我們撥了電話。

電話響了十一聲，里斯本先生才接起來。「今天又要說什麼？」他立刻用疲倦的聲音說。他的話很含糊。我們遮著話筒，沒有開口。

「我等著啊。今天我會聽你胡說八道。」

線路上響起另一聲喀答聲，像打開一扇通往空蕩長廊的門。

「拜託，饒了我們，好嗎？」里斯本先生低聲咕噥。

然後暫停了一下。各種呼吸，透過機器重新組合，在電子空間裡相遇。然後里斯本先生用不像他的聲音說話，是高頻的尖音……里斯本太太把話筒拿過去了。

「不要再來煩我們了！」她大喊，把電話狠狠摔下。

我們沒有掛上電話。有五秒鐘的時間，她憤怒的呼吸聲透過聽筒吹過來，不過一如我們預期的，電話並沒有斷掉。另一頭，一個模糊的生命等待著。

我們試探性地打了一聲招呼。過了半晌，一個微弱、破碎的聲音回答：「嗨。」

我們很久沒有聽到里斯本姊妹的聲音了，可是那個聲音並沒有喚起我們的記憶。那聲音聽起來——也許是因爲對方說得很小聲——好像已經永久改變了，減弱了，像掉落深井裡的小孩子的聲音。我們不知道那是姊妹中的哪一個，也不知道該說什麼。可是我們都沒掛——她，她們，我們——然後，貝爾電話系統裡的某一個相鄰的深幽處，另一線電話跟我們的線路相連了。一個男的在跟一個女的說話，那聲音彷彿在水中。我們可以多多少少聽到他們的對話（「我想也許沙拉吧」……「沙拉？我已經受不了你做的沙拉了」），不過這時也許另一條線路又有空了，因爲那對男女的聲音又突然不見了，只留我們在嗡嗡的寂靜中，然後那聲音，很生硬，不過已經多了一點力氣，說：「該死，再見。」然後電話就斷了。

我們隔天同一個時間又打了一次，只響了一聲就被接起來。爲了安全起見，我們等了一下下，然後才開始進行我們前一天晚上想出來的計畫。我們把電話放在拉爾森先生的揚聲器旁邊，開始播放最能夠徹底傳達我們對里斯本姊妹的感情的歌。我們已經不記得那首歌的歌名，也仔細搜尋過那個時期的唱片，但還是沒有找到那首歌。不過我們確實還記得歌詞的大致內容，談到辛苦的人生、漫長的夜晚、男人在破舊的電話亭外面等著，希望電話會響起，還有下雨，以及彩虹。大部分是吉他，只有一段間奏有柔和的大提琴聲。我們對著電話播放這首歌，播完後卻斯．畢爾報出我們的電話號碼，然後就掛上電話。

第二天，同一個時間，我們的電話響了。我們立刻接起來，經過一陣混亂（電話被放下了），就聽到唱針落在唱片上，接著吉伯特・歐蘇利文（Gilbert O'Sullivan）的聲音悠揚響起，中間還夾雜著刮擦聲。你們也許記得這首歌，是一首民歌，述說一個年輕人的人生（雙親亡歿，未婚妻在婚禮當日逃婚），每多唱一段，他就越孤獨。這是尤金太太最愛唱的歌。她常一邊燉肉，一邊唱這首歌，所以我們都很熟悉。以前這首歌對我們來說沒有太大的意義，因爲歌詞裡說的是一個我們還未到達的年紀。可是一旦我們從聽筒裡聽到它微弱播放的聲音，而且是里斯本姊妹放的，這首歌立刻產生了衝擊。吉伯特・歐蘇利文空靈的聲音夠高亢，可以聽成是女孩子的聲音。歌詞也可能是姊妹們在我們耳邊低語的日記內容。雖然我們聽到的不是她們的聲音，但這首歌召喚出她們的影像，比以往都還要鮮明。我們可以感覺到她們，在電話線的另一頭，吹去唱針上的灰塵，把電話拿在旋轉的黑色唱盤上方，小小聲播放，免得被聽到。歌曲結束時，唱針滑過裡面那一圈，發出一陣重複的喀答聲（就像一次又一次活過同樣的時光）。這時喬・拉爾森已經把我們的回應準備好了，等我們放完我們的歌，里斯本姊妹再放她們的歌，那天晚上就這樣進行下去。大部分的歌我們都已經忘了，可是有一小部分的對應播放清單留了下來，用鉛筆寫在戴摩・卡拉菲利斯的《農人的午茶時光》這張唱片的背面，是當時戴摩・卡拉菲利斯草草記下的。下面就是這些歌曲：

里斯本姊妹　〈自然而然，再次孤獨〉（Alone Again, Naturally），吉伯特．歐蘇利文

我們　〈你有個朋友〉（You've Got a Friend），詹姆士．泰勒（James Taylor）

里斯本姊妹　〈孩子們到哪裡去玩了〉（Where Do the Children Play），凱特．史帝文斯（Cat Stevens）

我們　〈親愛的佩頓絲〉（Dear Prudence），披頭四

里斯本姊妹　〈風中之燭〉（Candle in the Wind），艾爾頓強

我們　〈野馬〉（Wild Horses），滾石合唱團

里斯本姊妹　〈十七歲〉（At Seventeen），珍妮絲．伊恩（Janice Ian）

我們　〈瓶中時光〉（Time in a Bottle），吉姆．克羅奇（Jim Croce）

里斯本姊妹　〈如此遙遠〉（So Far Away），卡洛．金（Carole King）

其實我們並不確定這些歌曲的順序，戴摩．卡拉菲利斯的紀錄寫得很凌亂，不過，上面這個順序，可以代表我們的音樂對話基本上的進展。因爲拉克絲把重搖滾樂的唱片都燒掉了，所以姊妹們放的歌多半都是民歌。全然憂鬱的聲音，尋求公平正義。偶爾穿插的小提琴，讓人想起鄉下往日

的面貌。那些歌手要不是皮膚很差，就是喜歡穿靴子。那些歌一首接著一首，祕密的痛楚隱隱顫動。黏膩的聽筒從一隻耳朵傳到另一隻耳朵，鼓聲如此規律，我們就等於把耳朵貼在里斯本姊妹們的胸膛上。我們選的歌多半都是情歌，每一首都試圖想要把對話導向更親密的方向，可是里斯本家的女孩堅守無關個人的主題（我們靠過去，讚美她們的香水，她們說那可能是木蘭花香）。過了一段時間後，我們選的歌越來越傷感，就是這時候，她們放了〈如此遙遠〉。我們馬上注意到這個轉變（她們把手放在我們的手腕上，還停留了好一會兒），接著就用〈惡水上的大橋〉（Bridge over Troubled Water）來回應，並且把聲音轉大一點，因爲這首歌比別的歌更能表達我們對里斯本姊妹的感覺，我們有多想要幫助她們。這首歌播完時，我們等著她們的回應。一段長長的暫停之後，她們的轉盤又開始轉動，我們聽到的那首歌，即使到了現在，就算只是在商場的背景音樂中聽到，也會讓我們停下腳步，回首一段失落的時光：

嘿
你是否試過
真正往另一邊去追求？
我也許正攀上彩虹

可是寶貝，你聽好了：

夢想，是屬於睡著的人
人生，要由我們來把握
如果你正疑惑這首歌是什麼意思
我想跟你做

電話斷了（毫無警告，姊妹們抱住我們，在我們耳邊炙熱告白，又旋即衝出去。）有好幾分鐘的時間，我們一動也不動地站在那裡，聽著電話裡的嗡嗡聲。然後它開始發出憤怒的嗶嗶聲，還有一個錄音的聲音要我們掛上電話，立刻，馬上。

我們作夢也沒有想過，里斯本姊妹會回報我們的愛。這個想法讓我們頭暈，於是我們在拉爾森家的地毯上躺下來。地毯裡有寵物除臭劑的味道，再深一層，還聞得到寵物的氣味。久久沒有人說話。不過，隨著我們轉換腦袋裡片段的資訊，我們慢慢能從新的角度來看這件事。她們去年不是邀請我們去參加派對嗎？她們不是知道我們的名字和地址嗎？她們不是在骯髒的窗戶上擦出窺探洞，一直在看我們嗎？我們想得忘我，牽著手，閉著眼睛微笑。音響裡的葛芬柯開始唱高音，我們沒有想到西西莉雅。我們只想到瑪麗、邦妮、拉克絲和特芮絲，想到她們擱淺在人生裡，一直不能跟我們說話，直到現在，而且用的是這種躲躲藏藏、不是眞正對話的對話。我們仔細回想她們在學校的最後幾個月，又想到了新的回憶。有一次拉克絲忘了帶數學課本，只好跟湯姆．法希姆共用。她在內頁邊緣寫下：「我想離開這裡。」這個願望可以延伸多遠？現在回想起來，我們確定姊妹們一直試著跟我們說話，想要尋求我們的幫助，可是我們太沉迷於自己的想法了，沒有聽到她們的呼喚。我們太密切注意她們，什麼也沒錯過，卻錯過最簡單的回眸。她們還能向誰求助？不能找她們的父母，也不能找鄰居。她們在自己的家裡是囚犯，在外面，是瘋瘋病人。所以她們躲著全世界，等待某人——等待我們——去救她們。

可是接下來幾天，我們又打了好幾次電話給里斯本姊妹，都沒有人接。電話毫無希望地響著，聽起來好可憐。我們想像那具機器在枕頭底下嗚咽，而姊妹們伸手去接，卻總是無法如願。電話打不通，我們就買了《麵包合唱團精選集》，一遍又一遍播放〈跟你做〉（Make It with You）。我們熱烈討論地道的事，談到要從拉爾森家的地下室開始挖起，穿過馬路底下，一路挖過去。泥土可以藏在我們的褲管裡，趁散步的時候丟掉，就像《第三集中營》的劇情一樣。這麼刺激的事，讓我們太興奮了，一時忘記地道早就建好了：下水道系統。不過我們後來去檢查了下水道，發現裡面都是水：今年的湖水高度又上升了。沒關係。畢爾先生有一個加長梯，我們大可以把梯子架在姊妹們的窗戶前。「就像私奔一樣。」尤吉・肯特這樣說，他這句話讓我們心猿意馬，想到有證婚權的某個紅臉的小鎮地方官，還有一節夜車臥鋪，在夜裡穿行過藍色麥田。我們想得天馬行空，等待姊妹們發信號過來。

當然，這些事——播放唱片、閃燈、聖母照片——報紙上都沒有提過。我們認為我們跟里斯本姊妹的通訊，是神聖的祕密，就算這樣的忠貞不再有意義之後，也還是一樣神聖。波爾小姐（她後來出版了一本書，裡面有一章就是寫里斯本姊妹）形容，她們的心靈，越沉越深，而且一去不復返。她提到她們試圖活下去的最後嘗試——邦妮照顧祭壇，瑪麗穿鮮豔的毛衣——令人悲憫，可是在波爾小姐眼中，姊妹們拿來搭建庇護所的每一塊石頭，底下都沾了泥巴和蟲。蠟燭是陰陽兩界之間的雙面鏡：她們召喚西西莉雅回來，可是西西莉雅也召喚姊姊們加入她的行列。瑪麗的漂亮毛衣只顯示少女強烈的愛美天性，而特芮絲的寬大運動衫，則透露她「缺乏自信」。

我們知道更多。放唱片後的第三個晚上，我們看到邦妮拿著一個黑色大皮箱進房間。她把皮箱放在床上，開始把衣服和書放進去。瑪麗來了，也把她的天氣鏡放進去。她們爭論皮箱裡該放什麼東西，然後邦妮氣呼呼地把一些已經放進去的衣服再拿出來，給瑪麗多一點空間放她的東西：一臺卡式錄放音機、一臺吹風機，還有一樣東西，我們後來才知道原來那是鑄鐵門擋。我們不知道她們在做什麼，但是立刻就注意到她們動作不一樣了。她們好像有了新的目標，原本漫無目的的感覺不見了。最後是保羅．波迪諾對她們的行動下了註解。他把望遠鏡放下，說：「看來她們是想偷跑了。」他下這個結論時，自信滿滿，因爲他見過好幾個親戚躲到西西里島或南美洲去，我們當場就相信他了。「我敢打包票，那幾個女孩子最晚週末前就會離開了。」

他說對了，只是跟他想的不太一樣。最後一張字條，寫在一張聖母的護貝照片背面，在六月十四日丟進卻斯．畢爾家的信箱。上頭只寫著：「明天。午夜。等我們的信號。」

每年到了這時候，蜉蝣就貼滿窗戶，讓人很難看清楚外面。隔天晚上，我們在喬．拉爾森家旁邊的空地集合。太陽已經落在地平線外，但還是把天空照亮成比自然還要美的橘色化學條紋狀。馬路對面，里斯本家一片黑暗，只有西西莉雅的祭壇發出模糊的紅光，幾乎要看不見。從下面，我們看不清楚樓上的狀況，想爬到拉爾森家的屋頂上去看。拉爾森先生不讓我們上去。「我才剛重新塗上焦油。」他說。我們又晃回空地，然後沿著馬路往下走，把手掌貼在仍保有日曬餘溫的柏油上。里斯本家的潮濕氣味傳過來，然後又消退，讓我們以爲那只是我們的想像。喬．希爾．康利又爬起樹來，跟平常一樣，不過我們其他人都已經大得不再爬樹了。我們看著他迅速攀上一棵年輕的楓樹。他沒辦法爬太高，因爲樹枝太細了，承受不住他的體重。不過卻斯．畢爾還是朝上喊他：「看到什麼了嗎？」喬．希爾．康利瞇起眼睛，然後又把眼角的皮膚拉緊，他認爲這樣比瞇眼的效果更好，只是最終還是搖搖頭。然而這已經給了我們靈感，朝舊樹屋前進。我們從樹葉間往上看，評估樹屋的狀況。一部分的屋頂被去年一場暴風雨吹走了，而我們的畫龍點睛之作，門把，也不見了，不過整體結構看起來還能住人。

我們照以前的辦法爬上樹屋。先踏在節孔上，再踩著釘在樹幹上的木板，接著是兩根彎曲的釘子，最後抓住磨損的繩子，用力一拉，整個人就穿過活板門。我們現在比以前大很多，只能勉強擠進門，而且一進到裡面，交合板釘的地板就被我們壓得沉了下去。幾年前我們自己用手鋸做的長方形窗戶，仍然可以看到里斯本家的前面。窗戶旁邊用生鏽的大頭針釘了五張斑駁的照片，是里斯本姊妹。我們不記得貼照片這件事，不過照片就在那裡，歷經時間與天氣的折騰，現在只能看出姊妹們發著磷光的身體線條，每一個都代表某一套未知符號中的其中一個字母。樹屋外的地面上，有一些人出來幫草坪或花圃澆水、丟擲銀色的套索。本地棒球記者的破碎聲音，從十幾二十臺收音機裡傳出來，描述一場我們看不到的緩慢拉鋸，還有全壘打的歡呼，在樹梢之上匯集，又漸漸消散。天色更黑了，大家陸續進屋裡去。我們嘗試點燃老舊的煤油燈芯，結果成功了，靠看不見的殘餘煤油燃燒著，可是不到一分鐘，蜉蝣就從窗戶成群飛進來，我們只好把燈熄掉。我們可以聽到蜉蝣的身體撞擊街燈的聲音，一團團毛球如冰雹落下，在駛過的車輪底下發出啪啪聲。我們往後靠在樹屋牆上時，幾隻蟲被壓得爆裂開來。牠們不愛動，除非被我們撥動，這時就會在我們的手指間狂亂揮動翅膀，然後飛走，停在任何地方，繼續靜止不動。牠們的屍體或垂死的身軀讓街燈和車頭燈變得黯淡，把住宅窗戶變成劇場薄幕，從裡面透出微光來。我們舒服地靠坐著，用繩子拉一手溫熱的啤酒上來，一邊喝，一邊等待。

我們每個人都跟家裡說今晚要住朋友家，所以我們有一整夜的時間坐在這裡喝酒，不受大人干擾。可是不管是黃昏還是之後，除了燭光以外，我們沒有看到里斯本家裡有任何燈光。那些蠟燭似乎越燒越黯淡，我們懷疑，儘管姊妹們細心照料，她們的蠟可能快用完了。西西莉雅房間的窗戶，像不乾淨的魚缸一樣，有一種帶著濕氣的光輝。我們調整卡爾·塔戈爾的單筒望遠鏡的角度，從樹屋的窗戶往外看，設法看到了坑洞處處的月亮靜靜地劃過太空，然後是藍色的金星，可是等我們把鏡頭再轉回到拉克絲的窗戶時，距離反而太近了，什麼也看不到。剛開始以爲是她如木琴般的背脊，蜷曲在床上，結果原來是裝潢的造型。她的床頭桌上有一個黏稠的桃子核，從新鮮時就放在那裡，讓我們升起許多毛骨悚然的聯想。每次我們找到她，或者是某個在移動的東西，那線索總是太小了，無法將拼圖拼湊在一起，最後我們放棄了，把單筒望遠鏡收起來，仰賴自己的眼睛。

午夜在寂靜中過去了。月亮西落。有人突然拿出來一瓶布恩農場的草莓酒，我們傳著喝，然後把酒瓶放在大樹枝上。湯姆·波格斯滾到樹屋門口，往下一溜，離開我們的視線。一分鐘後，我們聽到他吐在空地旁的灌木叢裡。我們待到很晚，得以看到塔克叔叔拿著一大張油布地板出現。塔克叔叔鋪了十三層油布地板，以填補他無所事事的人生，所以他手上這張，只是其中之一而已。他從車庫冰箱裡拿了一瓶啤酒，走到前院，巡視他的夜間地盤。他移到一棵樹後面，等著邦妮拿著玫瑰念珠出現。從他的有利位置，他看不到房間窗戶的閃光，而且在我們聽到窗戶打開之前，他就進屋裡去了。到那時間，我們已經全神貫注盯著窗戶。手電筒在暗夜中揮動，接著燈光連續開關了三次。

一陣微風吹來。黑暗中，我們這棵樹開始晃動，空氣中也充滿里斯本家在微光中的氣味。我們沒有人記得自己當時在想什麼，或決定了什麼，因爲那一刻，我們的大腦已經停止運作，只感覺得到我們唯一知道的平靜。我們在街道之上，在半空中，與里斯本姊妹處在同一個高度，而她們待在搖搖欲墜的房間裡，正在呼喚我們。我們聽到木頭的刮擦聲。然後，就在頃刻間，我們看到她們——拉克絲、邦妮、瑪麗、特芮絲——擠在同一個窗戶裡。她們往我們這邊看過來，穿越中間的空白，看著我們。瑪麗給了我們一個飛吻，又或者，是擦了一下她的嘴唇。手電筒熄了。窗戶關上，她們走了。

我們甚至沒有停下來討論一下，就立刻像傘兵一樣，依序跳下去。我們跳得很輕鬆，一落地，才發現地面距離有多近：不到十英尺。站在草地上往上跳，就幾乎可以摸到樹屋的地板。我們的新身高讓自己嚇了一大跳，後來好幾個人都說，這一點增加了我們的決心，因爲有生以來第一次，我們感覺像個男人。

我們從不同的方向接近那棟房子。躲在殘存樹木的陰影中。接近房子時，有人像阿兵哥一樣匍匐前進，有些人還是用走的。味道越來越重，空氣也變濃稠了。沒多久我們就遇到一個隱形的障礙：這麼多個月來，沒有人如此靠近里斯本家，我們遲疑了。這時保羅．波迪諾把手高舉在空中，發出信號，我們全都靠過去。我們貼著磚牆走，遇到窗戶就蹲伏通過，頭髮纏到了蜘蛛網。我們來到凌亂潮濕的後院。凱文．海德絆到鳥食罐，原來它還丟在那裡。罐子裂成兩半，剩下的種子撒在地上。我們靜止不動，不過沒有燈亮起。一分鐘後，我們一步步靠近。蚊子在我們的耳邊轟炸而過，可是我們不予理會。我們忙著抬頭留意黑漆漆的上方，有沒有打結的床單充當梯子，以及慢慢往下的睡袍。什麼也沒看到。屋子豎立在我們的上方，窗戶反映了幽暗的樹葉叢。卻斯．畢爾小小聲提醒我們，他剛拿到駕照，同時把他媽那輛美洲豹的鑰匙舉高給我們看。「我們可以開我的車。」他說。湯姆．法希姆在雜草蔓生的花圃中尋找小石頭，想拿來丟姊妹們的窗戶。可能有一扇樓上的窗戶隨時會打開，破壞對蜉蝣的封鎖，然後有一張臉會往下看著我們，在我們的餘生裡永遠看著我們。

我們來到後面的窗戶，鼓起足夠的勇氣往裡面看。隔著幾叢已經死掉的窗臺植物，我們看到了房子的內部：一堆宛如海景的模糊物品，忽前忽後，等著我們的眼睛適應燈光。里斯本先生的單人沙發椅往前收起，腳踏墊抬起來，像一支雪鏟。褐色的塑膠沙發躲在後面，靠著牆壁。這些東西分開來之後，地板似乎又像靠液壓操作的活動舞臺般升起，然後，憑著客廳唯一的燈光，一具有遮罩的小檯燈，我們看到了拉克絲。她躺在一個沙包椅上，膝蓋舉高、分開，上半身沉入沙包裡，沙包往內縮，像約束衣一樣把她包起來。她穿著藍色牛仔褲和麂皮木鞋，長髮披在肩上，嘴裡叼著一根香菸，長長的菸灰快要掉下去了。

我們不知道接下來該怎麼辦。我們沒有得到指示。我們把臉貼在窗戶上，用雙手當護目鏡。窗戶玻璃會傳達聲音的震動，所以我們往前靠時，可以感覺另外幾個女孩子在上面走動。有東西滑動，停止，再滑動。有東西碰撞了。我們把臉轉開，一切就靜止了。我們又把臉轉回藏音納聲的玻璃。

現在拉克絲要找菸灰缸。手邊找不到，她把菸灰彈在藍色牛仔褲上，再用手撥進來。她做這些動作時，上半身從沙包椅裡抬起來，於是我們看到她穿著繞頸露背上衣。兩條細帶子在脖子後面綁了一個蝴蝶結，前面則沿著她蒼白的肩膀和凹凸的鎖骨，最後膨脹成兩片黃色的懸帶。露背裝的左邊有點歪，她伸展時，會露出一小片白嫩圓潤。喬．希爾．康利說：「前年七月。」他想起我們上次見到這件露背裝是什麼時候。那一天很熱，拉克絲穿著它到外面五分鐘，她媽就叫她回去換掉。現在這件衣服訴說著從當時到此時的所有時光，所有發生過的事。最重要的是，它說姊妹們要走了，從現在開始，她們喜歡穿什麼，就可以穿什麼。

「也許我們應該敲門。」凱文．海德低聲說，可是我們沒有人敲門。拉克絲又躺回沙包椅裡。她把手上的菸丟在地上。她後面的牆壁上，有個影子越來越大，她倏地轉身，露出微笑，一隻我們從來沒見過的流浪貓爬上她的大腿。她抱住貓沒有反應的身體，直到牠掙脫她的懷抱（又多了一件我們應該寫進來的事，一直到最後，拉克絲都很愛流浪貓。這份報告漏了這一點）。拉克絲又點燃一根香菸，在火柴瞬間的火光中，她抬頭看著窗戶。她抬起下巴，我們以爲她看到我們了，可是這時她用手梳了一下頭髮，原來她只是在檢查自己映在玻璃上的容顏。屋裡的燈讓屋外的我們變成隱形，我們站在離窗戶只有幾吋遠的地方，沒被看到，很像從另一個星球看著拉克絲。窗戶的微光在我們的面前忽隱忽現。我們的軀體和雙腳沒入黑暗中。湖上，沒有霧的夜晚，一艘貨輪按鳴汽笛。另一艘貨輪以較低音回應。那件繞頸露背裝隨便一拉，就可以脫掉了。

湯姆．法希姆率先行動，證明他沒有大家以爲的那麼害羞。他爬上後陽臺，輕聲開門，讓我們終於又進到里斯本家。

他只說了這句話：「我們來了。」

拉克絲抬起頭，可是沒有從椅子上站起來。她睏乏的眼睛看不出來她很意外我們來了，可是她白色的頸項根部，出現一片龍蝦色的潮紅。「總算來了。」她說：「我們一直在等你們。」她又抽了一口菸。

「我們有車。」湯姆．法希姆繼續說：「加滿油。我們會帶妳們到任何妳們想去的地方。」

「只是美洲豹而已。」卻斯．畢爾說：「不過行李箱很大。」

「我可以坐前面嗎？」拉克絲問，把嘴巴往上轉，禮貌地把煙從旁邊呼出去，離我們遠一點。

「當然可以。」

「你們哪個猛男要坐我旁邊？」

她把頭斜向天花板，吹出一串煙圈。我們看著煙圈往上升，這次喬．希爾．康利沒有跑過去戳煙圈。有生以來第一次，我們環顧這棟房子。現在我們到了屋內，那味道比以前都還要濃。那是潮濕的灰泥、塞滿了姊妹的髮絲的排水管、發霉的櫥櫃、漏水的水管等等混合在一起的味道。油漆罐還在漏水處站崗，每個罐子裡都裝滿了不同時間的稀薄溶液。客廳看起來好像被洗劫過。電視機歪了一邊，螢幕被拆掉了，里斯本先生的工具箱打開放在前面。椅子缺了扶手或椅腳，彷彿里斯本家一直在拆椅子當柴薪。

「妳爸媽呢？」

「睡了。」

「妳姊姊她們呢？」

「馬上就來了。」

樓下傳來砰地一聲。我們退回後門邊。「快點，」卻斯．畢爾說：「我們最好快離開，時間有點晚了。」可是拉克絲只是再度吐煙，搖搖頭。她把露背裝的一邊帶子拉起來，底下是紅色的印子。一切又安靜了。「等一下，」她說：「再等五分鐘。我們還在打包。我們得等爸媽睡著了才能收東西。他們要很久才能入睡，尤其是我媽，她會失眠。她很可能現在還醒著。」

這時她站起來。我們看著她從沙包椅上坐起來，身體往前傾，以便凝聚足夠的動力。用兩條單薄的線綁住的露背裝，完全沒有貼在身體上，所以我們看到布料和皮膚之間的黑暗空氣，然後又看到她雪白如麵粉的柔軟乳房閃了一下。「我的腳都腫了。」她說：「眞是太奇怪了。所以我才要穿木鞋。你們喜歡嗎？」一隻鞋子在她的腳趾頭上盪呀盪。

「嗯。」

現在她完全站起來了，其實並不高。我們必須一直告訴自己，這件事是眞的，她眞的是拉克絲．里斯本，我們眞的跟她在同一個空間裡。她低頭看著自己，調整一下衣服，用一根拇指把右邊的衣服塞好，遮住暴露在外的豐滿胴體。接著她再度抬頭，彷彿同時看進我們每個人的眼睛，然後往前走。她拖著木鞋走路，走進陰影中。她走過來時，我們可以聽到她在蒙塵的地板上留下印記。她在黑暗裡說：「美洲豹不夠我們坐。」她再往前走一步，她的臉又出現了。有那麼一刻，那張臉看起來不像活著：臉色太白了，臉頰也太完美了，彷彿是雕刻的，而彎彎的眉毛是畫上去的，豐滿的嘴唇是蠟做的。可是這時她又靠得更近，我們看到她眼中的光芒，那是我們一直以來都在尋找的。「我們最好開我媽的車，你們不覺得嗎？那輛車比較大。你們誰開車？」

卻斯．畢爾舉手。

「你想你可以開旅行車嗎？」

「當然。」然後：「不是手排吧？」

「不是。」

「當然，沒問題。」

「可以偶爾讓我握方向盤嗎？」

「當然可以，不過我們應該先離開這裡。我剛剛聽到聲音，也許是妳媽。」

她走向卻斯．畢爾。她靠得很近，近到連呼出來的氣都吹動了他的頭髮。然後，就在我們所有人面前，拉克絲解開了他的皮帶。她甚至不用往下看，她的手指頭自己找到了路，只有一次遇到什麼東西阻撓，這時她搖搖頭，就像音樂家弄錯一個簡單的音符。從頭到尾她都盯著他的眼睛，踮起後腳跟。在安靜的屋裡，我們聽到褲子的釦子解開的聲音。拉鍊彷彿沿著我們的背脊往下拉。我們沒有一個人動。卻斯．畢爾沒有動。拉克絲的眼睛，熊熊燃燒，柔軟絲滑，在幽暗的屋子裡閃閃發光。一條她脖子上的血管輕輕搏動，是應該爲此在上頭擦上香水的那條。雖然她是對卻斯．畢爾做的，但我們全都可以感覺拉克絲解開我們的褲子，向我們伸出手來，握住我們，因爲她知道我們全都可以讓她下手。就在最後一秒鐘，樓下又傳來一聲低低的碰撞聲。樓上，里斯本先生在睡夢中咳嗽。拉克絲住了手。她把頭轉開，暗自琢磨，然後她說：「我們現在不能做。」

她放開卻斯．畢爾的皮帶，繞過他，走到後門。「我得去呼吸一點新鮮空氣。你們讓我累壞了。」說完，她笑了，一個放蕩、粗陋的微笑，既不做作，也不漂亮。「我先去車子裡等。你們在這裡等我姊姊她們。我們的東西好多。」她在後門邊的一個碗裡面撈車鑰匙，轉身要走，可是又停了下來。

「我們要去哪裡？」

「佛羅里達。」卻斯．畢爾說。

「酷，」拉克絲說：「佛羅里達。」

一分鐘後，我們聽到車庫裡傳來關車門的聲音。我們有幾個人記得聽到一首流行歌的微弱旋律飄盪在夜裡，這表示她打開收音機來聽。我們等著。我們不確定其他姊妹在哪裡。我們可以聽到樓上有打包的聲音，一個櫃子的門打開，一個行李箱讓床的彈簧呀呀叫。樓上樓下都有腳步聲。有東西被拖過地下室的地板。雖然我們聽不懂那些到底是什麼聲音，但一種確切的感覺圍繞著那些聲音；每一個動作都讓人感覺很明確，是一個縝密脫逃計畫的一部分。我們明白，我們只是這個策畫裡的棋子，有一時的用處，但這並不影響我們愉快的心情。我們很快就會跟里斯本姊妹們一起坐在車子裡，載她們離開這個蔥鬱的社區，駛上連我們也沒去過的鄉村小道，進入純然又自由的荒蕪裡。這個想法盈滿我們的心。我們用剪刀、石頭、布來決定誰要一起去，誰要留下來。在此同時，幾個女孩子很快就會過來跟我們會合的想法，讓我們充滿一種平靜的快樂。誰知道我們可能會變得多習慣那些聲音？習慣行李箱有彈性的緞布口袋猛然關上的聲音？習慣珠寶碰撞的聲音？習慣姊妹們拉著行李箱走在單調的長廊上，彎著背拖著腳的聲音？不知名的道路在我們的心裡現形。我們看見自己拿著刀割過香蒲，淡水河口，舊船廠。在某個加油站，我們會去要女洗手間的鑰匙，因為姊妹們一定太害羞了，不敢自己去要。我們會打開車窗聽廣播。

這場白日夢做到一半，整棟房子安靜了。我們猜想姊妹們應該打包好了。彼德．席森拿出小手電筒，迅速到餐廳探查一下，回來告訴我們：「她們有一個還在樓下。樓梯那裡有燈。」我們站在原處，揮動小手電筒，等姊妹們過來，可是沒有人來。湯姆．法希姆試探性地踏上第一個階梯，可是它發出好大的聲響，讓他又回到地面上來。屋子裡的寂靜在我們的耳朵裡迴響。一輛車經過，車影掃過餐廳，短暫照亮了那幅清教徒的畫。餐桌上堆著包在塑膠袋裡的冬天外套。隱隱約約還看得到其他大型包裹。這房子感覺就像堆滿廢棄雜物的閣樓，創造出令人耳目一新的關係：烤麵包機放在鳥籠裡，柳條簍裡露出來一雙芭蕾舞鞋。我們在雜亂的物品間迂迴前進，來到一個爲了玩遊戲而清出來的空間——一面雙陸棋盤、跳棋——接著又進入打蛋器和雨靴的紊亂叢林裡。我們進入廚房。太暗了，什麼也看不到，可是我們聽到小小的嘶嘶聲，好像有人在嘆氣。一小片斜方形的燈光，從地下室裡投射上來。我們走到樓梯口，仔細聽。然後我們下樓，到娛樂間去。

郤斯．畢爾帶頭，我們抓著彼此的皮帶環往下走，心裡又回到一年前，我們走下同樣的階梯，去參加里斯本姊妹唯一一次獲准主辦的派對。等我們走到最下面，感覺眞的在時光旅行中回到過去。儘管地上有一吋左右的積水，整個房間還是跟我們當初離開時一模一樣：西西莉雅的派對一直沒有清理。紙桌巾仍鋪在牌桌上，只是上頭點綴著老鼠排泄物。潘趣酒的褐色殘渣，凝結在雕花玻璃大碗裡，裡面還零星停著蒼蠅。果汁牛奶凍早就融化了，可是一根大湯勺還放在膠泥裡，還有杯子，被灰塵和蜘蛛網變成了灰色，還整整齊齊擺在前面。一大堆洩了氣的氣球，以細蝴蝶結掛在天花板上。骨牌遊戲還差一個三或一個七。

我們不知道姊妹們到哪裡去了。一陣漣漪在水面上擴散，彷彿有東西才剛游過，或往下潛。汩汩流動的下水道間歇吸收積水。水淹到了牆壁，反映出我們粉紅色的臉，還有上方的紅藍色彩帶。這個房間的變化——貼在牆壁上的水蟲，一隻載浮載沉的死老鼠——只凸顯了沒有改變的部分。要是我們半閉著眼睛，憋住氣，就可以騙過自己，以爲派對仍在進行。巴茲．羅曼諾涉水走到牌桌那裡，在我們的注視下，跳起舞來，方塊舞，一如他媽在他們家那個有如羅馬教廷般輝煌的客廳裡教他的一樣。他手裡抱的是空氣，可是我們可以看見她——她們——她們五個，被緊緊抱在他懷中。「這幾個女孩子眞讓我瘋狂。只要能跟其中一個親熱一次，我就滿足了。」他說，他的鞋子進了灰泥，又空了。他的舞步激起污水味，緊接著，是一股更強的味道，也是我們永遠也不會忘記的味道。因爲就在那時候，在巴茲·羅曼諾的頭上方，我們看到了自從我們一年前離開後，這個房間裡唯一改變的東西。在那堆半洩了氣的氣球中間，垂掛著邦妮那雙鞍部鞋的白褐色鞋面。她把繩子綁在繫派對裝飾的同一條橫樑上。

我們沒有人動。巴茲·羅曼諾還忘我地繼續跳舞。在他上方，邦妮穿著粉紅色洋裝，看起來乾淨又喜氣，像個派對上掛的玩具綵球。我們過了一分鐘，才理解發生了什麼事。我們瞪著邦妮，瞪著她穿著白色堅信禮襪的細腿，然後我們湧上從此再也沒有離開我們的羞愧感。我們後來請教的幾個醫師，都認爲我們的反應是因爲太震驚了。可是那種感覺，更像是愧疚，因爲我們在最後一刻才注意到重點，而且也太遲了，彷彿邦妮當時正喃喃吐露著祕密，不只是她死亡的祕密，還有她自己的生命，以及所有姊妹的生命的祕密。她定住不動，她的體重是如此之重。她那雙濕鞋子的鞋跟鑲了小片的雲母，閃著亮光，還在滴水。

我們從來沒有認識過她。她們把我們找來這裡，就是要我們發現這一點。

我們到底以這種狀態待了多久，與她離去的靈魂交流，我們已經不記得了。久得足以讓我們集體的氣息，在娛樂室裡製造出一陣微風，讓邦妮吊在繩子上旋轉。她慢慢旋轉，轉到某一點，她的臉從如海草般糾結的氣球中露出來，讓我們看到她所選擇的死亡的實像。那是一個黑眼窩、血液往下肢末梢聚集、關節僵硬的世界。

其餘的我們已經知道了——只是我們一直無法確定事件的順序。我們到現在還爭論不休。最可能的狀況是，我們坐在客廳裡幻想高速公路時，邦妮死了。之後不久，聽到邦妮把腳下的行李箱踢開時，瑪麗把頭伸進烤箱裡。如果有必要，她們隨時準備互相支援。我們經過廚房下樓去時，瑪麗有可能還在呼吸。我們在黑暗中，跟她距離不到兩英尺，就這樣錯過她了，這是我們後來評估的結果。特芮絲，用薑汁汽水吃下大把安眠藥，在我們進屋時早就死了。拉克絲是最後一個走的，在我們離開後二十或三十分鐘。我們飛奔而去，沒有發出聲音地尖叫，忘了停下來到車庫去看一下。車庫裡，音樂仍繼續響著。他們在前座發現她，灰白著臉，神色安詳，手裡拿著一個點菸器，線圈燒進她的手掌心裡。跟我們預期的一樣，她在那輛車子裡逃脫了。可是最後我們才明白，她解開我們的皮帶，只是為了拖延我們，好讓她和三個姊姊可以平靜死去。

五

現在我們知道他們了。知道瘦子開車的方式；他開到街區的一半時會突然加速，他轉彎很小心，他老是估算錯里斯本家的車道，所以每次都壓到草坪。我們知道救護車經過時，警笛的聲音會扭曲變形，特芮絲在救護車第三次來時，正確辨認出這是一種叫做都卜勒效應的現象，但第四次就沒辦法了，因爲那時她自己已經扭曲變形，以緩慢的螺旋逐漸遠去，很像從自己的內臟開始被吸走一樣。我們知道胖子的皮膚很敏感，老是被刮鬍刀割傷，知道他的一隻鞋跟上裝了金屬楔子，因爲他的左腿比右腿短，還知道他急推擔架經過碎石子鋪成的車道時，會發出不平衡的喀答聲。我們知道瘦子的頭髮很容易出油，因爲他們爲了西西莉雅而來時，他的長髮看起來跟巴布·席格的頭髮很像，可是現在，一年後，蓬鬆的長髮不見了，他看起來像落水的老鼠。我們仍然不知道他們的眞實姓名，但是開始可以憑直覺知道，他們過的是怎麼樣的救護人生。繃帶和氧氣罩的味道；災難之前吃的那頓晚餐，從實行人工呼吸的嘴裡發出來的味道；在他們吹著氣的臉的另一邊，生命逐漸衰弱的感覺；鮮血、腦漿、青色的臉龐、突出的眼睛，還有——在我們住的這條街上——一個接著一個軟綿綿的屍體，戴著幸運手環和金色的心形項鍊盒。

第四次來到里斯本家，他們已經失去信心了。救護車一樣顛簸後急煞，輪胎打滑，車門飛快打開，可是救護人員跳下車時，已經失去原本的英勇外貌，很明顯是兩個怕被羞辱的人。「又是他們兩個。」五歲的札克瑞．拉爾森說。胖子看瘦子一眼，兩人往屋子走去，這次什麼器材也沒帶。里斯本太太來開門，臉色慘白。她指著屋內，一句話也沒說。救護人員進去以後，她還留在門口，把睡袍的帶子綁緊一點。她用腳尖把腳踏墊挪正，調了兩次。救護人員很快又跑出來，神色大不相同，一臉震驚，拿了擔架再進去。一分鐘後，他們抬著特芮絲出來。她臉朝下，洋裝拉到腰上，露出不合身的內衣，是運動繃帶的顏色。衣服後面的鈕釦迸開了，露出一小片蘑菇色的背部。她的手一直從擔架上掉下去，里斯本太太每次都把它拿上來。「不要動。」她下令，顯然是對那隻手說的。可是手又掉下去。里斯本太太停下來，肩膀垮了下去，似乎是放棄了。下一秒她又跑過去，抓住特芮絲的手，喃喃說了一句話，有些人聽到她說：「不要連妳也是。」而在大學時演過戲的歐康諾太太，認爲她說的是：「實在太狠心了。」

這時我們都已經各自回到床上，假裝睡著。屋外，警長戴著氧氣罩進入車庫，抬起自動門。自動門打開時（這是別人告訴我們的）沒有東西跑出來，沒有大家以爲會有的濃煙，連一點點讓東西像海市蜃樓一樣閃爍的瓦斯都沒有。旅行車在原處震動，因爲警長不小心碰到另一個開關，雨刷正瘋狂擺動。胖子進屋裡去，把邦妮從橫樑上抱下來。他把兩張椅子疊在一起，好像馬戲團表演一樣。他們在廚房找到瑪麗，還沒死，可是也差不多了。她的頭和身體伸進烤箱，好像在刷烤箱一樣。來了第二輛救護車（這是唯一的一次），帶來兩個比警長和胖子更有效率的救護人員。他們衝進去，救了瑪麗一命。至少，維持了一段時間。

嚴格說起來，瑪麗又活了一個多月，雖然大家都不這麼認爲。那天晚上以後，大家提到里斯本家的女兒，都用過去式。就算特別提到瑪麗，也總是爲了婉轉暗示，希望她可以加快速度，結束這一切。事實上，沒有多少人對最後這幾樁自殺感到意外。連我們這些嘗試要救她們的人，都認爲我們的神志一定是暫時失常了。從事後看來，邦妮的破舊皮箱失去了跟旅行和逃亡的連結，單純回復它眞正的身分：上吊後踢開的墊腳物，就像以前西部的沙包。然而，儘管每個人都認同她們的自殺就像季節交替或老化一樣可以預測，我們卻一直找不出一個大家都同意的理由。最後的集體自殺似乎證實了霍爾尼克醫師的理論，也就是幾個姊妹一直受創傷後壓力症候群所苦，可是霍爾尼克醫師後來又推翻了這個結論。就算西西莉雅的自殺導致姊姊們仿效，還是無法解釋最初西西莉雅爲什麼要輕生。在一場獅子會臨時召開的會議中，受邀演講的霍爾尼克醫師引用一份新的研究〈自殺兒童血小板中的血清素受體〉，認爲這可能跟人體內的化學物質有關。西方精神醫學研究所的寇特保醫師發現，許多自殺的人都缺乏血清素，這是調節情緒不可或缺的神經傳導物。由於這份血清素研究在西西莉雅自殺後才發表，霍爾尼克醫師從來沒有驗過西西莉雅的血清素濃度。不過他確實檢查了瑪麗的血液，結果顯示輕微缺乏血清素。醫師開了藥給她，經過兩個星期的心理測驗和密集治療，再幫她驗一次血。那次她的血清素濃度就正常了。

至於其他幾個姊妹，因爲州法規定自殺身亡者都必須接受調查，所以每一個都經過解剖。法條中也讓警方擁有處理此類案件的彈性空間，而他們之前沒有強制要求幫西西莉雅驗屍，讓很多人都相信，警方現在懷疑里斯本夫婦涉嫌謀殺，或希望施壓讓他們搬走。市政府找來一名法醫，帶著兩名疲憊的助手，剖開姊妹們的腦部和體腔，窺探她們如此絕望的謎。他們採取生產線的方式，由助手把每個女孩子推到法醫面前，讓他使用鋸床、水管和眞空吸管。他們拍了照片，但從來沒有公開，反正我們也不會有膽去看那些照片。不過，我們倒是看了驗屍報告，報告是用五顏六色的方式呈現，讓姊妹們的死就像新聞一樣不眞實。他提到姊妹們的身體乾淨得不可思議。這是他經手過年紀最小的屍體，毫無耗損或酒精中毒的跡象。她們平滑而呈藍色的心臟，看起來像水球，其他器官也是類似這種可以作爲模範的澄淨狀態。老年人或有慢性病的人，器官往往會變形、膨脹、變色、跟毫無瓜葛的器官沾黏在一起，以至於大部分的內臟看起來，正如這名法醫說的，「就像垃圾堆」。里斯本姊妹的內臟就截然不同，「像放在玻璃片底下的東西。像展示品。」儘管如此，要刺穿、切開那些毫無瑕疵的身體，法醫還是很難過，還好幾次情緒激動得必須暫停。他在驗屍報告的一角草草寫了一句話給自己：「在這一行十七年了，我還是這麼沒用。」不過他還是堅守本分，發揮他的功能，發現特芮絲的迴腸裡塞了一大團半消化的安眠藥，邦妮的食管被絞窄了，拉克絲微溫的血液裡有大量的一氧化碳。

波爾小姐的報導刊在晚報上，她是第一個指出那個日期具有特殊意義的人。原來姊妹們選在六月十六日自殺，也就是西西莉雅割腕一週年當日。波爾小姐特別強調這一點，談到「不祥的預兆」及「令人不寒而慄的巧合」，以一己之力瘋狂炒作各種持續至今日的臆測。她在接下來的文章中——每兩、三天一篇，持續兩個星期——把她原本與眾人同悲的同情口吻，轉變成鋼鐵般的嚴厲，企圖扮演她從來沒有成功扮演的角色——一名深入報導事實的記者。她開著藍色龐帝克在附近穿梭，把零碎的記憶拼湊成嚴謹的結論，結果是漏洞百出，遠比我們的結論更偏離事實。爲了應付波爾小姐咄咄逼人的追問，西西莉雅以前的朋友艾咪．施拉夫被迫吐出一段在她們自殺之前的記憶：一個無聊的午後，西西莉雅要她躺在上頭掛了十二星座雕塑的床上，對她說：「閉上眼睛，不要張開。」門開了，其他姊妹進入房間。她們把手放在艾咪的臉和身體上。西西莉雅問：「妳想跟誰聯絡？」艾咪回答：「我奶奶。」放在她臉上的手很冰涼。有人點了香。一隻狗叫。什麼也沒發生。

從這件事看來，再也沒有什麼東西比尋常的圖版遊戲裡，出現一塊通靈版，更能代表她們跟招魂的關係了。波爾小姐據此聲稱，這樁集體自殺案，是一項自我犧牲的神祕儀式。她的第三篇報導，以「集體自殺可能爲事前協議」爲標題，介紹了一個集體的陰謀理論，認爲里斯本姊妹計畫自殺，是爲了配合一樁未知的占星事件。西西莉雅只是先出場而已，其他姊妹們在幕後等待。蠟燭點亮舞臺，樂池裡，「殘酷十字座」樂團開始哭泣。觀眾席裡，我們拿在手上的節目單，上頭有一張聖母的照片。波爾小姐把整齣戲安排得天衣無縫。可是她永遠無法解釋，爲什麼姊妹們選擇的日期，是西西莉雅自殺未遂的那一天，而不是三週後，七月九日，她眞正死亡的那一天。

可是這項時間上的落差，並沒有讓任何人卻步。後續的集體自殺一發生，媒體就川流不息，湧向我們這條街。三家地方電視臺派出新聞團隊，連一家全國性媒體的特派員也開著汽車屋來了。他在我們密西根州西南部一個卡車休息站聽說這件事，就親自上來看一下。「我大概不會拍什麼吧，我的角色應該是輔助主播加以評論才對。」不過他還是把汽車屋停在街上，接下來我們就看到他懶懶地靠坐在格子紋座位上，或者在迷你爐具上煎漢堡。地方新聞團隊並未顧忌姊妹們父母脆弱的狀態，立刻做起報導來。我們就是在那時候看到幾個月前拍攝的里斯本家畫面，潮濕如盆的屋頂和荒涼的大門，接下來是重點摘要，每天晚上同樣的五張臉依序閃過，西西莉雅在年報裡的照片，接著是幾個姊姊的照片。現場連線當時還很新鮮，麥克風也常常說到一半就沒聲音，或者燈燒掉了，讓記者在黑暗中說話。還沒有厭煩電視的人，爭相把頭擠進畫面中。記者每天都想要採訪里斯本夫妻，也每天都鎩羽而歸。不過到了節目播出的時間，從他們帶回來的私人寶貝看來，他們又似乎獲准進入姊妹們的房間了。一名記者拿了一件結婚禮服，是跟西西莉雅那一件同一年做的，除了裙襬沒有剪掉之外，我們看不出來有什麼差別。另一名記者在報導的最後，念了一封特芮絲寫給布朗大學招生委員會的信——「諷刺的是，」這名記者這樣說：「寫完這封信只有三天，她就終結了自己的大學夢……應該說，是所有的夢。」漸漸地，記者提到里斯本姊妹時，開始只說名字，不帶姓，也疏於訪問認爲應該集結各方回憶的醫學專家。他們跟我們一樣，也成爲姊妹人生的守護天使，要是他們盡責地完成任務，讓我們滿意，或許我們就不需要這麼辛苦，在假設與記憶的迷亂小徑中到處徘徊。可是這些記者越來越少追問姊妹們自殺的原因，而是討論起她們的興趣和在學校裡得到的獎項。第七頻道的汪達・布朗，挖到一張拉克絲在社區游泳池旁的照片，她穿著比基尼，讓救生員從椅子上彎下腰來，幫她在小巧的鼻頭上擦防曬的氧化鋅。每天晚上記者都會揭露一則新的傳聞或照片，可是他們的發現跟我們所知的事實沒有任何關係，過了一段時間，看起來他們好像在說別人的事。第四臺的彼特・帕提羅說特芮絲「喜愛馬匹」，可是我們從來沒有看過特芮絲接近過馬，第二臺的湯姆・桑姆森則常常把姊妹們的名字搞混。記者引用來路不明的敘述，當作是事實，把基本上對的事情的細節弄錯（譬如，西西莉雅的黑色內褲出現在蠟像假人身上，彼特・帕提羅說那是瑪麗）。知道全底特律的人都把這些新聞當作眞理，只讓我們更加洩氣。在我們看來，外人根本沒有權利說西西莉雅是「瘋狂的那一個」，因為他們手中那些簡單的筆記，並不是經過長期收集第一手資訊過濾而來。有生以來第一次，我們同情總統，因為我們看到我們的地盤，如何被那些根本搞不清楚狀況的人錯誤呈現，而且還錯得離譜。連我們的父母都越來越贊同電視臺的觀點，仔細聆聽記者的空洞報導，彷彿他們可以告訴我們，關於我們人生的眞相。

在自殺事件成爲眾人評論的焦點之後，里斯本夫婦就放棄過正常生活了。里斯本太太不再上教堂，而穆迪神父到家裡去安慰她時，也沒有人來開門。「我一直按門鈴，」他告訴我們：「沒有反應。」瑪麗住院期間，里斯本太太從頭到尾只出現過一次。赫伯．皮森伯格看見她走到後門廊，拿著一疊手寫的紙張。她把紙張擺成一堆，放火燒掉。我們無從得知那些是什麼東西。

大約是這時候，卡米娜．狄安吉羅接到里斯本先生的電話，請她再把這棟房子推出去賣（西西莉雅自殺後不久，他就撤銷賣屋委託了）。狄安吉羅小姐委婉指出那棟房屋的現況會讓房子不太好賣，可是里斯本先生回答：「我瞭解。我已經找人來處理了。」

結果，原來那個人是海德利先生，學校的英文老師。暑假沒工作，他開著福斯金龜車來，保險桿上還貼著支持上一屆敗選的民主黨總統候選人的標語。他下車時，穿的不是之前學校老師的休閒西裝外套和長褲，而是一件鮮豔的藍綠色大喜吉裝，和一雙蜥蜴涼鞋。他的頭髮蓋住了耳朵，又恢復放蕩不羈的生活，舉手投足就像教師在放假時懶散度日的樣子。儘管他看起來像人民公社的領導，做起事來倒很賣力，以三天的時間在里斯本家清出了一堆廢棄物，像一座小山。里斯本夫婦去汽車旅館暫住期間，海德利先生接管整間屋子，丟出滑雪板、水彩畫、好幾袋衣服、一個呼拉圈。他把破舊的棕色沙發拖到外面，因爲卡在門口，就乾脆切成兩半。他往垃圾袋裡丟滿了隔熱墊、舊折價券、經年累月收集的一大堆魔帶、替換下來的鑰匙。我們看到他進攻每個物滿爲患的房間，用畚箕清出一大堆東西，然後第三天他開始戴上口罩，因爲灰塵實在太多了。他再也不用語意含糊的希臘片語跟我們說話，也對我們的沙地棒球比賽不感興趣。他每天早上出現時，臉上那種表情，就像用廚房海綿吸沼澤水的人一樣無望。他抬起地毯，丟出毛巾，也一波波釋放了屋裡的氣味。很多人都認爲，他之所以戴上口罩，不是爲了要遮灰塵，而是爲了躲避里斯本姊妹的氣息。她們幾個彷彿還活在床單和簾幔裡，在撕開的壁紙裡，在梳妝臺和床頭桌底下保存如新的地毯區塊裡。第一天海德利先生限制自己留在一樓，不過第二天他就大膽進入里斯本姊妹的寢室，涉過高及腳踝的衣堆。衣堆裡散發往日時光的樂音，整個房間宛如被洗劫過的後宮。他從床頭板後面拉出西西莉雅的尼泊爾披肩，每一條流蘇的盡頭，都有一個綠色鏽蝕的鈴鐺發出叮噹聲跟他打招呼。彈簧床立起來時，發出兩個音符的悲嘆聲。枕頭飄下死皮。

他清空了樓上櫃子的六個抽屜，丟出大量的浴巾和洗臉巾；邊緣磨損的床墊襯裡上，有玫瑰色或檸檬色的髒污；毯子裡吸收了姊妹們睡前帶到床上野餐而潑灑出來的液體。他在最上層抽屜裡，找到家庭醫藥備品——一個熱水瓶，紋理像發炎的皮膚；一罐藍黑色外殼的維克斯傷風膏，裡面留有指紋；一個裝滿了各種膏藥的鞋盒：擦輪癬和結膜炎的、下半身用的，各種有凹痕、擠壓過，或像派對小禮物一樣捲起來的鋁管。除此之外，還有：橘色的低劑量阿斯匹靈，姊妹們都拿來當糖果嚼；一個裝在黑色塑膠套裡的舊溫度計（可惜是量口溫的），以及各式各樣壓在、用在姊妹們身體上或插入身體裡的器具。總而言之，是所有里斯本太太這些年來讓幾個女兒好好活在世界上的手段。

我們就是在這時候，找到了《激流福音樂團》、《泰倫·利托與信徒》等等唱片。每天晚上，海德利先生帶著一身讓他老了三十歲的白色薄灰離開後，我們就去搜索他留在人行道邊的垃圾堆兼寶物堆。里斯本先生賦予他的高度自由，讓我們很訝異，因爲海德利先生不只處理掉擦鞋油（中間已經挖空，看得到銀色罐子）這類可以取代的東西，連家人的照片、還能用的沖牙機都丟了，甚至還有一條長長的防水紙，上頭標示著每個女兒每年的身高。海德利先生丟出來的最後一樣東西，是電視空殼，吉姆·科特把它搬到自己的房間去，結果在裡面發現特芮絲拿來教生物課的塡充蠶蜥蜴玩具，尾巴斷了，腹部的活動門也不見了，露出各種標了編號的塑膠器官。我們當然把照片拿走，先挑出一部分在樹屋永久收藏，剩下的就用抽籤來分配。大多數的照片都是好幾年前拍的，數不盡的家庭野炊活動，看起來屬於一段更幸福的時光。有一張照片是姊妹們在草地的蹺蹺板上盤腿而坐

（拍照的人把相機拿歪了），另一邊跟她們對抗的，是一個冒著煙、位於上方的火缽（很遺憾，這張照片，陳列品#47，本來放在信封裡，我們最近才發現它不見了）。我們最喜歡的，還有一系列圖騰柱的照片，是在一個觀光景點拍的，姊妹們站在圖騰柱後面，露出臉來，各自取代一種神聖的動物。

可是儘管我們對姊妹們的生活有了新的證據，也發現他們家的活動突然急速減少（特芮絲十二歲左右，就差不多沒有家庭照片了），我們對她們的瞭解，並沒有比已經知道的增加多少。感覺那棟房子好像可以永遠吐出殘渣來，湧上來一波不成對的拖鞋和掛在衣架上的衣服，仔細翻過一遍，我們還是一無所知。然而，東西再多也有丟完的一天。三天後，海德利先生踏著穩定的步伐走進去，然後出來，首次打開大門，踏下前廊階梯，在「售」的牌子旁邊，放了一個較小的牌子，上頭寫著：「車庫大拍賣」。那一天，還有接下來兩天，海德利先生拿出來賣的物品，不是只有一般車庫拍賣那種缺角的瓷器，還有等同賣屋變現規格的耐久財。大家都去了，不是爲了要買東西，而是爲了進入里斯本家。裡面已經大變身，成爲乾淨寬敞的空間，散發松香清潔劑的味道。海德利先生把所有布製品、壞掉的東西和屬於姊妹們的東西都丟了，只留下家具、用亞麻籽油擦過的桌子、廚房椅子、鏡子、床，每樣物品上面都有一個清爽的白色標籤，用他陰柔的字跡標示價格。那個價錢就是最終價，他不討價還價。我們在屋裡晃來晃去，樓上樓下都走遍，觸摸姊妹們永遠不會再睡的床，或永遠不會再反映她們影像的鏡子。我們的爸媽不買二手家具，當然更不買沾染過死亡的家具，可是他們還是在屋裡四處瀏覽，一如那些看到報紙廣告而來的人。一個留著鬍子的希臘東正教牧師帶了一群矮胖的寡婦前來。像烏鴉一樣呱呱叫了好一陣子，對每樣東西品頭論足一番之後，寡婦們幫牧師的新教區宿舍添購了瑪麗的天篷床、特芮絲的胡桃木梳妝臺、拉克絲的紙燈籠，以及西西莉雅的十字架。又來了其他人，一點一滴把屋裡的東西運走。克里格太太在車庫外面一張展示桌上，發現兒子凱爾的牙套。她試圖說服海德利先生那是她兒子的，未果，就花了三塊錢把它買回去。我們最後看到的一樣東西，是一個鬍子長得像油漆刷的男人，把帆船模型搬到他那輛凱迪拉克Eldorado的行李箱去。

雖然屋子的外部還是一樣破舊，但內部總算又能見人了。過沒幾個星期，狄安吉羅小姐就把房子賣給現在住在那裡的年輕夫妻，當然他們現在已經稱不上年輕了。當時，賺到了人生第一桶金，他們就出了價，儘管遠低於當初買的價格，里斯本先生還是接受了。那時候整棟屋子幾乎是全空的，唯一留下來的是西西莉雅的祭壇，一團模糊的蠟燭油熔化滲入窗臺，海德利先生基於迷信，刻意不去動它。我們本來以爲再也不會見到里斯本先生和里斯本太太了，連我們自己也開始進行幾乎不可能的任務，試圖忘掉他們。對這件事，我們的父母似乎做得更好，又恢復了四人網球賽和搭船喝雞尾酒的活動。他們對集體自殺的事件只表現出溫和的震驚，彷彿他們一直期待這件事或更嚴重的事發生。康利先生調整了一下連割草時都戴的花呢領帶，然後說：「資本主義導致物質富饒，但心靈徹底匱乏。」他接下來繼續在客廳發表了一段人類需求和競爭災難的高見。即使他是我們所知唯一擁護共產主義的人，他的想法跟其他人也只有程度上的差異而已。是這個國家的心生病了，傳染給那幾個女孩子。我們的父母認為這跟我們聽的音樂、我們的無神論，甚至跟我們還未有過的性這方面的道德開放有關。海德利先生提到，fin de siècle[11]時，維也納人也經歷過年輕人接連自殺的狀況，他認為這是因為運氣不好，住在一個即將滅亡的帝國所致。跟信件沒有準時送達、馬路上的坑洞永遠修補不好、市政廳遭竊、種族暴動、萬聖節前夕的惡魔之夜，全底特律發生八百零一起縱火案等事，都有關係。里斯本姊妹成為這個國家做錯事的象徵，連最單純無辜的市民都要承受這份痛苦。為了撥亂反正，一個家長團體捐給我們學校一張長椅，紀念里斯本姊妹。原本只是要紀念西西莉雅（這個計畫在八個月前，哀悼日之後就提出來了）的長椅，剛好及時改變刻字，把其他幾個姊妹也納進來。那是一張小型的長椅，用產自密西根上半島的樹做成。「是原始林的木頭。」克里格先生說。他有一間可以過濾空氣的工廠，為了做這張長椅，他還重新調整了工廠裡的機器。椅子上的飾板只簡單刻著「紀念里斯本姊妹，本社區的女兒」。

11 法文，意思是十九世紀末。

當然，這個時候瑪麗還活著，可是飾板上看不出來這個事實。過了幾天，也就是住院兩個星期後，她出院回家了。霍爾尼克醫師知道里斯本夫婦不會去，所以甚至沒有要他們去接受諮商療程。他幫瑪麗做了西西莉雅做過的同一套測試，可是沒有發現精神分裂症或躁鬱症等精神疾病的證據。「她的分數顯示，她是個相對來說適應良好的青少年。當然，她的未來不會太樂觀。我建議她繼續接受治療，處理她心裡的創傷。不過我們幫她驗了血清素，結果看起來很好。」她回到一個沒有家具的家。里斯本夫妻從汽車旅館回來後，就在主臥房裡睡帳篷。瑪麗也拿到一個睡袋。里斯本先生，可想而知，對三個女兒自殺後的日子透露得非常少，他只告訴我們一點點瑪麗出院回家後的狀況。十一年前，幾個女兒都還小，全家人在搬家卡車到達前一個星期來到新家。他們當時也得露營，睡在地上，靠一盞煤油燈讀睡前故事。說也奇怪，待在那棟房子的最後幾天，里斯本先生又想起這件往事。「有時候，半夜裡，我會忘了已經發生的一切。我會到走廊上，一時之間，以爲我們才剛搬進去，女兒們就睡在客廳裡的帳篷內。」

那幾天，被獨自留在另一端的瑪麗，在一個她再也不用跟別人共用的房間，躺在硬地板的睡袋裡。她的睡袋是舊式的，有起毛球的法蘭絨襯裡，外頭的圖案上，戴著紅帽的獵人上頭有幾隻死鴨，一隻鱒魚跳出水面，口裡咬著魚鉤。雖然是夏天，她還是把睡袋的拉鍊拉到最上面，只有臉的上半部露出來。她很晚起床，很少說話，每天洗六次澡。

從我們的觀點看來，里斯本家的悲傷已經到了外人難以理解的地步。最後那幾天，我們每次看到他們，總是對他們做的每一件事感到非常驚訝。他們怎麼能夠坐下來吃飯？或者傍晚出來後門廊吹風？那一天下午，里斯本太太怎麼能夠蹣跚走到外面來，穿過他們家未修剪的草皮，摘下一枝貝茨太太種的金魚草？她把金魚草拿到鼻子前，似乎不滿它的味道，把它塞進口袋裡，像塞一張用過的面紙，然後走到馬路上，沒戴眼鏡，瞇著眼看著這個社區。里斯本先生也一樣，每天下午把旅行車停在樹蔭底下，打開引擎蓋，盯著引擎看。「他得裝忙，」尤金先生對他的行爲發表意見，這樣說：「不然他還能做什麼？」

瑪麗到街上另一頭跟傑賽普先生上一年來的第一堂聲樂課。她沒有預約排課，可是傑賽普先生不忍心要她走。他坐在鋼琴前，先帶瑪麗練習音階，然後把頭放進一個垃圾桶裡，示範他訓練有素的顫音如何引起共鳴。瑪麗唱了《小酒館》裡的納粹歌，也就是她和拉克絲在悲劇開始的那一天練習的那首歌。傑賽普先生說，她受的苦讓她的聲音有一種超齡的憂傷與成熟。「她沒有付學費就走了。」他說：「不過那是我至少能做的了。」

又是一個大鳴大放的夏天，離西西莉雅割腕、在空氣中散播毒素超過一年了。一次胭脂河工廠的廢水溢流，讓湖裡的磷酸鹽增加，浮在湖面上的水藻厚到阻塞了船外機。美麗的湖開始看起來像荷花池，湖面上鋪滿了波浪起伏的泡沫。爲了讓釣魚線能沉入水中，釣魚人從堤岸上往湖裡丟石頭，想丟出洞來。湖水的沼澤臭味，在車業鉅子附庸風雅的豪宅、架高的綠色板網球場和在燈火輝煌的棚架底下舉辦的畢業派對之間，強力傳送。初入社交界的少女悲嘆自己的壞運，竟然在一個大家會永遠記得臭味的季節辦成年禮派對。不過歐康諾家眞的很天才，想出一個絕妙的辦法，把女兒愛麗絲的成年禮派對主題訂爲「窒息」。出席的客人穿著大禮服戴防毒面具，晚禮服配上太空頭盔，歐康諾先生本人則穿了一套深海潛水裝，掀開玻璃面罩暢飲波本酒加水。在派對的高潮，愛麗絲推著一具鐵肺出場，那是他們爲了今晚，特別跟亨利福特醫院租來的（歐康諾先生是醫院的董事），一時之間，瀰漫在空氣中的腐敗氣味似乎只爲歡樂氣氛添加了畫龍點睛的效果。

跟所有人一樣，我們去參加愛麗絲．歐康諾的成年派對，是爲了忘掉里斯本姊妹。穿著紅背心的黑人酒保給我們酒精飲料，沒有要求看證件，所以，凌晨三點左右，看到他們把剩下的幾箱威士忌搬進一輛稍微下沉的凱迪拉克，我們也什麼都沒說。在派對裡，我們有機會認識永遠不會想要自殺的女生。我們請她們喝酒，跟她們跳舞，直到她們步履搖晃，就帶著她們到遮著簾幕的陽臺。她們走到一半掉了高跟鞋，在濕氣濃重的黑夜中親吻我們，然後又匆匆離開，壓抑地吐在外面的灌木叢裡。有幾個人在她們吐的時候扶著她們的頭，然後用啤酒給她們漱口，之後我們又繼續親吻。那些女孩子是穿著正式禮服的野獸，每一個都在四週搭蓋了鐵絲籠。好幾磅重的頭髮穩穩盤在她們頭上。她們醉酒、親吻我們，或昏死在椅子上，以後會上大學、找老公、生小孩，只隱約感覺不快樂——換句話說，她們是要迎向人生的。

在派對的激情中，大人的臉紅了。歐康諾太太從高背沙發椅上摔落，裙子翻到頭上去。歐康諾先生拉著女兒的一個朋友跟他一起進入洗手間。那天晚上，社區裡的每一個人經過歐康諾家，唱著單調的樂隊演奏的老歌，或者晃到後面迴廊，穿過蒙塵的遊戲間，又或者踏進不再使用的電梯裡。大家舉起香檳酒杯，說我們的工業回來了，還有我們的國家、我們的生活方式。客人晃到屋外，走在通往湖邊的威尼斯燈籠下。月光下，水藻浮粕看起來像粗毛地毯，整面湖像一個沉入水中的客廳。有人掉進湖裡去，被救上來，躺在甲板上。「我受夠了，」他大笑，說：「再見了，殘酷的世界！」他企圖再度滾回湖裡去，可是被朋友擋下來了。「你們不了解我，」他說：「我是青少年。我有問題！」

「安靜，」一個女人斥責的聲音：「他們會聽到的。」

隔著矮樹叢，看得到里斯本家後面，可是屋裡沒有燈光，也許是因爲當時他們已經被斷電了。我們回屋裡去，裡面的人玩得正開心。服務生端出了裝在小銀碗裡的綠色冰淇淋。舞池上放了一個催淚瓦斯罐，噴出無害的煙霧。歐康諾先生在跟愛麗絲跳舞。大家舉杯祝福她的未來。

我們一直待到破曉。走出歐康諾家，進入我們此生第一個酒醉的黎明（一種多年來已被只會一招半式的導演濫用的淡入手法），我們的雙唇因爲親吻而腫脹，嘴裡帶著女孩子的味道在搏動。就某種意義上來說，我們已經結婚又離婚了。湯姆．法希姆在褲子口袋裡發現一封情書，是前一個租這套禮服的人留下來的。在夜裡孵化的蜉蝣，仍然在樹上和街燈上顫動，讓我們腳下的人行道變得濕軟，彷彿走在番薯泥裡。看來會是悶熱的一天。我們脫下外套，拖著腳步走在歐康諾家前面的街道上，轉彎，踏上我們那條街。遠處，里斯本家前面，救護車停在那裡，閃著燈。他們連警笛都懶得開了。

那就是救護人員最後一次出現的早晨。他們以在我們看來太慢的速度前進，胖子還說了這不是電視的俏皮話。至此，他們已經太常來里斯本家，連門都沒敲就直接走進去。他們穿過已經不在那裡的圍籬，進去廚房看瓦斯爐有沒有開，然後下去地下室，發現橫樑很乾淨，最後上樓，在他們檢查的第二間臥房裡，看到他們尋找的目標：里斯本家最後一個女兒，躺在睡袋裡，肚子裡滿滿的安眠藥。

她化了大濃妝，讓救護人員有一種奇怪的感覺，彷彿已經有禮儀師幫她整理過，準備供人瞻仰了。直到他們看到她的唇膏和眼影髒糊了，這個印象才破滅。在最後，她還是在自己身上抓出了好多痕跡。她穿著黑色洋裝，戴黑色面紗，讓一些人想到賈桂琳．甘迺迪的寡婦喪服。確實沒錯：這最後一次跨出大門的隊伍，兩個救護人員像未著制服的抬棺人，下一個街區響起節日後的鞭炮聲，確實讓人想到某個全國性人物即將安息的隆重肅穆。里斯本先生和里斯本太太都沒有露面，就由我們為她送行。我們最後一次過去立正站好，文斯．菲斯利舉起他的打火機，彷彿在搖滾音樂會的現場。我們手邊也只有那個東西能代表永恆的焰火了。

有一段時間，我們試著接受一般的解釋，也就是認爲里斯本姊妹的痛苦，只是時代的悲劇，跟其他青少年自殺是同樣的源由，每一樁死亡都是潮流的一部分。我們試著恢復原來的生活，讓姊妹們安息，可是一股鬼魅的氣氛在里斯本家縈繞不去，每次只要我們往那邊看過去，就會看到一道火焰形狀的東西從屋頂上升起，或者在一扇樓上窗戶裡搖晃。我們很多人都持續做著類似的夢，夢裡的里斯本姊妹對我們來說比她們在世時還要眞實，醒來時，我們很確定她們在隔世的氣味遺留在我們的枕頭上。我們幾乎每天碰面，再檢查一遍所有的證據，念誦西西莉雅的日記內容（我們當時最喜歡念的一段，是拉克絲單腳站立，一隻膝蓋彎曲，像火鶴一樣，測試冷冽海水的溫度）。不過我們念到後來，總感覺自己是在鬼打牆，永遠在同一條路上徘徊，我們也越來越煩悶，越來越挫折。

也算是運氣吧，瑪麗自殺的那一天，經過四百零九天的調停，墓園工人的罷工終於告一段落了。漫長的罷工導致太平間好幾個月前就滿了，許多等待下葬的屍體現在又從別州運回來，搭冷凍貨櫃卡車，或搭飛機，就看死者家裡多有錢。克萊斯勒高速公路上，一輛卡車發生車禍翻車，報紙頭版刊了一張照片，金屬棺木像鑄塊一樣從卡車上翻落。除了里斯本夫婦、一位剛回到工作崗位的墓園工人卡爾文．宏明克特先生，以及穆迪神父，沒有其他人參加里斯本姊妹最後的安葬彌撒。由於剩下的墓地有限，姊妹們的墳並未相鄰，而是散得很開，所以出席喪禮的這群人必須繞一圈，礙於墓園龐大的車流，而以慢到令人痛苦的速度從這個墳地移到另一個墳地。穆迪神父說，不斷進出禮車，讓他搞不清楚哪個墓地放的是哪個女孩子。「我說悼詞時得說得含糊一點。」他說：「那天墓園的狀況很混亂。你們想想看，一整年走掉的人啊。那裡可以說是整個都被挖開來了。」至於里斯本先生和里斯本太太，悲劇將他們打擊成隨人擺布的傀儡。他們跟著神父轉換墓地，幾乎沒有說話。里斯本太太吃了鎮定劑，一直抬頭看著天空，彷彿在看鳥。宏明克特先生告訴我們：「那時我已經連續工作十七個鐘頭，靠咖啡因丸撐下去。光是那一次值班我就埋了五十多個人。可是看到那位太太時，我還是覺得非常不忍心。」

里斯本先生和里斯本太太從墓園回來時，我們看到了他們。他們保持尊嚴，從禮車下來，走向那棟房子，各自撥開前院的灌木叢，找出通往前廊階梯的路，在破碎的瓦片間迂迴前進。這時我們第一次注意到里斯本太太的臉，跟女兒的臉有幾分相似，但也許這是因爲她當時戴了黑色面紗的關係。她戴面紗這件事是某些人說的，我們自己是不記得有面紗，也認爲這個細節只是一個精心鋪陳的浪漫回憶而已。不過我們確實記得里斯本太太轉身朝著馬路、以前所未有的方式讓我們看到她的臉的畫面。我們有些人跪在餐廳窗戶前，或隔著薄紗窗簾往外偷看，有些人擠在皮森伯格家的閣樓裡流汗，其餘的人從引擎蓋上頭，從當作一、二、三壘的凹槽，從烤肉架後面，或從鞦韆擺盪的最高點看過去——她轉身，跟里斯本姊妹一樣的藍色目光望向四面八方，冰冷、宛如幽靈、深不可測。接著她又轉回去，跟在她丈夫身後進屋裡去。

由於屋裡已經沒有家具了，我們不認爲里斯本夫婦會在裡面待很久。然而三個鐘頭過去了，他們還是沒有再度出現。卻斯．畢爾用一根練習擊球的飛球棒，把一顆威浮球打進他們家院子裡，可是他回來後，說他看不到屋裡面有半個人。後來他又試著擊出另一顆威浮球，可是球卡在樹枝上。接下來整個白天和晚上，我們都沒有看到里斯本夫婦出來。他們一直等到半夜才離開。沒有人看到他們走，除了塔克叔叔。多年後，我們訪問他時，他已經完全清醒，脫離數十年的酗酒生涯，而且，相對於所有其他人，包括我們這幾個，我們看起來都滄桑多了，塔克叔叔的狀況卻比以前好很多。我們問他記不記得看到里斯本夫妻離開，他說他記得。「我在外面抽菸。那時大概是凌晨兩點。我聽到馬路對面傳來開門的聲音，然後，他們走出來。那個媽媽看起來好像醉了，她先生扶著她上車。然後他們就開車走了。很快，快得像什麼似的。」

隔天早上我們醒來時，里斯本家的房子已經空了。它看起來甚至比以前都還要破敗，似乎是從內部開始垮掉，就像肺一樣。新搬來的年輕夫妻一取得房屋所有權，我們就在那房子塗水泥、上油漆、做屋頂、挖除灌木叢及亞洲地被植栽之間，找到空檔將我們的直覺和推論結合成一個我們可以接受的故事。新來的年輕夫妻敲掉前面的窗戶（上頭還留有我們的指印和鼻印），裝上附滑輪的厚玻璃板和氣密封條。一組穿著白色工作服和制服帽的工人幫整間房子噴沙，接下來兩個星期又在上面噴了一層厚厚的白色濕黏土。名牌上寫著「麥可」的工頭告訴我們，這種「新的坎尼特斯工法」可以減少重新粉刷的需要，是一勞永逸的做法。他看著工人拿著噴槍到處走，幫房子噴上外層，這樣說：「很快大家就會爭相採用坎尼特斯工法了。」等他們完工後，里斯本家的房子就被改造成一個巨大的結婚蛋糕，還滴著糖霜，可是不到一年，坎尼特斯工法下的牆壁，就開始像一團鳥屎般一塊塊脫落。我們認爲那是房子對那對年輕夫妻的復仇，因爲他們如此刻意去除我們仍然珍視的里斯本姊妹留在那屋子裡的痕跡——拉克絲曾在上面做愛的石瓦屋頂，被砂紙磨過的木片覆蓋；特芮絲分析過泥土含鉛比例的後花圃，鋪上紅磚，這樣一來年輕嬌妻摘花時就不會把腳弄濕；姊妹們的房間則被改裝成年輕夫妻追逐個人興趣的私人空間——拉克絲和特芮絲以前的房間放了一張桌子和電腦，瑪麗和邦妮的房間則放了一臺織布機。我們的水泉女神一度漂浮其上、拉克絲也曾在水面上捻熄香菸的浴缸，被拆掉了，挪出空間來裝了一個玻璃纖維的按摩浴缸。我們在人行道旁，檢查拆下來的浴盆，努力壓抑躺進去的衝動。眞的跳進去玩耍的小小孩，無法體會這個浴缸的意義。那對年輕夫妻將這間房子變成一個時髦寬敞的空間，用來沉思與享受平靜，用和式隔板遮住了里斯本姊妹的粗糙記憶。

改變的不只是里斯本家的房子，連街道也不一樣了。公園處繼續砍樹，移走一棵生病的榆樹，挽救剩下來的二十棵，然後再移走一棵，挽救剩下來的十九棵，就這樣一棵棵減少，最後里斯本家以前的房子前面，就只剩下一半的樹。公園處的人來砍這剩下的一半時，沒有人忍心去看（提姆．溫納把樹比喻成最後一位說曼島語的人），可是他們還是鋸了下來，以挽救更遠一點的樹，挽救其他街上的樹。在里斯本家的樹遭受處決期間，大家都留在家裡，可是即使待在我們的小房間裡，也還是感覺得到外面變得多刺眼，整個社區就像一張曝光過度的照片。我們得以見到我們這個住宅區有多無趣。所有的一切都整齊排列在格子裡，被砍掉的樹原本藏住了它的單調乏味，而本來刻意有所區別的建築樣式，也失去了讓我們感覺獨一無二的力量。克里格家的都鐸風，畢爾家的法國殖民風，巴克家的仿法蘭克．洛伊．萊特風格——全都只是發燙的屋頂。

過沒多久，聯邦情報局逮捕了來不及跑到逃生地道的鯊魚山米．波迪諾，經過一段漫長的審判後，他入獄服刑。據說他在監獄裡繼續經營他的犯罪勾當，而波迪諾家也繼續住在原來的房子裡，只不過每週日下午，再也沒有人坐防彈禮車來致意。沒有修剪的月桂樹，長成毫不協調的奇形怪狀，這家人讓人畏懼的氣息也一天比一天弱，終於有人鼓起勇氣，破壞了他們家前門階梯上的石獅子。保羅．波迪諾開始看起來就跟其他有黑眼圈的胖子沒兩樣，有一天在學校的淋浴間，他不知道是自己滑倒還是被人推倒，總之我們看到他躺在磁磚上揉腳。其他家人也陸續被定罪，最後波迪諾家也搬走了，用三輛卡車把他們的文藝復興藝品和三個撞球桌運走。一個沒人認識的百萬富翁買下那棟房子，將圍牆加高一英尺。

跟我們談過的人，都認爲我們那個社區的滅亡，就從里斯本姊妹的自殺開始。儘管剛開始大家都怪她們，後來慢慢有了重大的變化，里斯本姊妹不再被視爲代罪羔羊，而是先知。眾人慢慢忘記姊妹們輕生可能的個別原因，忘了壓力調節失當和神經傳導物不足，反而把姊妹們的死，視爲是她們預知社區衰微的遠見。在剷除一空的榆樹裡、嚴酷的驕陽裡、汽車工業的持續式微裡，看到她們的千里眼。不過這種想法上的轉變多半是在不知不覺中發生的，因爲我們大家幾乎很少碰面。少了樹，沒有枯葉可耙，沒有枯葉堆可燒。冬雪持續讓我們失望。我們也沒有里斯本姊妹可以窺看。當然，隨著我們慢慢被推進剩餘的憂鬱人生中（一個里斯本姊妹從來不想看的地方，現在看來，她們是如此睿智），我們偶爾也會停下來，幾乎都是孤獨一人，凝視著前里斯本宅慘白的墳墓。

里斯本姊妹讓大家熟悉了自殺。後來，有其他我們認識的人選擇結束自己的生命時——有時前一天才借了書——我們總是想像在一個眺望大海的沙丘上，他們脫下笨重的靴子，進入一個很容易讓人聯想到發霉的家庭小屋裡。他們每一個人都看到了卡拉菲利斯老太太用希臘文寫在雲上的悲慘徵兆。在不同的道路上，以不同顏色的眼睛或頭部的顫動，他們都破解了懦弱或勇敢的祕密，不論到底是哪一種。而里斯本姊妹永遠走在他們前面。她們自殺，是爲了垂死的森林，爲了露出水面來喝水管裡噴出來的水、卻被螺旋槳打傷的海牛；她們因爲看到廢輪胎堆得比金字塔還高而自殺；她們為了無法找到我們沒有人符合那種理想的愛情而自殺。到最後，將里斯本姊妹撕裂的痛苦，指向一個簡單而合理的源頭，那就是她們拒絕接受呈現在她們面前的世界，一個充滿缺點的世界。

不過這是我們後來才理解的。在當時，集體自殺之後，我們那個住宅區暫時承受了惡名，里斯本姊妹的話題幾乎成為禁忌。「那就好像過了一段時間，還在屍體上撥弄。」尤金先生說：「而那些自由而扭曲的媒體也幫不了忙。拯救里斯本姊妹。拯救坦氏小鱸。都是廢話！」許多戶人家搬走，或分裂，每個人都試圖在南部的陽光帶上尋找適合的落腳處，有一陣子，看起來我們唯一留給後人的東西，就是遺棄。先是遺棄市區，逃離市區的腐敗，現在又遺棄這個半島的綠色水岸。這個半島，法國探險家在一個流傳三百年且沒有人看得懂的笑話裡，把它命名為「胖尖」。不過，大出走為時短暫。大家又一個接著一個，從旅居的社區中回來，重新建立漏洞處處的記憶庫，我們這份調查，就是從這個記憶庫裡汲取線索。兩年前，為了土地開發，我們最後一棟汽車大亨的豪宅被夷平。原本入口的整片大理石——是很稀有的玫瑰色澤，全世界只有一個採石場生產——被裁成小塊，論塊出售，一如鍍金的水電零件和天花板壁畫。這裡的榆樹也砍掉了，只剩下取代榆樹的矮樹。還有我們。我們甚至再也不准烤肉（城市空氣污染條例），不過要是可以的話，也許我們還是可以召集……誰知道呢，至少幾個人吧，聚在一起遙想里斯本家的房子和姊妹們。我們到現在仍珍藏著她們的梳子，梳子上頭糾結的頭髮，越來越像自然博物館裡展示的人工動物毛。這些東西都快要沒了——從陳列品#1到#97，分別安置在五個皮箱裡，每一個皮箱上都有一張死者的照片，像一塊埃及土人的墓石。我們在碩果僅存的幾棵樹中，重新裝修了我們的樹屋，把皮箱放在裡面。#1，狄安吉羅小姐用拍立得拍攝的房屋照片，上面浮了一層綠鏽，看起來像苔蘚；#18，瑪麗的舊化妝品，都乾掉了，變成灰棕色的粉塵；#32，西西莉雅的高筒帆布鞋，上頭的黃漬用牙刷和洗碗精也無能爲力了。#57，邦妮的許願蠟燭，在夜裡被老鼠一點一點噬咬；#62，特芮絲的標本玻片，顯示有新細菌入侵；#81，拉克絲的胸罩（彼德．席森從十字架上偷的，現在我們大可以承認了）變得像假人體一樣僵硬，大概只有老奶奶會穿那種東西。我們的墓不夠密閉，這些聖物逐漸毀壞。

到最後，我們有了很多拼圖的碎片，可是無論怎麼拼，總是有所缺漏。幾片拼圖圍出一個奇形怪狀的空白，像我們無法指稱的國家。我們最後一次訪問畢爾先生、最後要離開時，他說：「所有的智慧，最終都是自相矛盾的。」我們感覺他是要我們忘了里斯本姊妹，把她們交給上帝。我們知道西西莉雅自殺，是因爲她和這個世界格格不入，另一邊呼喚著她。我們知道她的姊姊們，被遺棄了之後，也感覺到那個地方對她的呼喚。可是即使做了這些結論，我們還是感覺如鯁在喉，因爲這些既是眞的，又不是眞的。報紙上寫了那麼多姊妹們的事，鄰居們隔著後院籬笆，也說了很多，多年來在精神科醫師的辦公室裡，也熱烈討論著，可是我們唯一能確定的是，所有的解釋都不夠充分。尤金先生告訴我們，科學家已經快要找到引起癌症、憂鬱症等疾病的「壞基因」，他期待科學家也能很快「找到自殺的基因」。他跟海德利先生的看法不一樣，他不認爲自殺是對社會關鍵時刻的反應。「鬼扯，」他說：「現在的小孩子有什麼好擔心的？想找麻煩，應該住在孟加拉才對。」

霍爾尼克醫師在他的最後一份報告中寫到：「這是很多因素的結合。」他寫這份報告，不是爲了醫學研究，只是因爲他沒辦法不想到里斯本姊妹。「對大多數人來說，」他說：「自殺就像俄羅斯輪盤一樣，只有一個彈膛裡有子彈。可是對里斯本姊妹來說，這把槍裝滿了子彈。一顆子彈是家暴，一顆子彈是基因體質，一顆子彈是長久累積的不適，一顆子彈是不可避免的情勢。還有另外兩顆子彈找不到原因，但並不代表那兩個彈膛是空的。」

可是這些都只是捕風捉影的努力。這幾件自殺的本質不是悲傷也不是謎團，而是純粹的自私。姊妹們擅自做了應該交給上帝定奪的決定。她們變得太強大，太重視自己、太夢幻、太盲目，所以沒辦法活在我們之中。她們死後徘徊不去的並不是生命，不是一向可以克服自然死亡的生命，而是最微不足道的俗事：掛在牆上滴答響的鐘，在正午時光線黯淡的房間，還有可惡至極的，一個只想到自己的人類。她的腦袋遇到別的事都變得遲鈍，只專注集中在個人的痛苦、傷害、逝去的夢。每一個她愛的人都逐漸退去，彷彿在一個遼闊無垠的冰原裡，揮動著只剩一丁點的手臂，縮小成一個黑點，再也聽不見聲音。然後繩子丟過橫樑，安眠藥倒在長著綿長生命線的手掌心，窗戶打開，烤箱開啓，諸如此類。她們讓我們參與了她們的瘋狂，因爲我們忍不住要追溯她們的腳步，重溫她們的想法，然後發現，她們沒有一個人會變成我們。我們無法想像一個人把刮鬍刀放在手腕上，切開血管的那種虛空，虛空與冷靜。所以行李箱從她們腳下踢開，留下地上的泥巴痕，我們也必須讓這抹她們最後遺留的痕跡沾染口鼻，必須永遠呼吸她們自殺的房間的空氣。到最後，她們幾歲不重要，她們是女孩子也不重要，唯一重要的是，我們愛過她們，而她們當時沒有聽到我們的呼喚，現在也還是沒有聽到。我們在樹屋上，頂著日漸稀薄的頭髮和軟綿綿的大肚子，呼喚她們從那些房間裡出來。她們進去那裡，得到了永遠的孤獨，自殺的孤獨，強過於死亡的孤獨，而我們永遠都沒有辦法在那裡找到正確的拼圖，把她們再拼回來。

大師名作坊130

少女死亡日記

作　者—傑佛瑞・尤金尼德斯
譯　者—鄭淑芬
主　編—嘉世強
編　輯—邱淑鈴
美術設計—黃子欽
責任企劃—黃婷儀
校　對—蕭淑芳、鄭淑芬、邱淑鈴
董事長
發行人—孫思照
總經理—莫昭平
總編輯—陳蕙慧
出版者—時報文化出版企業股份有限公司
10803台北市和平西路三段二四〇號四樓
發行專線—（〇二）二三〇六—六八四二
讀者服務專線—〇八〇〇—二三一—七〇五
（〇二）二三〇四—七一〇三
讀者服務傳真—（〇二）二三〇四—六八五八
郵撥—一九三四四七二四時報文化出版公司
信箱—台北郵政七九～九九信箱
時報悅讀網—http://www.readingtimes.com.tw
電子郵件信箱—liter@readingtimes.com.tw
法律顧問—理律法律事務所　陳長文律師、李念祖律師
印　刷—盈昌印刷有限公司
初版一刷—二〇一二年十一月三十日
定　價—新台幣二六〇元

國家圖書館出版品預行編目（CIP）資料

少女死亡日記／傑佛瑞・尤金尼德斯著；鄭淑芬譯. -- 初版. -- 臺北市：時報文化, 2012.11
面；　公分. --（大師名作坊；130）
譯自：The virgin suicides
ISBN 978-957-13-5684-6（平裝）

874.57　　101022593

ISBN 978-957-13-5684-6
Printed in Taiwan